요시자와 와카바
오기가 있고 지기 싫어하는 성격이지만,
친구를 소중히 여기는 여고생.
뭐든 다 잘하는 코마키를 이기기 위해
어릴 적부터 곧잘 승부를 걸곤 했다.
「수영복을 좀 더 수수한 걸로 입고 오지 그랬어?
쓸데없이 화려하니까 무진장 눈에 띄잖아.」
JN412034

「카오리, 양은 안 부족해?」
「어, 아니야. 괜찮아! 완전!」
와카마츠 카오리
당차고 긍정적인 소녀지만,
평소 동경하던 코마키 앞에서는
굳어지기 일쑤.
GOHAN
MOGUMOG

「요즘 통 못 만났더니 와카바 성분이 부족해진 차였거든~」
「뭐야 그게?」
카와노 마츠리
늘 웃는 얼굴로 누구에게나 다정한,
온순한 치유계 타입.

나는 조용히 그녀의 손을 내 가슴으로 이끌었다.
「……뭐 하는 거야?」
「심장 박동 교환 놀이.」

나는 그녀의 가슴을 손바닥으로 꽉 눌렀다.
심장 박동이 확실하게 느껴졌다.
그 사실을 알았다고 새삼 가슴을 쓸어내리지는 않지만
그래도 그녀가 역시나 사람임을 다시 한 번 확인할 수 있었다.

Goodbye,
my first experiences.

volume two

성격 못된 천재 소꿉친구와의
대결에서 지는 바람에

첫 경험을 모조리 빼앗기는 이야기2

이누카이 안즈
INUKAI ANZU

성격 못된 천재 소꿉친구와의 대결에서 지는 바람에 첫 경험을 모조리 빼앗기는 이야기 2

목차 contents

illustration: 네이비

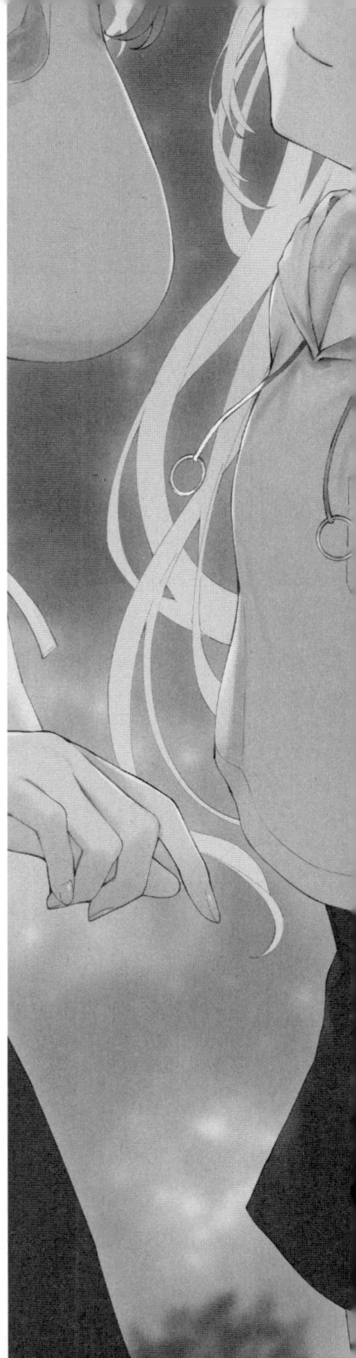

프롤로그

철봉 거꾸로 오르기.

고등학생이 된 지금에 이르러서는 거들떠보지도 않는 그 운동을 초등학교 3학년 무렵의 나는 필사적으로 하려고 했었다.

그 원인은 하나밖에 없었다.

"와카바, 이만 돌아가자."

하늘이 주황색에서 군청색으로 바뀌기 시작한 그 시간. 코마키가 따분하다는 듯이 철봉을 잡으며 그렇게 말했다.

착한 아이는 이제 그만 집으로 갈 시간이에요, 라는 방송이 흘러나오고 나서 얼마 지나지 않아 공원에는 인적이 뜸해졌다.

내일 보자며 서로 대화를 주고받던 다른 학교 애들 목소리도 귓가에서 완전히 사라졌다. 이제 이곳에는 정적과 우리 둘만 남아 있을 뿐이었다.

"싫어. 절대로 안 갈 거야. 오늘이야말로 거꾸로 오르기 전까지는 절~대로 집에 안 갈 거라고!"

"또 그런다. 저번에도 밤늦게 돌아갔다가 엄마한테 혼나고 울었으면서."

"안 울었어! 그냥 피곤해서 그랬을 뿐이야!"

나는 초등학교 3학년이나 되면서 철봉에 거꾸로 오르지 못한다는 사실을 창피하게 여겼다.

거꾸로 오르기 정도는 우리 반 애들도 이미 대부분 아무렇지 않게 하고 있다. 심지어 코마키는 무슨 물레방아처럼 연속해서 빙글빙글 도는 경지에 이르렀고 말이다.

나만 못 하는 상태로 하루하루를 보내자니 왠지 내가 진 것 같은 기분이 들었다. 승부에서 코마키를 이기는 날은 영영 오지 않겠지.

그런 심정으로 나는 최근 한 달 동안 비가 오는 날에도 바람이 몰아치는 날에도 거꾸로 오르기 연습을 거듭했다.

……사실 그건 좀 과장이지만.

역시나 비가 오는 날에는 쉬었고, 엄마가 멜론 케이크를 사 오겠다고 한 날에는 냉큼 집으로 들어가곤 했다. 하지만 그럼에도 나는 진심이었다.

"거꾸로 오르기를 하지 못해도 와카바는 와카바인데."

코마키는 그렇게 말하며 아무렇지 않게 철봉을 타고 거꾸로 올랐다.

스커트가 나풀거렸다. 그녀의 눈동자가 평소보다 까마득히 높은 위치에서 나를 내려다보았다.

분했다.

"그거, 나 무시하는 거 맞지?"

"아니야. 넌 이대로라도 좋…… 괜찮지 않을까 싶어."

작년 어느 시점 이후로 코마키는 변했다.

웃는 경우도 늘었고, 말하는 중간 중간 여유 같은 것이 느껴졌다. 무엇보다도.

진심을 다해 철저하게 나를 꺾고자 마음먹은 것 같았다.

"……뭐, 나는 거꾸로 오르기 정도는 손쉽게 해낼 수 있지만."

"또 무시하네! 짜증 나!"

그전에는 좀 더 솔직하고 귀여웠는데.

짜증이 난 나는 팔에 힘을 꾹 주었다.

분노가 날 그렇게 만들었는지, 아니면 노력의 성과가 나왔는지는 모르겠지만 나는 처음으로 가뿐히 땅바닥을 박차는 데 성공했다.

시야가 빙글 돌며 배가 두둥실 떠오른 느낌이 들었다.

커다란 눈동자가 같은 높이에서 나를 비추었다. 힘이 풀린 듯, 나른한 미소가 눈앞에 있었다.

"축하해, 와카바."

그런 식으로 솔직하게 칭찬하면 약한데.

"……으. 고마워."

"이제 가면 되겠네. 그럼 갈까?"

"자, 잠깐 기다려! 조금만 더 여운에 잠기고 싶어!"

"무슨 뜻인지 알고나 하는 말이야?"

"나도 알아!"

"……그래? 넌 박식하네."

보나마나 날 무시하는구나 싶었다.

나도 조금 있으면 9살이다. 여운이 어쩌고저쩌고, 그런 어른스러운 단어도 얼마든지 알고 있으며 쓸 줄도 안다.

코마키를 상대로 끝말잇기를 하더라도 내가 이길 수 있을 만큼 나는 나름대로 다양한 말을 알고 있다고 본다.

"와카바."

"왜?"

"아니야. 그냥 한번 불러 봤어."

그녀가 나를 부르는 목소리에서는 어딘가 남들과 다른 분위기가 느껴진다.

봄 같은 느낌이라 해야 할지, 듣고 있으면 왠지 모르게 이게 뭔가 싶은 그런 분위기 말이다. 그게 결코 나쁜 게 아니라는 사실은 잘 알고 있다. 그렇지만 그 신기한 분위기에 나도 모르게 고개를 갸웃거리곤 한다.

나는 철봉에 매달린 채 왠지 모르게 평소에 비해 살짝 가까워진 하늘을 올려다보았다. 군청색과 주황색의 경계선이 우리 쪽으로 서서히 다가오는 듯한 느낌이 들었다.

여름이 끝나 가을로 접어들고, 그 가을이 더욱 깊어지고.

마치 한 장 한 장 넘어가는 그림 연극처럼 빙글빙글 전환되는 계절에서 느껴지는, 뭐라 형용하기 힘든 느낌과 비슷한 무언가가 내 몸을 채우는 것만 같았다.

시선을 내리니 코마키가 있었다. 여전히 아까와 다름없이 같은 높이에서 말이다. 코마키는 의외로 붙임성이 좋은 편이라는 생각이 들었다.

겨울로 접어들었다가 이번엔 봄으로 접어든다. 다만 현실은 그림 연극과는 달리 앞으로 그림이 몇 장 남았는지는 알 수는 없다. 내가 코마키와 함께할 수 있는 그림은 몇 장 남았을까.

살짝 그런 생각이 들었다.

"——있잖아."

"……있잖아."

목소리가 겹쳤다. 나는 몇 차례 눈을 깜빡인 다음 피식 웃었다.

"왜 그래? 코마키."

"그, 네가 먼저……."

"괜찮아. 그냥 너랑 아무 말이나 하고 싶었을 뿐인걸."

"그렇, 구나."

그저 목소리를 듣고 싶었을 뿐이다. 그렇기에 무슨 얘기를 꺼낼지도 정해 두지 않았다. 오늘 저녁밥 얘기든, 내일 수업 얘기든, 뭐든 좋았다. 그렇기에 나는 말머리를 코마키에게 양보했다.

"그럼, 그게, 있잖아……?"

이런 모습은 예전과 별반 다르지 않았다. 코마키는 중요한 얘기를 꺼낼 적에는 언제나 우물쭈물 머뭇거리는 모습이었다.

그래서 미워할 수 없을지도 모른다는 생각이 어렴풋이 들었다.

"네가 내 친구가 되어 준 건, 내가 이것저것 할 수 있으니까…그렇지?"

"음~……. 뭐, 그런가?"

뭐든 다 잘하는 코마키가 마음에 들지 않아 승부를 걸었다. 우리의 우정은 거기에서부터 시작되었고, 지금도 구심점의 대부분은 그 부분이 아닐까 싶었다. 코마키가 뭐든 다 잘하는 사람이었기에 우리는 친구가 되었다.

"그럼, 만약에 내가 거꾸로 오르기를 평생 동안 못 할 만큼 못났고, 아무도 나에게 예쁘다고 말하지 않았을 그런 아이였어도…… 넌 내 친구가 되어 주었을 거야?"

아주 살짝 목소리가 떨리고 있었다. 그때만큼은 아니었지만 불안하다는 듯이 나를 쳐다보는 저 표정은 역시나 그리 오래 보고 싶지는 않았다.

거꾸로 오르기를 한 번도 할 수 없는 코마키라, 상상해 보니 살짝 우스웠다. 만약 코마키가 시험도 죄다 빵점에다, 운동과는 담을 쌓은 여자애였다면. 늘 내 뒤를 졸졸 따라다니는, 마치 어미 오리와 새끼 오리 같은 모습이었을지도 모른다.

그런 우리는 우리답지 않다고 본다. ……하지만.

나는 살짝 아쉬움을 느끼며 철봉에서 손을 놓았다. 간만에 느끼는 듯한 땅바닥의 감촉은 그리 감동적이지는 않았지만, 그래도 다시 돌아왔다는 느낌이 들었다.

나는 코마키에게 손을 내밀었다. 망설이는 기색으로 내 손을 쥐며 땅바닥으로 내려오고 난 뒤의 코마키는 평소 그대로의 코마키였다. 나는 그 모습이 왠지 모르게 기뻐서 그녀의 손을 꽉 움켜쥐었다.

"와…… 와, 카바?"

"넌, 뭐랄까. 따뜻해서, 좋다고 생각해."

"어, 고, 고마워……?"

나는 코마키를 껴안았을 때의 그 느낌을 좋아했다. 너무 많이 껴안으면 싫어할 것 같아서 자제하고 있지만, 마음 같아서는 겨우내 매일 그러고 싶었다. 추우니까.

"친구였을 거야."

"어?"

"만약 네가 혼자서는 아무것도 못할 만큼 못났든, 완벽하지 않든, 우리는 분명 친구가 되었을 거야."

그녀의 어깨에다 이마를 착 붙여 보았다. 따뜻했다. 역시나 평소의 코마키였다. 우리가 지금과는 다른 사이였다면 '평소'의 형태도 달랐겠지. 하지만 나와 코마키가 같이 있다면 '평소'가 그 어떤 형태라고 한들 우리는 친구가 되었을 터.

"……왜?"

나는 살짝 고개를 떼고서 코마키를 쳐다보았다. 늘 천사 같다는 소리를 들을 정도로 역시나 예쁜 얼굴이었다. 하지만 예쁘든 아니든 코마키가 코마키인 이상 나에게 중요한 것은 따로 있었다.

나는 싱긋 웃었다.

"그야 넌 내——."

말하는 와중에 시야가 까맣게 물들었다. 나는 꿈속의 내가 하려던 말을 끝까지 인지하지 못하고 꿈에서 깼다.

"……하아."

최악의 기상, 이란 이걸 두고 하는 말이겠지. 나는 왜 여름 방학 첫날부터 코마키가 나오는 꿈을 꿔야 한담.

한숨을 내쉬며 스마트폰을 확인했더니 코마키가 전화를 건 수신 이력이 남아 있었다. 이것 때문에 그런 꿈을 꾸었나 싶은 생각에 내가 전화를 다시 걸어야겠다는 마음은 들지 않았다. 나는 스마트폰을 침대에 던져두고는 자리에서 일어났다.

그것은 현실에서 실제로 있었던 일일까, 아니면 내 뇌가 멋대로 지어낸 환상일까. 살짝 애매했다.

뭐든 다 잘하는 점이 마음에 들지 않아 늘 그녀를 따라다녔던 내가 왜 '완벽하지 않더라도 친구가 되었을 거야.' 같은 소리를 꺼냈는지 궁금했다. 그리고 마지막에 내가 무슨 말을 하려고 했는지도 말이다.

하지만 어차피 생각해 봤자 알 수 없을 것이 뻔했기에 나는 머릿속에서 코마키를 밀어내고 집을 나섰다.

1 여름날의 그녀는 가깝고도 멀다

여름 방학 때문이 아닐까 싶었다.

현실에서 실제로 있던 일인지도 미심쩍은 그 꿈을 꾼 것도, 코마키 때문에 여러모로 고민할 수밖에 없는 것도 전부. 이게 다 여름 방학에 접어들어 자유 시간이 늘어난 탓이다.

평소 같았으면 여름 방학이 도래했음을 기뻐하며 친구들과 신나게 놀러 다녔을 테지만 올해는 그럴 기분이 아니었다.

코마키가 또 언제 전화를 걸지도 알 수 없는 데다, 함부로 밖을 돌아다니다가는 우연히 그녀랑 맞닥뜨릴 것 같았다.

"……진짜 최악이네."

집 안에는 코마키의 흔적이 수도 없이 남아 있다. 저번에 오락실에 놀러 갔을 적에 받았던 인형이라든가 예전에 샀던 깔맞춤 샤프라든가.

그리고 그날 승부에서 졌던 내가 옷을 벗어 코마키에게 알몸을 드러냈던 적의 기억이라든가. 떠올리고 나니 살짝 이상한 기분이 들었다. 그 무렵에는 이미 코마키에게 알몸을 보인다고 딱히 부끄러운 기분이 들지는 않았을 테지만.

나는 내 가슴에 손을 얹었다.

별다른 것 없이 여느 때와 같은 감촉이었다. 다른 사람이 보든 만지든 간에 나는 나다. 애당초 모든 사람은 이 세상에 알몸으로 태어난다. 그러니 살짝 보든 만지든 간에 별 대수는 아니다.

하지만 별 대수가 아니라 하더라도, 그때의 일을 문득 떠올리면 기묘한 기분이 드는 것 또한 사실이다. 왜 내가 이런 일로 고민해야 하는 걸까.

"싫어."

괜히 혼자서 그렇게 중얼거리고 나서 스마트폰을 확인했다. 수신 이력은 그대로였지만 그게 오히려 더 짜증 나서 땅바닥에 굴러다니던 돌멩이를 발로 찼다.

계속 집 안에 있으면 코마키에게 짓눌릴 것만 같았기에 나는 근처 공원으로 놀러 나온 참이었다. 드넓은 공원에는 놀이 기구가 여럿 있었고, 그중에는 여러 형태의 철봉도 있었다. 자연스럽게 그쪽으로 눈길을 주고 있으니, 철봉에 거꾸로 오르기를 연습 중인 아이들의 모습이 눈에 들어왔다.

이렇게 보니 그 무렵의 우리와 비슷한 나이일지도 모른다.

아니, 그 꿈이 정말 실제로 일어났던 기억이 맞는지조차 아직 알 수 없지만.

"힘내! 조금만, 조금만 더!"

"으, 으~응……."

응원하는 여자애와 오만상을 찌푸리며 철봉을 움켜쥐는 여자애가 있다. 옛날 일은 거의 기억도 나지 않지만, 예전에는 나랑 코마키도 저런 분위기였는지도 모른다. 왠지 모르게 우스워서 웃었더니, 응원 중이던 여자애랑 눈이 마주쳤다.

"혹시 6학년 언니?"

"어?"

여자애가 묘하게 반짝거리는 눈빛으로 나를 쳐다보았다.

혹시 날 초등학생으로 본 거야?

아니, 아니.

아니, 아니, 아니.

나는 초등학교 6학년은커녕 그보다 학년이 네 개나 더 높은데? 다시 말해 고등학교 1학년이란 말이지. 키가 더 크고 싶다거나, 어른처럼 보였으면 싶다거나, 그런 어린애 같은 바람은 없지만. 아무튼 없지만, 살짝 기분이 울적해졌다.

"아무리 해도 거꾸로 오르기를 잘 못 하겠는데, 요령 좀 가르쳐 줄래?"

왜 그렇게 반짝거리는 표정으로 나한테 묻는 걸까, 살짝 그런 생각이 들었다. 하지만 곰곰이 생각해 보니, 초등학교 저학년 시절의 눈에 고학년 아이는 뭐든 다 할 수 있는 어른으로 보이기도 했었다. 실제로는 전혀 그렇지 않지만 말이다. 어쨌든 간에 이렇게까지 기대를 받으니 그 기대에 부응하고 싶다는 마음이 들기도 했다.

나는 잠시 생각에 잠겼다가 자그맣게 가슴을 폈다.

"후후, 좋아. 나, 와카바 선배가 거꾸로 오르기의 비기를 너희에게 전수해 주도록 하지!"

"오오~!"

"고마워!"

애네가 잘 받아 줘서 망정이지, 만약 상대가 코마키였다면 '뭔 멍청한 소릴 하는 거야.' 라고 말하며 비웃었겠지. 그렇게 생각했더니 왠지 모르게 짜증이 났다. 뭐, 나랑 동갑 중에 이런 식으로 받아 줄 줄 아는 사람은 카오리 정도밖에 없겠지만.

"거꾸로 오르기의 요령은 말이야. 먼저 팔에 힘 꽉 주고, 발로 땅바닥을 박차서…… 이렇게!"

시야가 빙글 돌았다. 예전에 몇 시간이나 연습했던 덕분에 거꾸로 오르기 요령은 완전히 몸에 배어 있었다.

오랜만에 맛보는 감각이었다. 세계가 빙글 돌며 아랫배가 들려 올라가는 듯한 느낌이 들었다. 그리운 감각을 떠올렸다고 옛날 기억까지 되살아나지는 않지만 말이다. 다만 낯익은 꽃향기가 아주 잠깐 어디에선가 풍긴 듯한 느낌이 들었다.

"우와, 대박!"

"굉장한 선배야~!"

거꾸로 오르기를 하는 내 모습이 어지간히도 깔끔했는지 여자애들이 나를 둘러싼 채 왁자지껄 기쁨을 표출했다. 역시 아이들은 귀여워서 좋단 말이지. 순수하고 꾸밈없으니까 말이다. 그렇다고 어린 시절로 다시 돌아가고 싶다는 얘기는 아니지만.

"연습하면 너희 다 언젠가는 잘할 수 있을 거야. 자, 가르쳐 줄 테니까 한번 해 봐."

"응~!"

나는 예전에 익힌 요령을 둘에게 가르치다가 문득 떠올렸다.

만약 코마키가 거꾸로 오르기를 평생 동안 못 할 만큼 못났었다면, 하는 방법을 내가 직접 이런 식으로 친절하게 가르쳐 주었을지도 모른다.

실제로는 내가 하는 방법을 가르쳐 주기는커녕, 그녀는 그 누구의 도움도 받지 않고서 거꾸로 오르기를 완벽하게 해냈지만 말이다.

아마도 그녀에게는 거꾸로 오르기를 잘하는 유전자가 몸속에 각인되어 있나 보다. 그러니까 거꾸로 오르기를 그렇게나 손쉽게 해냈겠지. 아니, 거꾸로 오르기를 잘하는 유전자는 무슨.

"조금만 더 엉덩이를 들어 올리고……."

"거기 너는 힘을 좀 더 빼야 잘할 수 있을 것 같아."

문득.

부드럽고 상쾌한 목소리가 내 고막을 울렸다.

"어? 이, 이렇게?"

"응. 힘을 너무 주지 않도록 그런 식으로. 그대로……."

"와…… 세상에! 내가 해냈어!"

순식간이었다. 아이들의 반짝거리는 시선은 내가 아닌 다른 쪽으로 쏠렸고, 나는 그저 우두커니 서 있기만 할 뿐이었다.

지금까지 몇 분에 걸쳐 내가 가르친 성과를 모조리 다 빼앗긴 듯한 기분이었다. 그야 내가 가르친 방식으로는 둘 다 한 번도 거꾸로 오르기를 해내지 못했으니까, 그래도 그렇지 참으로 박정하구나 싶었다.

뭐, 아이들이야 원래 그런 법이지만.

"언니, 나도 가르쳐 줘!"
"그래. 잠시 손 좀 빌려 줄래?"
불과 조금 전까지만 해도 환상에 지나지 않았던 꽃향기가 지금은 더욱 선명하게 느껴졌다. 눈을 감아도, 근처 나무에서 바쁘게 울고 있는 매미 소리에 귀를 기울여도 소용없었다. 지우려야 지울 수 없는 존재감이 눈앞에 있었으니까.
"……우메조노."
"뭐야. 너도 거꾸로 오르기를 내가 가르쳐 줬음 싶어?"
"그럴 리가! 거꾸로 오르기 정도는 이제 완벽하게 해낼 수 있는걸!"
"흐~음?"
나를 향해 심드렁한 표정을 드러내는가 싶던 코마키가 이번에는 신물이 날 만큼 상쾌한 미소를 짓고서 둘에게 거꾸로 오르기를 가르쳐 나갔다.
아무래도 코마키는 지도자 재능도 갖춘 모양이다. 나는 참견조차 하지 못한 채, 둘이 거꾸로 오르기를 습득해 나가는 모습을 그저 손가락이나 빨며 지켜볼 수밖에 없었다. 코마키의 팬은 이런 식으로 늘어나는 걸까.
느닷없이 나타난 코마키에게 언제 위화감을 느꼈냐는 듯이 둘은 서서히 존경이 깃든 눈빛으로 코마키를 바라보기 시작했다.
……따, 딱히 존경받고 싶은 건 아니다. 굉장하다는 말을 듣고 싶은 것도 아니다. 하지만 내가 가르치겠다고 나선 참인데, 그 역할을 빼앗겼을 뿐만 아니라 코마키가 칭찬을 받는 꼴을 보

자니 거슬렸다.

하지만 지금의 난 아무것도 할 수 없었다.

지금 이틈에 그냥 도망이나 칠까. 나를 가지고 놀겠다며 선언한 코마키와 우연히 마주친 이상, 보나 마나 좋은 꼴은 못 보겠지. 지금을 틈타 도망치면——.

내가 그렇게 생각한 순간, 어느새 내 옆에 서 있던 코마키가 내 팔을 움켜쥐었다.

"……뭔데?"

"한번 보여 줬으면 싶어서."

"뭘?"

"거꾸로 오르기. 완벽하게 할 수 있다면서? 그럼 한번 보여줘."

내가 왜 그렇게 해야 하는 걸까. 그런 생각이 들었지만, 그 도전적인 눈동자가 나를 쳐다보고 있으니 점점 더 오기가 생겼다.

보여 줘도 상관은 없다. 지금까지 내가 쌓아 온 노력의 성과를, 평범한 축에 속하는 내가 코마키를 꺾고자 분발해 온 증거를 말이다.

"……상관은 없지만 후회하진 마. 거꾸로 오르기를 깔끔하게 해내는 내 모습을 보고 울어도 난 몰라."

"그럼 어디 한번 울려 보지 그래?"

나는 아까 그랬던 것처럼 철봉을 움켜쥐고서 거꾸로 오르기를 해 보였다. 거짓도 환상도 아닌 코마키의 냄새, 여름의 느낌을 물씬 풍기는 철봉의 열기, 거기에다 끊임없이 이어지는 매미 소리까지.

참으로 여름다운 분위기를 가로지르며 내 몸이 빙글 돌았다. 돈 뒤에 시야가 다시 원래대로 돌아왔다. 해냈다는 성취감이 내 가슴을 가득 채우는 이 느낌은 참으로 오랜만이었다. 나쁘지 않을지도 모른다.

"그 정도구나."

"뭐?"

코마키가 따분하다는 듯이 그렇게 말하더니 내 옆에 있는 철봉을 움켜쥐었다. 나보다 더 높은 위치에 있는 철봉을 가뿐히 움켜쥔 그녀는 곧바로 멋들어지게 몸을 빙글 돌렸다.

긴 머리카락이 찰랑이자 그리움이 교차했다. 이런 광경을 나는 몇 번이고 본 것 같은 느낌이 들었다. 하지만 코마키의 옛 모습과 지금 모습이 겹쳐지기 전에 그녀는 거꾸로 오르기를 마쳤다.

박수 소리가 들려왔다. 확인해 보니 아까보다 훨씬 흥미진진한 표정을 짓는 여자애들이 코마키를 칭찬하며 손뼉을 치고 있었다.

지금껏 칭찬이란 칭찬은 질리도록 들은 주제에 코마키는 마치 처음 들었다는 듯한 표정을 짓고서 기뻐하는 기색으로 '고마워.' 라고 말했다. 아마도 그래서 나는 코마키를 좋아하려야 좋아할 수 없는지도 모른다.

누구에게 칭찬을 받든, 어떤 상대와 접하든 간에 결국 코마키는 모든 이를 깔보고 있기에 모든 것을 간단히 내칠 수 있다. 그게 다른 사람의 소중한 것이든 무엇이든 간에 간단히 말이다.

여름은 사람의 마음을 들뜨게 해 주는 한편으로 외로움을 느끼게 만들기도 한다. 사람은 외로움을 느끼면 본인 의지와는 상관없이 옛날 일을 떠올리기 십상이라고 한다.

중학생 시절에 있었던 일이 한순간 머리를 스치고 지나갔다.

"내가 더 잘하는 것 같은데?"

그녀는 의기양양한 기색으로 그렇게 말했다. 고등학생씩이나 된 사람 중에 거꾸로 오르기 좀 잘했다고 이렇게 의기양양한 표정을 짓는 사람이 과연 몇이나 될까. 사실 나도 남 말할 처지는 못 되지만 말이다.

"키 차이 때문에 그렇잖아. 난 남들보다 키가 좀 작은 편이라 썩 그렇게 깔끔하게 못 하는 것처럼 보일 뿐이라고."

"좀 작은 정도가 아닐 텐데? 왜냐하면 6학년 언니잖아?"

"뭐……."

코마키는 히죽 웃으며 나를 내려다보았다.

처음부터 전부 보고 있었구나. 역시나 코마키의 성격은 뒤틀렸다.

"아까 엄청 뽐냈었잖아? 와카바 선배. 지금이라도 초등학생으로 돌아가는 건 어때? 그러면 모두에게 칭찬받을 수 있지 않을까?"

"됐어. 지금도 칭찬해 주는 사람 정도는 있으니까."

"흐~음. 그런 별난 사람도 다 있나 보네. 누구야?"

"누구면 어때."

고개를 홱 돌리자 손이 내 뺨을 쥐었다. 그 손이 내 고개를 억지로 코마키 쪽으로 돌리자 서로 눈이 마주쳤다. 그것 때문에 목뼈에 문제가 생기면 어떻게 책임지려고. 내가 항의하듯 노려보자 그녀는 눈을 가느다랗게 떴다.

"안 가르쳐 주면 지금 이 자리에서 키스할 건데?"

그녀가 내 귓가에 대고 그렇게 속삭였다. 지금 이 자리에는 초등학교 저학년으로 보이는 초등학생들이 있다. 아무리 그래도 애들 교육에 영 좋지 못한 데다, 애당초 남들 보는 앞에서 할 만한 짓도 아니다.

나는 코마키의 가슴을 밀어내고 자그맣게 입을 벌렸다.

"마츠리야. 이제 됐지?"

"……흐~음. 마츠리라면 너한테 칭찬도 다 해 주나 보네. 어떤 식으로?"

"귀엽다고…… 말해 주기도 해."

"네가?"

그녀는 피식 웃으며 그렇게 말했다. 아니, 왜 그렇게 웃는 거냐고.

"저번에 마츠리가 마리모를 보면서 귀엽다고 하던데?"

"마리모는 귀엽잖아."

"어딜 봐서? 그냥 녹색 덩어리잖아. 혹시 넌 멜론도 귀엽다고 생각해?"

"멜론은 귀여운 게 아니라 맛있는 거고. 하지만 마리모는 귀여워."

"마리모를 귀엽지 않다고 부정하면 마츠리의 미적 감각이 이상하다는 뜻이 되니, 그냥 그런 셈 쳐줄게."

마리모가 귀엽든 아니든 그건 아무래도 좋다. 게다가 마츠리가 걸핏하면 귀엽다는 말을 입에 담는다는 사실 또한 잘 알고 있다. 저번에 같이 공포 영화를 보러 갔을 적에도 좀비를 귀엽다고 말했던 것 같기도 하고 말이다.

아니, 아니, 그렇다고 해서 내가 좀비나 마리모랑 동급이라는 얘기도 아니다. 아무라도 100명 중에 80명 정도는 그냥 귀엽다고 말해 줄 것이다. ……아마도.

코마키만 옆에 없다면, 말이지만.

"……기분, 이제 다 풀렸을 거 아니야. 얼른 놔 줘. 애들도 다 보고 있잖아."

"와카바. 나한테 원하는 게 있을 시에는 어떻게 해야 하지?"

그녀의 얼굴이 조금씩 다가왔다. 아무리 키스에 익숙해졌다고 해도 그렇지, 순진무구한 애들 앞에서 하는 건 역시나 잘못이 아닐까 싶었다. 코마키는 아무렇지 않다는 듯이 키스할 기색이었지만.

알고 있다. 존엄을 빼앗긴 내가 코마키의 행동을 정 멈추고자 한다면 승부를 걸 수밖에 없다는 것 정도는 말이다.

승부를 걸지 않으면 그녀가 날 마음대로 주무르고, 설령 승부를 걸었다 해도 패배하여 내 소중한 것을 빼앗기고 만다. 그런 식이다 보니 점점 더 궁지에 몰리고 무기력해지는 것 같았다.

하지만, 오늘이야말로 코마키를 꺾고 이제 슬슬 이 영문 모를 관계에 종지부를 찍고 싶은 참이었다.

나는 다가오는 코마키로부터 도망치듯 눈길을 돌렸다.

“거꾸로 오르기!”

“거꾸로 오르기가 뭐 어쨌는데?”

뭐가 어쩌긴 뭐가 어째. 그걸로 승부를 벌이고 싶다는 내 의도 정도는 코마키도 잘 알 텐데 말이지. 그런데도 그녀는 멈출 기미가 전혀 없었다. 입김이 닿을 만큼 바로 코앞까지 얼굴을 들이댔다. 그러다 보니 그녀의 얼굴이 얼마나 예쁘장한지를 본의 아니게 실감했지만.

지금은 인형처럼 무표정하지만 본인이 마음만 먹으면 그 어떤 표정도 꾸며 낼 수 있다. 그렇기에 남자들로부터 헤아릴 수조차 없을 만큼 고백을 받아 왔겠지만.

짜증 난다. 코마키의 본질은 그 예쁘장한 얼굴과는 전혀 상관도 없다는 사실을 모두가 알았으면 싶었다. 그 못된 성격을 감안해도 사귀고 싶어 하는 사람이야 있을지도 모르지만.

“거꾸로 오르기를 몇 번이나 할 수 있을지, 그걸로 승부하자!”

“그래? 좋아. 해 볼까?”

불과 조금 전까지만 해도 나에게 얼굴을 바짝 들이대던 녀석이 지금은 언제 그랬냐는 듯이 철봉 쪽으로 향했다.

뭐, 딱히 상관은 없지만. 나는 그녀의 옆에 있는 철봉 위에 가만히 손을 올렸다.

“……와카바.”

“잠, 우메, 조노……!”

매미가 바로 근처에서 울고 있었다. 이렇게나 머리가 지끈거릴 만큼 시끄럽게 울어 대고 있는데도 그 모습은 왜 온데간데없는지 신기할 따름이었다.

사실 매미는 이 세상 그 어디에도 없고, 들려오는 울음소리는 죄다 꿈이나 환상일지도 모른다. ……말도 안 되는 소리지만.

하지만 더 이상 그런 현실 도피에 잠길 수도 없나 보다.

"정말 바보 아니야? 이런 곳에서 했다가 혹여나 다른 사람에게 들키기라도 하면……!"

"진 주제에 말이 참 많네?"

졌다. 분명 졌고말고. 그것도 철저하게. 나는 고작 십여 번밖에 못 해냈지만, 그에 반해 코마키는 백 번도 더 거뜬히 해냈다.

그 결과, 아이들은 승부에서 진 나를 이제 조금도 존경 어린 눈빛으로 바라보지 않았다. 오히려 기운 내라며 나에게 사탕까지 건네는 판국이었다.

분하기도 하고 나 자신이 한심해서 자존심이 꺾이기 시작한 것도 잠시, 나는 코마키에게 이끌려 공원 구석에 자리한 숲까지 와야 했다. 아이들 대부분은 놀이 기구를 가지고 놀았기에 굳이 이런 곳까지 들어오지 않은 모양이지만 말이다.

매미와 바람, 햇살 때문에 여러모로 심기가 불편했다.

"굳이 여기에서 할 이유도 없잖아. 우리 집이나 너네 집에서 하면 되는데."

"그건 안 돼. 말은 그렇게 해 놓고 어차피 도망칠 거잖아? 전화도 안 받았으면서."

"그건……!"

“와카바, 도망치지 마.”

내가 나무에 등을 기댄 상태에서 코마키가 내 몸을 짓뭉갤 기세로 들이댔다. 평소에도 늘 드는 생각이지만 이렇게 정면에서 똑바로 마주하고 보니 코마키는 키가 컸다.

이곳은 키 큰 나무들이 무성하게 우거진 장소였기에 평소보다 작게 보이기는 했지만, 그건 분명 나도 마찬가지겠지. 아니, 코마키마저 자그맣게 보일 정도면 나는 콩알처럼 보이지 않을까.

아니, 아니, 아무리 그래도 그 정도까지는 아니겠지.

뭐, 어쨌거나 나 정도는 아무렇지 않게 짓뭉갤 만큼 코마키의 키가 크다는 점은 변치 않지만.

“……하다못해 화장실에라도 가서 하지 그래. 벌레에 물릴 것 같은데.”

“그건 안 돼. 평소 위생 관념이 어떻길래 화장실에서 할 생각을 다 해? 혹시 넌 상식도 없어?”

다른 사람의 존엄을 아무렇지 않게 빼앗는 녀석이 상식에 관해 이러쿵저러쿵 떠들지 말았으면 싶었다. 애초에 코마키는 위생 관념보다 더 다른 것을 신경 써야 할 것 같은데 말이지.

“……게다가 넌 오늘 벌레 퇴치 스프레이를 뿌리고 왔잖아?”

“어? 그걸 어떻게?”

차라리 물어보지 말았어야 했는데, 그런 후회가 든 건 불과 몇 초 뒤였다.

코마키는 내 옷깃을 움켜쥐고는 그대로 코를 문질러 댔다. 갑작스럽게 일어난 일에 한순간 머리가 새하얘졌지만 나는 금세 제정신을 차리고 그녀의 머리를 밀어냈다.

"이게 무슨…… 아니, 우메조노!"

"벌레 퇴치 스프레이 냄새가, 나."

"그래, 알았으니까 그만하래도!"

아무리 상대가 코마키라 한들 냄새를 맡는 짓은 자제해 주었으면 싶었다. 저번에 베개 냄새를 맡았을 적에도 그랬지만 역시나 부끄럽다고나 해야 할지, 창피했다. 게다가 아까 신물이 날 만큼 거꾸로 오르기를 한 탓에 땀을 잔뜩 흘린 직후였다.

나는 코마키만큼 정신 나간 사람이 아니기에 그런 부분에서는 제대로 수치심을 느낄 줄도 안다. 내 땀 냄새를 다른 사람에게 맡아 보라고 권하는 취향은 없다.

하지만 코마키는 전혀 거리낌 없이 내 목 언저리에 얼굴을 들이댔다. 머리카락이 옷 안으로 들어가 엄청 간지러웠지만, 몸을 비틀어 봤자 벗어날 수 없었다.

"그만해도 상관은 없지만, 그럼 해도 된다는 뜻으로 이해하면 되지?"

이런 상황에서 하겠다는 건 보나 마나 하나밖에 없다. 냄새를 맡는 것보단 차라리 그게 낫겠지.

나는 자그맣게 고개를 끄덕였다.

"그래? 그럼 사양하지 않을게."

언제는 사양한 적이 있고? 그런 생각이 들었지만 굳이 입에 담지는 않았다. 아니, 할 수 없었다.

물리적으로 내 입을 막았기 때문이다. 그것도 코마키의 입이.

그러자마자 근처에서 나는 소리들이 아득히 멀어졌다. 그렇다고 모든 소리가 사라진 것은 아니다. 사라진 매미 울음소리나 바람 소리를 대신하듯 코마키의 숨소리가 들려왔다. 입술이 맞닿을 때마다 목소리도 숨소리도 아닌 소리가 새어 나왔다.

평소와 다를 바 없는 키스였다. 이미 완전히 익숙해졌을 그것이 평소처럼 느껴지지 않는 이유는 얼마 전에 '좋아해.' 라는 말을 입에 담으며 키스한 탓일지도 모른다. 아무런 의미도 없이 공허한 그 말에는 진심을 좀먹는 독과 같은 효과가 있기에, 그것이 지금에 이르러 서서히 효과가 나오고 있지 않을까 싶었다.

속으로 그런 생각을 하고 있으니 코마키의 목소리도 숨소리도 아닌 기계적인 소리가 들려왔다. 찰칵 내지는 철컥하는 느낌의 소리였다.

……이 소리는.

"……사진?"

"맞아. 저번에 말했었잖아? 발뺌하지 못하게 사진을 찍어 두겠다고."

"아니, 잠깐."

그게 말이 되나 싶었다.

그건 그냥 빈말 내지는 농담으로 한 말인 줄로만 알았다. 키스당하는 것 정도는 별일 아니겠거니 싶다는 생각마저 들었었는데, 사진처럼 형태가 남는다면 얘기가 달라진다.

"자, 봐. 기분 좋은 듯한 표정을 짓고 있잖아?"

"그런 건 안 봐."

"그래도 돼? 안 보겠다면, 이 사진을……."

"아, 진짜! 보면 되잖아! 보면!"

나는 마음을 굳게 먹고서 그녀가 들이미는 스마트폰 화면을 보았다.

거기에는 분명 우리 둘의 모습이 찍혀 있었다. 코마키는 여전히 무표정했고, 나는 살짝 얼굴을 붉힌 채 그녀를 받아들이고 있었다.

이렇게 객관적으로 나 자신의 모습을 보고 나니, 확실히 코마키와의 키스 때문에 기분 좋아진 것처럼 보이기도 했다.

그녀와 키스를 하다 보면 편안한 느낌도 분명 들기는 한다. 하지만 기분 좋아 보인다고 할 만한 표정을 스스로 지어 보인 적은 없다. 아무리 내가 표정에 그대로 다 드러나는 편이라 해도 그렇지, 기분 좋아요~ 같은 표정을 고스란히 대놓고 드러내면 머저리 같아 보이잖아. 말도 안 되는 소리다.

"이건 그냥 얼굴만 살짝 붉히고 있을 뿐이잖아. 하나도 기분 안 좋거든?"

"정말로?"

"정말이라니까. 오히려 그러는 너야말로 기분 좋은 듯한 표정을 짓고 있잖아, 이 변태야."

"흐~음……?"

코마키가 나에게서 다시 스마트폰을 빼앗더니 곧장 내 뺨을 건드렸다. 부드러운 감촉이 느껴졌다. 하지만 신기하게도 기분 좋은 느낌은 조금도 들지 않았다.

"넌 몇 번이고 키스를 당하든, 어떤 키스를 당하든 간에 기분 좋은 느낌은 안 드나 보네?"

"안 들어. 너랑 한다고 기분 좋아질 리는 절대로 없으니까."

"그럼 나랑 한번 승부해 볼래?"

평소처럼 완벽한 메이크업을 거친 그 얼굴이 신물이 날 만큼 아름다운 미소를 지어 보였다.

그녀의 얼굴은 늘 꾸며 낸 것이며, 때문에 지금 짓고 있는 표정 또한 죄다 거짓이 아닐까 싶은 생각이 순간적으로 들었다. 하지만 그 얼굴에 본인 감정이 잘 드러나는 경우도 있다는 사실은 내가 제일 잘 알고 있다. 이 세상 그 누구보다도 말이다.

"키스를 해서 기분 좋아진 쪽이 진 걸로."

"그게 뭔―― 읍!

승부를 받아들인다는 말은 한 적도 없는데 그녀는 아무 거리낌 없이 나에게 키스하기 시작했다.

기분 좋아진 쪽이 진다고 했으니 아무 느낌도 들지 않도록 애써야 마땅하겠지. 요즘 들어서는 키스에 익숙해진 참이기도 하니 비록 이기진 못할지언정 패배하지도 않을 터.

아니.

오히려 이럴 때일수록 적극적으로 승기를 노려야 할지도 모른다. 코마키가 무엇을 기분 좋다고 느낄지는 모르겠지만, 얼마 전에 키스했을 적에 이상한 표정을 지었던 이유는 어쩌면 기분 좋았기 때문이었는지도 모른다.

"……우메조노."

저번에 보았던 코마키의 모습을 살짝 흉내 내어, 나는 몸을 구부린 그녀의 머리를 끌어안는 듯한 자세로 그녀에게 진한 키스를 했다.

손가락과 손가락, 다리와 다리, 메마른 몸 표면이 맞닿는 정도라면 그렇게까지 특별한 느낌은 들지 않겠지만, 평소에는 다른 사람과 맞닿을 일이 없는 젖은 혀와 혀가 맞닿자 아무래도 비일상적인 느낌이 들 수밖에 없었다.

예전에는 키스를 기껏해야 몸 표면만 붙이는 행위 정도로 여겼었지만, 역시나 이건 일반적이지 않았다.

참 신기하구나 싶었다.

그저 몸 일부를 맞대기만 했을 뿐인데 이렇게나, 이렇게나 머릿속이 뒤죽박죽 섞이다니.

평소 그녀가 하는 것처럼 혀를 더 안쪽으로 밀어 넣고, 혀와 혀를 얽고, 잇몸을 더듬어 나갔다. 너무 착 달라붙어서 잘은 모르겠지만, 코마키는 지금 대체 어떤 표정을 짓고 있을까. 일반적인 경우에는 가까이 다가가지 않으면 잘 보이지 않기 마련이지만 오히려 지금처럼 너무 가까울 경우에도 잘 보이지 않았으니, 그녀와 거리감을 어떻게 유지해야 할지 참으로 난감했다.

하지만 코마키 또한 저번에 그랬던 것처럼 나를 껴안은 채 그대로 키스했다.

얼굴이 보이지 않음에도 분명하게 느껴지는 그 다정함 비슷한 것이 나는 싫었다. 그 가느다란 손끝이 내 머리를 빗자 머리카락이 위아래로 흘렀다. 그 섬세한 손끝에는 아픔을 느끼게 하지 않겠다는 다정함이 깃들어 있었다.

머릿속이 뒤죽박죽으로 섞였다. 내 몸을 꽉 껴안은 그녀는 혀를 살짝 빨거나 깨물더니, 이번에는 목덜미를 건드렸다.

"와카바, 넌 거짓말쟁이야."

그녀가 불쑥 그렇게 말했다.

"갑자기 무슨 소리야?"

"저번에 나를 우선하겠다고 그랬었잖아. ……그런데 전화도 안 받고 혼자 마음대로 나다니다니, 날 조금도 우선하지 않는 걸."

"잠시 밖에 나간 것 정도는 괜찮잖아. 전화도 나중에 다시 걸려고 했었고."

"그것도 거짓말이야."

그런 꿈만 꾸지 않았어도 전화야 얼마든지 다시 걸었을텐데.

코마키는 나에게 있어 무엇일까. 완벽과 동떨어진 IF의 코마키에게 나는 무엇을 보았을까. 그런 의문이 지금도 가슴에 푹 박혀 있었기에 코마키와 가급적 대화를 삼가고 싶었다. 본인 입장에서는 그런 건 아무래도 좋은 일이겠지만.

만약 그 꿈이 정말로 실제 있던 일이었다면 마지막에 내가 뭐라고 말했었는지, 어쩌면 코마키는 기억하고 있을지도 모른다.

그 말을 본인 입으로 듣는다 한들 딱히 별일은 없겠지만.

"다시는 네가 거짓말을 하고 밖에 나다니지 못하게 해 줄게."

그녀는 그렇게 말하고는 내 왼손을 쥐었다.

뭘 하나 싶었더니, 코마키는 곧장 내 손을 자기 입으로 가져가 넷째 손가락을 입에 머금었다.

끈적끈적하고 미지근한 그 감촉에 몸에 소름이 돋았다.

이게 무슨 짓이람. 누가 언제 올지 알 수 없는 이런 곳에서 느닷없이 손가락을 입에 물다니 말이다. 하지만 뿌리칠 수 없었다. 어느새 내 다리 사이로 그녀의 무릎이 파고든 바람에 이젠 한 발짝 떼기도 어려웠다.

이대로 압살당하는 게 아닐까 싶던 차에 손가락에서 통증이 일었다.

손가락을 깨물고 있다. 격통이라 할 정도까지는 아니었지만, 아픔을 분명하게 느낄 정도의 강도였다. 나는 인상을 찌푸렸지만 그녀가 그만둘 낌새는 보이지 않았다. 그야 뭐, 그리 쉽게 그만둘 작정이었다면 애초에 이런 짓 자체를 하지 않겠지만.

"내 손가락이 그렇게나 맛있어?"

손가락이 욱신욱신 아팠다. 이러다 뼈가 부러지면 어쩌지. 코마키는 무표정으로 일관했기에 이다음에 무슨 짓을 벌일지 전혀 짐작조차 할 수 없었다.

"아까 걔네도 네가 이런 짓이나 하는 사람인 줄 알았더라면 보나 마나 실망했을 거야."

각도를 바꾸고 위치를 바꾸면서, 그녀는 몇 번이나 내 손가락을 물고 늘어졌다.

"아니. 아까 걔네뿐만 아니라 네 팬들도 너의 이런 모습을 봤다간 다들 질려 버렸을 거야. 틀림없어."

코마키는 아무 말도 하지 않았다. 내 손가락을 깨무는 게 그렇

게나 좋을까. 저번에 손 핥아 볼 거냐고 물었을 적엔 시큰둥했던 주제에 말이다.

내가 속으로 그렇게 생각하고 있으니, 그녀는 마침내 만족했는지 내 손을 놓아주었다.

햇빛에 살짝 반사되어 반짝이는 내 손가락에 그녀의 잇자국이 선명하게 남아 있었다. 아까 밖으로 나다니지 못하게 해 줄 거라고 그랬는데, 이런 뜻이었나.

"와카바, 앞으로 일주일 동안 날 위해 모든 일정을 비워 놔."

그녀는 조용히 그렇게 말했다.

"싫다면?"

"거부권은 없어. 왜냐하면 넌 승부에서 졌으니까."

"……어."

"그 증거를 사진으로 찍어 뒀는데, 한번 볼래?"

기분 좋아진 쪽이 패배. 그 승부에서 내가 졌다고?

게다가 증거라니. 대체 어느 틈에?

"……정말로 찍은 거 맞아?"

"내가 찍었다고 했잖아. 난 너랑은 달리 거짓말을 하지 않아."

퍽이나. 남들 대할 적엔 내숭이나 잔뜩 떠는 주제에.

"……알았어. 일주일 동안 일정 비워 두면 되지? 알았다고."

"알았으면, 됐어."

조금 전엔 억지로 사진을 보여 주었으면서 이번엔 보여 주지 않았다. 정말로 사진을 찍었는지는 알 수 없지만, 만약 사실이라면 내 이상한 얼굴 표정을 봐야만 하기에 더 이상은 파고들지 않기로 했다.

저번에 코마키가 흉내 냈던 표정을 만약에 내가 짓고 있다면. 그리고 그걸 내 눈으로 직접 확인해버린다면.

보나 마나 영 좋지 않은 일이 일어나지 않을까 싶었다. 그럴 바에는 차라리 일주일 동안 가만히 있는 편이 훨씬 낫다.

"슬슬 점심시간 다 됐으니 밥이나 먹으러 가자."

"그냥 집에서 먹으면 되잖아."

"그건 안 돼. 요즘 들어 밥 대신 과자만 잔뜩 먹고 있다면서?"

"윽."

왜 우리 엄마는 코마키에게 내 정보를 술술 알려 주는 걸까. 그 때문에 코마키랑 같은 학교에 다니는 처지가 되는 등, 고생이 이만저만이 아닌데.

"내 평소 식생활이 어떻든 간에 딱히 뭔 상관이야."

"그럼 못써. 네가 건강을 해치기라도 하면 난처해지는 건 나니까."

"어? 아니, 그게 무슨……."

그녀가 내 왼손을 잡아끄는 바람에 내 의문은 거기서 중단되었다. 아직도 얼얼한 넷째 손가락을 그녀가 꽉 움켜쥐니까 따끔거려서 정신이 없었다.

결국 오늘은 코마키와 같이 밥을 먹고, 그 직후 그녀의 집 근처에서 헤어졌다. 헤어질 때 그녀가 '이상적인 데이트에 관해 생각해 보라.' 라는 말을 나한테 하긴 했지만, 내 머릿속에서는 수많은 의문이 맴돌고 또 맴돌아서 신경 쓸 겨를이 없었다.

역시나 코마키는 참 알다가도 모를 녀석이다.

그래도 나름대로 그녀에 관해 이해해 보고자 노력은 하고 있지만, 그래도 역시나 멀게만 느껴져서 참으로 알쏭달쏭한 기분이 들었다.

코마키를 더 알고 싶다, 지금까지 가슴속에서 몇 번이고 품어왔던 그 마음을 나는 다시금 품기로 했다.

아침 기분이 아이콘 하나로 바뀌다니, 참으로 놀라웠다.

나는 우리 집 거실에서 일기 예보를 보는 중이었다. 오늘 일기 예보는 역시나 맑음이었다. 장마가 끝난 지 어느 정도 지나자 비 아이콘은 눈에 띄게 확 줄었다.

해님 아이콘을 보기만 해도 오늘 하루가 즐거울 것 같아서 가슴이 두근거렸다. 여름은 날씨가 좋은 게 최고다. 구름도 또렷이 잘 보이는 데다, 그 어느 때보다 상쾌한 기분을——.

"아동용 애니는 안 봐도 되나 봐?"

"뭐?"

"오늘 일요일이잖아. 보지 그래? 옛날에는 자주 봤었잖아."

만끽하지 못했다. 왜냐하면 옆에 코마키가 있으니까.

나는 자그맣게 한숨을 내쉬었다. 오늘은 모처럼 강수 확률도 0%인데 말이다. 여기에 코마키만 옆에 없었어도 날씨처럼 내 기분이 상쾌했을 텐데. 내 우아한 아침 시간이 엉망진창이 되고 말았다.

코마키가 옆에 있으면 0% 강수 확률마저 믿을 수 없다. 만약 그녀가 비가 내리길 원하면 온 세상에 비가 내리겠지. 왜냐하면 코마키니까.

"아니, 내가 무슨 어린애도 아니고. 그런 거 안 봐."

거짓말이다. 솔직히 말해서 지금도 가끔씩 본다. 코마키는 잘 모르겠지만 아동용 애니도 무시할 수준은 아니거든. 어른도 아이와 함께 즐길 수 있도록 잘 만들어져서 오히려 웬만한 작품들보다 더 재미있는 경우도 있다.

뭐, 그녀에게 그런 얘기를 해 봤자 어차피 소용도 없겠지만.

게다가 내가 아동용 애니를 보는 이유는 단순히 재미있어서만이 아니다. 조금, 아주 조~금 코마키랑 둘이서 애니를 보던 시절의 기억을 떠올릴 수 있기 때문이라는 이유도 있다.

왜 그 시절의 기억을 떠올리고 싶은지, 떠올려서 뭘 어쩌고 싶은지는 나도 잘 모르겠지만 말이다.

"6학년 언니인데?"

"그거 어제부터 자꾸 들먹이네. 내가 6학년이면 너도 6학년이라고."

"그럼 둘이서 란도셀이나 메고 돌아다녀 볼까?"

"난 됐어. 그래봤자 부끄러움은 내가 아닌 네 몫이 아닐까 싶은데."

나야 아무리 못해도 키 좀 큰 초등학생이라 우기면 통할 수 있지만 코마키는 어림도 없다. 세상에 그런 초등학생이 어디 있겠어.

아니, 아니.

나 또한 어엿한 고등학생이다. 란도셀을 메고 돌아다니면 역시나 사람들은 코스프레로 생각하겠지. ……아마도.

비록 어제는 초등학생으로 오인당했었지만.

"그나저나 넌 아직도 란도셀을 가지고 있어?"

"그럼. 난 너랑 달리 물건 간수를 잘하니까."

나와의 추억이 깃든 물건은 죄다 버린 주제에 말이지. 인형이라든가 샤프라든가. 그걸 소중히…… 아니, 그냥저냥 간직하고 있는 나만 바보 같잖아.

역시나 싫다.

아직도 란도셀을 가지고 있다는 걸 보면 코마키도 추억을 얼마든지 소중히 다룰 줄 알 텐데 말이다. 아무리 싫다고 해도 그렇지 줄곧 친구였던 상대와의 추억을 그리도 손쉽게 버리다니. 코마키 입장에서는 애초부터 난 친구가 아니었으니 당연할지도 모르겠지만.

"나도 잘 가지고 있어, 우메조노. 너랑은 달리 이것저것 막 함부로 버리지 않으니까."

"무슨 얘기야?"

"딱히~."

나는 아침 식사로 차린 빵을 천천히 갉아먹었다. 어느새 빵을 다 먹은 코마키는 아까 내가 만든 계란프라이의 노른자를 터뜨리려고 했다.

오늘은 부모님이 아침부터 외출 중이다. 그것을 알았는지 몰랐는지 코마키는 아침 댓바람부터 우리 집에 쳐들어와 놓고선 대뜸 '아침 안 먹었으니까 뭐라도 좀 먹을래.' 라고 말을 꺼냈다.

우리 집은 코마키 전용 식당도 아닐뿐더러 코마키에게 먹일 만한 것도 없다.

없지, 만.

끼니를 거른 코마키가 혹여나 쓰러지기라도 하면 곤란하니, 결국 내가 아침 식사를 차리는 신세가 되었다. 요리라면 코마키가 훨씬 더 잘할 것이다. 그런데도 나더러 요리 시중을 들게 한 걸 보면, 역시나 날 괴롭히기 위함임이 틀림없겠지.

본인이 직접 만들어 먹는 게 당연히 더 맛있는데 말이지.

뭐, 모든 식사를 유동식으로 해도 아무 문제없는 우리 코마키님께서는 맛이야 어떻든 간에 그저 먹을 수만 있다면야 만족하시겠지만.

짜증이 나기 시작했다.

"……보여 줘."

"어?"

"란도셀 가지고 와서, 나에게 보여 줘."

"아니, 아니, 내가 왜 그래야 하는데?"

"넌 나의, 뭐였더라?"

이런 식으로 일일이 걸고넘어지는 그 부분이 싫었다. 보나 마나 코마키는 훗날 갑질 꼰대 상사가 되겠지.

구태여 그런 식으로 내게 되물을 필요 없이 그냥 처음부터 나를 자기 것이라 말하면 될 텐데 말이다.

아마도 내 입으로 직접 대답을 듣고 싶은 모양인가 보다. 나는 말하지 않았다. 짜증 나는 데다, 성격도 뭐 같고, 짜증 나니까.

"알았어. 가지고 올 테니 넌 여기서 얌전히 밥이나 먹고 있어."

"안 돼."

내가 자리에서 일어나려는데 코마키가 내 팔을 붙잡았다.

요즘 들어 이런 식으로 내 팔을 붙잡는 경우가 많은 것 같단 말이지. 나도 모르게 그녀 쪽으로 시선을 돌렸다. 그녀는 변함없이 무표정했다.

심지어 한창 식사하던 와중인데도 입가에는 얼룩 한 점 묻어 있지 않았다. 입가가 잔뜩 더럽혀지길 기대하고서 일부러 계란 프라이를 반숙으로 해서 줬는데 말이지. 아무래도 헛된 시도였나 보다.

"식사 중간에 자리를 뜨는 건 예의에 어긋나. 자, 마저 먹어."

"내가 알아서 먹을 테니 그런 식으로 들이밀지 마."

그녀가 계란프라이를 내 쪽으로 들이밀었다. 피하려고 했지만 오히려 그게 화근이었는지 계란프라이 노른자가 내 허벅지로 흘러내렸다.

왜 이렇게 아침부터 피곤한 짓만 골라서 하는 걸까.

애당초 말이지. 요즘 들어 식사 때마다 밖에서든 집에서든 코마키가 내 옆에 앉는 게 모든 문제의 원인이다. 일반적으로 둘이서 식사를 할 때는 서로 나란히 앉는 게 아니라 마주 보고 앉기 마련인데 말이다. 자기도 모르게 한숨을 내쉬려던 바로 그 때, 허벅지에서 불쾌한 감촉이 느껴졌다.

"아니, 잠깐! 이게 무슨 짓이야……!"

"마침 티슈가 다 떨어졌거든. 그냥 그대로 둘 수도 없는 노릇이잖아?"

코마키가 어느새 내 허벅지를 혀로 핥고 있었다. 평소 서로의 혀와 혀를 얽을 때와는 달리 묘하게 저릿저릿한 느낌이 등골을 타고 올라왔다.

이게 무슨 짓이람. 불과 조금 전까지만 해도 예의에 어긋나니 어쩌니 떠들던 주제에 말이다.

식사 중에 다른 사람의 허벅지를 혀로 핥는 것이 훨씬 더 예의에 어긋나는 짓일 텐데도 그런 건 안중에도 없다는 기색이었다. 하지만 어차피 저항해 봤자 소용도 없을뿐더러, 아침부터 승부를 벌이기도 귀찮았다. 허벅지 좀 핥는 거야 뭐 딱히.

그런 생각이 드는 나는 코마키에게 적잖이 잠식당한 게 틀림없겠지.

"역시나 초등학생 시절이랑 변한 게 없네."

그게 대체 무슨 뜻이야.

"내 허벅지가 초등학생 시절에 어땠는지도 기억하고 있어?"

"글쎄."

"뭐라는 거야."

그녀는 평소랑은 달리 적당히 얼버무렸다. 그녀의 혀가 내 허벅지를 타고 서서히 위쪽으로 올라오기 시작했다.

저번에 내가 당했던 것처럼 두 다리 사이에 목을 끼울까 싶었지만, 코마키의 힘이라면 보나 마나 금세 빠져나가겠지.

속으로 그런 생각이나 하는 와중에 혀가 점점 더 위쪽으로 미끄러졌다.

침 감촉이 기분 나쁘고 간지러웠다. 다리가 떨릴 것 같았고, 그와 동시에 표정이 일그러질 것 같았다. 하지만 표정을 바꾸면 왠지 지는 것 같은 기분이 들어서 나는 애써 그녀를 노려보았다.

"이제 노른자는 없잖아."

"과연 그럴까? 어쩌면 생각지도 못한 곳에도 묻어 있을지 모르지."

그녀는 그렇게 말하더니 내 잠옷을 잡으려고 했다. 나는 필사적으로 저항해 보았지만 오히려 그게 화근이었나 보다.

의자가 뒤로 기울었다. 아차 싶은 순간에 등에서 묵직한 충격이 일었다.

"아얏……."

엉망진창이었다.

내 몸을 덮쳐누른 코마키는 여전히 심드렁한 눈동자로 나를 바라보며 미동도 하지 않았다.

텔레비전 소리가 들려왔다. 아침부터 기운이 넘치는 연예인의 목소리와 스튜디오에서 터져 나오는 웃음소리가 들려왔다. 마치 다른 사람에게 들키면 안 될 짓이라도 한듯이 묘하게 조용한 우리와는 대조적이었다.

"우메조노, 얼른 일어나. 예의에 어긋나잖아."

"……와카바."

조용한 목소리였다. 어차피 우리 둘밖에 없는데, 우리는 대체 누가 들을까 우려하여 이리도 조심하는 걸까. 큰 목소리로 말하든 작은 목소리로 말하든 상관없이 우리가 하는 짓은 변함없는데 말이다.

"입에 음식이 묻어 있어. 역시 넌 초등학생이야."

그녀는 그렇게 말하더니 내 입 주변을 마치 어린아이처럼 핥았다.

설령 내가 초등학생 시절 이후로 정말 아무 변화가 없었다 한들 코마키는 몰라볼 정도로 많이 변하지 않았을까 싶다. 옛날 같았으면 이렇게까지 나를 대놓고 바보 취급하지 않았을 테고, 게다가 지금보다 훨씬 귀염성이 있었을 텐데 말이다.

나는 바로 코앞에서 그녀의 얼굴을 가만히 쳐다보았다.

여전히 즐거운 기색은 없어 보였다. 쓸데없이 커다란 눈동자가 나를 비추는지 아닌지조차 알 수 없는 데다, 그 옆은 입술에서는 아무런 감정도 느껴지지 않았다.

나는 한숨을 내쉬었다. 코마키의 본심을 알아내고는 싶지만 그녀로부터 얻을 수 있는 정보는 너무나도 적었다.

잡담을 나눠 보려고 해도 결국엔 '딱히' 한마디에 죄다 막히고 말이다.

"우메조노, 이 바보."

내 말을 들었는지 못 들었는지는 모르겠지만, 그녀는 더 이상 아무것도 하지 않았다. 그러고는 몸을 일으켜 세우더니 마저 식사를 했다.

나는 살짝 인상을 찌푸리며 느릿느릿 일어나 의자를 원래대로 되돌렸다.

왠지 모르게 밥맛이 뚝 떨어진 나는 식사하는 척하며 그녀를 가만히 쳐다보았다. 변함없이 예쁘장한 그 얼굴은 외출용 메이크업을 한 상태였다. 이런 부분은 참 철저하다고나 해야 할까, 뭐랄까.

그 빰을 건드리면 화내려나.

그런 생각이 들었지만, 허벅지나 입 주변이 마구 핥아진 상태의 나로서는 두려울 것이 없었다. 그렇기에 나는, 살짝 입을 벌리고서 남은 샐러드를 먹으려는 그녀의 빰을 살짝 잡아당겼다.

"살집이 없어도 너무 없잖아. 밥은 잘 챙겨 먹고 있어?"

"……쓸데없는 참견 마. 그냥 네가 살이 너무 쪘을 뿐이지 난 정상이야."

"나도 평범한 축에 속하거든? 왠지 넌 갈비뼈가 툭 튀어나와 있을 것 같아."

"그럴 리 없잖아. 그런 부분도 잘 관리하고 있으니까."

코마키는 무슨 모델 일이라도 하려는 걸까. 나 같은 일반인은 살찌지 않도록 다소 조심하는 경우는 있어도 관리까지는 하지 않는다.

"그게 뭐야. 당분은 하루에 몇 그램까지만 섭취한다, 그런 식으로 정해 놓기라도 했어?"

"글쎄, 어떨까. ……그나저나 대체 언제까지 만질 건데?"

"네가 화내기 전까지."

자기 허가 없이 만지는 건 금지라고 그랬던 것치고는 코마키가 화를 낼 기색은 보이지 않았다. 뭐, 그녀는 아무 전조도 없이 대뜸 이상한 짓을 저지르고는 하니 결국 방심은 금물일 테지만.

하지만 아무 감흥도 들지 않았다. 딱히 싫어하는 티를 내 주기를 바라는 건 아니지만, 그래도 이런저런 반응을 보여 주었으면 싶었다.

화를 낸다든지, 물에 젖은 개처럼 머리를 흔들며 내 손을 뿌리친다든지, 지금껏 코마키가 보여 주지 않았던 표정을 보고 싶었다. 코마키가 마음속에 간직해 온 진짜 감정이라든지, 그 누구에게도 보여 줄 수 없는 무언가라든지.

그러한 것을 보고 싶었다. 알아내고 싶었다. 참으로 애가 탈 정도로.

"우메조노, 화를 내 봐."

잡아당기는 손가락에 조금씩 힘을 주었다. 그럼에도 코마키는 여전히 표정 하나 바꾸지 않았다.

"너한테 이래라저래라 명령받기 싫어."

빰이 늘어나도 코마키의 목소리는 또랑또랑했고 조금도 뭉개지지 않았다. 어떻게 이다지도 말을 또박또박 잘할 수 있을까. 의문과 정체불명의 짜증이 내 속을 뒤집고 가슴속을 콕콕 찔러댔다. 참으로 마음에 들지 않았다.

"그만두길 바라면 그러라고 말하면 되잖아. 내 존엄은 지금 네 거니까."

"……몰라."

코마키는 그렇게 말하고는 먹으려던 샐러드를 내 입에다 쑤셔 넣었다. 그러고는 그대로 자리에서 일어났다.

"잘 먹었어. 난 잠깐 이 좀 닦고 올 테니, 넌 식사나 마저 하고 나서 얼른 가져와야 할 거나 가지고 와."

"가져와야 할 거라니, 란도셀?"

"그건 이제 됐어. ……어제 말한 거 있잖아."

"그래, 알았어. 잘 알다마다요."

"……그럼, 됐어."

이상하게도 코마키는 한 차례 움직임을 멈추는가 싶더니, 이윽고 무언가를 떠올렸다는 듯이 내 손을 뿌리치고 걸음을 내딛기 시작했다.

나도 모르게 고개를 갸웃할 뻔했지만 그녀의 행동이 별난 건 어제 오늘 일이 아니다. 나는 가슴이 콕콕 쑤시는 것을 느끼며, 내가 만들었지만 별 맛도 없는 아침 식사를 마저 먹어 치웠다.

그리고 일단 내 방으로 가서 여름 냄새가 풍기는 비닐 가방을 들었다.

어젯밤에 코마키로부터 문자를 받았다. 내일 수영장에 가야 하니 수영복을 준비해 놓으라는 밑도 끝도 없는 말이었다. 최근에는 바다도 수영장에도 가지 않았던 터라 수영복은 중학교 시절에 입던 것밖에 없었다. 코마키랑 둘이서 수영장에 가야 하다니 최악이었다.

그렇지만 거절할 수 없는 노릇이었기에 준비는 해 놓았다.

옛날에 썼던 수영 가방을 끄집어내고 거기에다 수영복과 이런 저런 물건을 쑤셔 넣었다.

쓸데없이 밝은색을 띠는 수영 가방은 내 속마음과는 정반대로 무척이나 들떠 보이는 느낌이었다. 옛날에는 수영 가방 색과 내 기분이 딱 일치했을지 모르지만, 지금은 완전히 따로 놀았다.

당시의 그 들뜨던 느낌을 지금 절반만이라도 나눠받을 수 있다면 얼마나 좋을까.

"……여름이네."

수영 가방을 들어 올려 그 냄새를 맡아 보았다.

역시나 여름이었다. 염소 찌든 냄새인지 비닐 냄새인지는 모르겠지만. 여름이라는 느낌이 확 드는 냄새가 나자 마음이 살짝 가벼워지는 듯한 느낌이 들었다.

"뭐 해?"

"으엑."

뒤에서 목소리가 들려왔다. 고개를 돌리자, 노크도 없이 내 방으로 들어온 코마키가 어이가 없다는 듯한 표정을 짓고 있었다.

뭐야, 그 표정은. 평소에 네가 저지르는 행위가 훨씬 더 이상하거든? 마치 괴짜라도 보는 듯한 눈빛으로 나를 쳐다보지 말라고.

"여름을 느끼고 있었어. 너도 한번 느껴 볼래?"

나는 코마키에게 가방을 내밀었다. 보나 마나 거절하겠거니 싶었지만, 뜻밖에도 그녀는 가방을 받았다. 그러고는 움직임이 뚝 그쳤다.

평소 저지르는 변태 행위는 내가 말려도 그만두지 않는 주제에 이럴 땐 망설이다니. 그런 식으로 망설일 거면 차라리 처음부터 받지를 말든가.

왠지 모르게 코마키의 수영 가방에서는 여름 냄새가 나지 않을 것 같았다. 그 가방에서는 내가 내 가슴을 찌르는 듯한, 그런 쓰라린 냄새가 나겠지. 틀림없다. 그래서 그 쓰라린 냄새가 대체 뭔지는 나도 잘 모르겠지만.

"역시나, 됐어."

"……그래?"

침묵 끝에 부정의 말이 나왔다.

딱히 그게 뭐 대수인가 싶었다. 수영 가방 냄새를 맡는 행위엔 아무런 의미도 없으니까 말이다. 다만, 내 냄새는 대놓고 잘만 맡으면서 이런 건 마다하는구나, 그런 생각이 살짝은 들었지만 말이다.

그녀의 손아귀에서 돌아온 수영 가방에서는 왠지 모르게 살짝 따스한 느낌이 들었다. 그것이 내 가슴을 찔러댔기에 불쾌했다. 코마키에게 억지로라도 가방을 통해서 여름을 느끼게 하면 무언가가 바뀐다거나, 그런 생각은 하지 않았다. 하지는, 않았지만.

"그럼 됐어. 나도 이 닦고 올게."

"잠깐만. 그전에 할 일이 있어."

그녀가 내 왼손을 움켜쥐었다.

가방이 내 손에서 미끄러져 내리며 여름 냄새가 사라졌다. 코마키는 곧장 양손으로 내 왼손을 살며시 들어 올리고는 자기 입 쪽으로 가지고 갔다.

이러한 장면을 어디서 본 것 같은 느낌이 들었다. 무언가를 맹세하고자 키스할 때나 반지를 낄 때나, 그럴 때의 느낌이 드는 행동이었다. 하지만 이런들 손등에 대고 키스를 하지도, 사랑이 담긴 반지를 손가락에 끼워오지도 않는다는 사실쯤은 나도 잘 알고 있다.

그렇기에 그 직후에 이어지는, 살을 좀먹는 듯한 아픔이 일 때도 놀라지 않았다.

이가 손가락에 파고드는 감촉은 이번이 두 번째였다. 피가 날 정도는 아니었다. 비교하자면 개가 주인한테 장난으로 깨물 정도의 힘에 가까울지도 모른다. 하지만 꼬박 하루가 지났음에도 깨문 자국이 남을 만큼은 아팠고, 또 그만큼 힘이 셌다.

왼손 넷째 손가락에 자국을 남기는 그 행위에 대체 무슨 의미가 있을까.

밖으로 나다니지 못하게 한다고 그랬었지만 더 좋은 방법이 있을 텐데 말이다. 어차피 이건 부질없는 짓이다. 그냥 왼손만 살짝 가리면 어쨌든 밖으로 나다닐 수 있으니까.

어쩌면 다른 의도가 있는지도 모른다. 그 다른 의도는…….

"우메조노. ……나중에 이런 사람에게 프러포즈 받고 싶다, 혹시 그런 생각 해 본 적 있어?"

각도를 바꿔 가며 내 손가락을 계속 잘근대는 코마키에게 물었다. 마치 초콜릿 묻은 과자의 초콜릿 부분만 먹으려는 듯한 모양새였다.

살짝, 이상했다.

"없어. 프러포즈나 결혼은 관심도 없고, 평생 할 마음도 없으니까."

내 손가락을 입에 문 채로 말하지 말았으면 싶었다. 간지러우니까.

"넌 일과 결혼하겠다는 그런 부류야?"

"그것도 아니야. 그냥 결혼 자체에 관심이 없다는 말이니까."

"어릴 적에 꿈꿔 본 적 없어? 야경이 아름다운 레스토랑에서 프러포즈를 받는다거나! 행복한 결혼 생활을 꿈꾼다거나! ……그런 거."

"딱히? 그런 걸 꿈꿀 만큼 어린애가 아니었으니까."

어린 시절 얘기를 하는데도 자신이 어린애가 아니었다고 하다니, 거참.

코마키는 옛날부터 어린애답게 않게 비범한 능력을 지니고 있기는 했다. 그렇지만 정신적인 부분은 또래 애들과 비슷했을 터다. 코마키 본인이 어떻게 생각하는지는 모르겠지만 말이다.

"……와카바, 넌 있나 보네?"

"그야, 나 또한 한창 잘나가는 파릇파릇한 소녀니까."

"흐~음? 구체적으로 어떤 건데?"

아까보다 넷째 손가락이 더 아픈 것 같았다. 못 견딜 정도는 아니지만.

아픔이 기억 속으로 침투해 지워지지 않는 얼룩으로 남을 것 같았다. 비벼도 빨아도 지워지지 않을 그 얼룩은 훗날 내가 프러포즈를 받을 때 그 진가를 발휘할지도 모른다.

반지 밑에 남은 코마키와의 기억이 내 행복을 파괴할 것 같은 느낌이 들었다. 그건 싫지만, 아마도 오늘 있었던 일은 평생 기억에 남고 말겠지. 그런 생각이 들자 가슴이 따끔거렸다.

"어떤 거냐니, 방금 말한 그런 느낌 말이야. 야경이 아름다운 레스토랑에서, 그런 거……."

내 기억과 감정은 곧이곧대로 믿을 수 없다. 아마도 1년 전이었다면 똑같은 말이라도 진심을 다해 말했겠지만, 지금은 과거의 나 자신을 떠올려 보지 않으면 어떤 프러포즈를 꿈꿨는지조차 말하지 못한다.

치기 어린 프러포즈나 결혼 등, 그런 것들을 한때의 나는 분명 꿈꿨을 텐데.

하지만 언제부터였는지. 아니, 코마키와 다시 엮이고 난 이후부터 나 스스로도 여태껏 알아차리지 못했을 만큼 그 꿈은 조금씩 희미해져 있었다. 지금은 상상해 봤자 더 이상 가슴이 두근거리지 않았고, 그러지도 못했다.

"참 소녀 취향이네."

"뭐 어때. 소녀 맞는데."

"그건 나도 마찬가지야. 그래도 난 그런 낯부끄러운 꿈은 꾸지 않지만."

"아, 그러세요~? 거참 다행이네요."

욱신거리며 아픈 곳은 비단 왼손 넷째 손가락 외에도 가슴속이나, 평소에는 볼 수도 느낄 수도 없는 그런 곳 또한 해당할지도 모른다.

이게 다 코마키 때문이다. 코마키만 없었어도, 만나지만 않았어도, 나는 좀 더.

좀 더……, 뭘까?

"참 안타깝네."

"……뭐가?"

"넌 이제 다시는 때 묻지 않은 손가락에 반지를 낄 수 없게 되었으니까."

그녀는 그렇게 말하더니 그제야 내 손가락을 놓아주었다.

흠뻑 젖은 내 손가락에는 그녀의 잇자국이 선명하게 남아 있었다. 손가락을 빙 두른, 마치 반지와도 같은 모양새로 말이다.

그 말마따나 내 손가락엔 이미 때가 잔뜩 묻고 말았다. 이 흔적이 사라지더라도 내 마음속에는 영원히 남아 있겠지. 은색 반지보다 더 얇고 붉은, 실체가 없는 환영을 나는 계속 느껴야만 하겠지.

따끔거렸다. 어지러웠다.

"앞으로는 네가 만약 프러포즈를 받더라도, 결혼 10주년이나 20주년을 맞이하여 새 반지를 선물 받더라도, 너에게 가장 먼저 손을 댄 사람이 나라는 사실은 변하지 않아."

나의 네 손가락에 코마키의 네 손가락이 겹쳐졌다. 마치 이제부터 에스코트라도 하겠다는 듯한 모양새였다. 하지만 코마키가 그런 짓을 할 사람이 아님은 물론 난 잘 알고 있다.

불쾌감이 들었다. 언젠가 내가 누군가와 결혼하고자 그 사람과 결혼식을 올리더라도, 결국 마지막에 이르러서는 코마키의 얼굴이 떠오를 테니까 말이다.

최악의 괴롭힘이었다. 이토록 항상 최악의 최고점을 갈아치우는 괴롭힘을 매일매일 떠올려오는 것도 차라리 재능의 영역 중 하나가 아닐까 싶었다. 코마키는 아마도 재능이라 불릴 만한 부류를 두루 섭렵하고 있을 게 분명했다.

"그럼, 뭐 아예 맹세라도 해 줄까?"

한숨을 푸욱 내쉬고 나니 아픔이나 이런저런 모든 것을 다 토해 낸 듯한 기분이 들었다.

그제야 나는 평소처럼 웃을 수 있었다.

"이왕 왼손도 이 지경이 되었으니. 변하지 않는 영원의 맹세 같은, 뭐 그런 거라도 해 줄까?"

"……그, 건."

내 손가락에 코마키의 손톱이 박혔다. 손톱이 보이지 않는 것을 보니 아마 오늘도 투명 네일을 붙이고 있지 않을까 싶었다.

눈이 따가울 만큼 반짝이는 그 손톱이 눈에 띄지 않은 점은 다행이지만, 역시나 가슴속 어딘가가 갑갑해졌다.

가슴속뿐만 아니라 분위기마저 착 가라앉은 것 같았다. 점점 더 끈적해지고 무거워지는 이 분위기 속에서 코마키는 마치 초조한 기색으로 입을 뻐끔거렸다.

"……그런 건 아무 의미도 없잖아."

그녀가 불쑥 그렇게 말했다. 그 말은 너무나도 묵직하여 귀가 아플 지경이었다.

"내 것이 되기로 맹세하라고 시킨들, 넌 어차피 안 할거잖아?

시늉뿐인 맹세는 아무 의미도 없고."

코마키는 고개를 푹 숙이고 있었다. 그 눈동자가 어떤 색을 띠고 있는지 궁금해서 나는 오른손으로 그녀의 뺨을 잡고 살며시 고개를 들어 올렸다.

평소보다 더 진한 색을 띠는 그 눈동자가 나를 비추었다.

"……좋아. 지금이라면 진짜로 맹세해 줄게."

"……어, 뭐?"

"진짜로 맹세해 준다고. 시늉이 아니면 되는 거잖아?"

왜 나는 그런 말을 꺼냈을까. 어차피 코마키가 거절할 줄 알고 있으니까?

아니면 계속 어울려 줘도 괜찮다고 여겼기에 맹세해 주겠다는 말을 꺼냈을까.

모르겠다.

모르겠으니 코마키에게 맡길 수밖에. 코마키에게 지금 나의 감정을 모조리 다 맡길 수밖에 없다. 분명 코마키의 감정과 마음은 나보다 훨씬 차분할 테니까 말이다. 그렇기에 지금은 코마키의 대답을 듣고 싶었다.

"맹세하지 않아도 돼. ……어차피 네가 한 맹세는 믿을 수 없으니까."

코마키의 손이 나에게서 멀어졌다. 그제야 나는 몇 배나 강한 중력으로부터 해방된 것처럼 여느 때와 같이 호흡할 수 있는 상태가 되었다.

하지만.

그 대신에 이번에는 발이 땅에 닿지 않는 것처럼 붕 뜬 느낌이 들었다. 이러다 어디론가 날아가 버릴 것만 같았다. 오늘 날씨는 맑고 장소에 따라 중력 변동이 발생할 수 있습니다. 속으로 멍하니 그런 생각이 드는 한편으로 왠지 모르게 아쉬운 감정이 들기도 했다.

미래의 나 자신을 코마키에게 죄다 맡기고 싶은 마음 따위는 없었을 텐데.

"이나 닦고 오지 그래? 난 여기서 기다릴 테니까."

코마키는 그 말만 입에 담고는, 더 이상 아무 대화도 하고 싶지 않겠다는 듯이 내 침대에 드러누웠다. 이대로 그녀가 잠들면 오늘 일정은 백지가 될 테지만.

분명 그럴 일은 없겠지.

나는 자그맣게 한숨을 토해 내고 문고리를 잡았다. 코마키 쪽을 흘끗 돌아보았지만, 그녀는 부리나케 내 이불 안으로 들어가더니 멋대로 내 베개를 베고 누웠다.

뭐, 내 배게 냄새를 맡는 것보다는 낫지만.

이쯤 되니 뭐라 말을 꺼내는 것 자체가 귀찮았다. 나는 곧장 세면대로 향했다. 세면대에는 어째선지 코마키가 가져온 것으로 보이는 칫솔이 놓여 있었지만, 이 이상 아무 생각도 않기로 했다.

여름 방학 동안 코마키는 대체 몇 번이나 우리 집에 들를 작정일까, 그런 걸 일일이 생각하기 시작했다간 스트레스 때문에 위나 심장에 구멍이 뻥 뚫릴 것만 같았기 때문이다.

자전거 바퀴 돌아가는 소리가 멀찍이서 들려왔다.

근처에서 매미가 시끄럽게 울어 대는 탓인지, 아니면 왠지 모르게 세상이 붕 뜨게 느껴지는 분위기가 소리의 전파를 둔하게 만든 탓인지.

잘은 모르겠지만, 이 시끄럽고도 사랑스러운 계절 속에서 나와 코마키가 자전거에 함께 타고 있다는 사실만큼은 분명했다.

"와카바, 더 꽉 붙잡아. 떨어지면 곤란하니까."

"이미 꽉 붙잡고 있어. 내가 무슨 너처럼 고릴라도 아니고, 여기서 무슨 힘을 더 주라는 거야?"

"어쨌거나 어깨 말고 배 쪽을 잡아."

"그냥 둘이서 걸어서 가는 게 더 좋지 않아?"

"안 좋아. 잔말 말고 얼른."

"그래, 알았어."

한 자전거에 둘이서 같이 탄다라, 요즘 같은 시대에 그러는 사람은 거의 없을 것 같은데 말이지. 그래도 누군가와 함께 자전거를 타고 여름날의 거리를 나아가다니, 살짝 청춘다운 느낌일지도 모르겠다. 내 앞에 앉은 사람이 코마키만 아니었어도 가슴이 조금은 두근거렸을지도 모르겠지만.

두근거림이라.

심장이 안 좋아서 그렇다는 뜻이 아니라 가슴 설렌다는 뜻의 그 두근거림 말이다. 그러고 보니 최근 들어선 없었지. 선배를 좋아했던 시절에는 늘 그랬던 것 같은 느낌도 들지만, 지금은 그때 일을 떠올릴 수가 없으니 어쩔 수 없다.

청춘다운 짓을 해도 그다지 즐겁지가 않은데, 도대체 왜 그럴까. 아무리 상대가 코마키라도 즐길 수만 있다면 좀 더 즐기는 편이 낫지 않을까 싶었다. 하지만 그저 한 자전거를 같이 타는 것만으로는 아무래도 청춘다운 느낌이 부족한 것 같기도 한데.

"우메조노."

이름을 불러 보았다. 바퀴 소리에 섞여 들도록 자그맣게.

코마키는 역시나 반응하지 않았다. 만약 그녀가 대답했다면 이참에 승부나 벌여 볼까 말을 꺼내려던 참이었지만 말이다.

못 들었다면 굳이 됐다. 나는 그냥 그녀의 이름을 한번 불러보고 싶었을 뿐이니까. 자그마한 내 목소리를 듣고 내 이름을 불러 주었으면 싶은, 그런 의도는 없다.

내 마음이 발산하는 자그마한 시그널마저 애써 모른 척하며 마음속 깊은 곳으로 가라앉히는 그런 나 자신이, 내 자그마한 목소리를 누군가가 들어주기를 바라는 것은 너무나도 우스꽝스럽다고나 해야 할지, 용납받을 수 없다고나 해야 할지.

"와카바."

내 목소리는 들리지도 않았을 텐데 코마키가 내 이름을 불러 주었다. 조금 전까지만 해도 나지막했던 그녀의 목소리는 확 변하여 무척이나 또렷하게 잘 들렸다. 마치 나랑 입장이 뒤바뀐 것 같다는 느낌마저 들었다.

하지만 내가 속으로 그렇게 생각하는 사이에 그녀의 손이 내 손을 쥐고는 그대로 잡아당겼다.

"잠깐, 우메조노! 위험하잖아!"

"네가 가만히만 있으면 안 위험해. 가만히 있어."

그녀는 그렇게 말하더니 내 손을 자기 배 앞의 후드 티 주머니 속에다 찔러 넣었다. 반대쪽 손도 마찬가지로 말이다.

그녀의 잇자국이 남은 내 손을 남들에게 보여 주지 않아도 되는 건 다행이지만, 그래도 남의 주머니 속에다 손을 찔러 넣고 있으니 살짝 부끄럽기도 했다.

손을 빼려고 하자 그녀가 내 쪽으로 몸을 돌렸다.

위험하다, 앞이나 똑바로 봐라, 그렇게 하려던 말들은 죄다 목구멍 안으로 쏙 들어갔다.

종잡을 수 없는 행동과는 달리 그녀의 눈동자는 한 치의 흔들림도 없었다. 한없이 투명한 그 눈은 마치 자기 인생에 부끄러움 한 점 없다는 듯한 색을 띠고 있었다. 그래서 나는 자그맣게 한숨을 토해 냈다.

"우메조노, 넌 참 할 짓도 없나 봐."

"갑자기 무슨 소리야?"

"아니, 넌 싫어하는 상대를 괴롭히는 데만 자기 시간을 다 쓰고 있잖아. 고등학생이라면 일반적으로 자기 시간을 더 다양한 쪽으로 쓸 것 같은데."

"다양한 쪽이 뭔데?"

"공부라든가 연애라든가, 친구랑 논다든가, 그런 거 말이야. 평범한 고등학생은 남을 괴롭히기보다는 더 의미 있는 데 시간을 쓴다고."

달그락달그락, 달그락달그락.

자전거 바퀴 소리가 들려왔다. 어쩌면 그건 내 마음이 자꾸 헛도는 소리일지도 모른다.

마음속에서 축 하나가 빠진 나는 일관성을 잃고, 코마키에게 하려던 말을 잃고, 같은 장소를 자꾸 빙글빙글 돌고만 있다. 나 스스로도 어떻게 해야 올바른 길로 되돌아갈 수 있을지 알 수 없었다. 그렇기에 나는 얼른 코마키와의 인연을 끊고 싶었다.

군데군데 틈새가 벌어져, 모순과 정체불명의 감정을 내포한 내 마음. 아마도 그것과 마주하기에는 나는 아직도 한참 어린아이에 불과하지 않을까 싶었다.

그럼 코마키 쪽은 어떨까. 파악할 수도 없고 이해할 수도 없기에 멀게만 느껴졌다. 그런 그녀는 정말로, 본인이 싫어하는 나를 괴롭히고 싶다는 이유 하나만으로 움직이고 있을까.

"의미가 있는지 없는지 여부는 본인이 판단할 일이잖아? 네가 싫어할 만한 짓을 하는 것이야말로 나에겐 가장 의미 있는 일이야."

"친구랑 노는 것보다도? 맛있는 걸 먹거나 연애를 하는 것보다도?"

"……그래."

"……그럼, 자신이 좋아하는 걸 생각하는 것보다도?"

언제 어느 때나 좋아하는 것만을 생각하고 있다.

저번에 코마키는 그렇게 말했었다. 하지만 지금은 내가 싫어할 만한 짓을 하는 것이야말로 가장 의미 있는 일이라고 말하는 중이다.

이건 모순이 아닐까. 하지만 썩 그렇게 일관성이 뛰어나지 못한 내가 다른 사람의 마음에 모순된 부분이 있음을 지적할 자격이 과연 있으리라는 생각은 들지 않는다.

"……그건, 아무래도 좋잖아."

좋지 않다. 하지만 그렇게 얘기해 봤자 어차피 소용없다는 사실을 나는 알고 있다. 알고는, 있지만.

"우메조노――."

"이제 곧 자갈길이야. 혀 깨물지 않게 잠자코 있어."

깨물어도 좋으니 조금 더 코마키와 대화를 나누고 싶었다. 그런 생각이 들었지만, 그녀는 나랑 대화할 마음이 없는 모양인지 그대로 입을 다물어 버렸다.

앞쪽을 주시하는 그녀의 머리카락이 나를 향해 찰랑였다.

나는 그녀의 주머니 속에 깊숙이 손을 넣은 채로 그 등에다 내 얼굴을 살며시 묻었다. 역시나 코마키는 코마키였다. 그 이상도 그 이하도 아니었다.

그리고 오늘도 마찬가지였다.

나는 그녀에게 다가가지도 못한 채, 그녀에 관해 깊이 알지도 못한 채, 묵직하고 불쾌한 감정을 끌어안은 채 하루를 시작하는 신세가 되었다.

코마키가 좋아하는 것이란, 대체 무엇일까?

코마키는 지금 대체 무슨 생각을 하고 있을까?

헛도는 내 마음은 그런 간단한 말조차 겉으로 표현하지 못한 채 내 가슴속을 무겁게 잠식해 나갔다. 마치 그 외의 기능을 까맣게 잊은 것처럼 말이다.

"……싫어. 넌 정말 딱 질색이야."

여태껏 줄곧 속으로 품어 왔을 터인 '싫어한다.' 는 말은 막상 입에 담고 나니 무척이나 가벼웠다. 왠지 모르게 나 자신이 살짝 한심하게 느껴졌다.

집에서 조금 떨어진 곳에 자리한 수영장은 여름 방학이라 그런지 가족 단위로 온 사람이 많아 보였다.

나도 어릴 적에는 가족과 함께 여러 차례 온 적이 있는데, 지금처럼 코마키랑 단둘이서 온 적은 이번이 처음이다. 초등학생 시절에는 이따금씩 친구들과 수영장에서 놀곤 했었을 텐데.

왜 코마키랑 같이 온 적은 없었을까. 나는 속으로 그런 의문을 느끼며 옆에서 옷을 갈아입는 코마키 쪽을 바라보았다.

"왜?"

"너, 수영장 좋아해?"

"……딱히."

놀랄 만큼 빠른 속도로 대화가 끝나고 말았다.

그렇게 말할 거면 왜 굳이 나를 수영장에 데리고 왔을까. 아무리 완벽한 코마키 님이라 할지라도 요즘 여름날의 무더위는 견디지 못하고 물속으로 피서를 떠나고 싶었을까.

그렇다면 그냥 혼자서 오지 그랬을까. 하지만 나랑 같이 있는 편이 여러모로 편할지도 모른다. 왠지 나랑 같이 있으면 다른 남자가 말을 거는 경우도 없을 것 같고 말이다.

나도 코마키처럼 헌팅이나 고백 같은 것을 한 번 정도는 당해 보고 싶었다.

뭐, 만약 나 같은 사람에게 말을 거는 사람이 있다면 그건 그것대로 또 위험할 것 같지만.

"넌 좋아하잖아. ……어릴 적에 여름철만 되면 자주 온 것 같던데."

"그건 그래. 친구들이나 가족들이랑 같이. 그러고 보니 내가 너랑 같이 온 적이 있었나?"

"없어. 거절했으니까."

나는 수영복을 꺼내려던 손길을 멈추었다.

"계속 거절하던 사람이 갑자기 무슨 바람이 분 거야? 왜? 물에 눈뜨기라도 했어? 인터넷에서 뭐 괜찮은 거라도 봤나 봐?"

"더우니까."

생각보다 훨씬 시시한 답변이 돌아왔다. 뭐, 딱히 상관은 없지만. 나도 왠지 모르게 그런 이유이지 않을까 싶기도 했고. 하지만 이 무더운 날씨에도 땀 한 방울 흘리지 않는 코마키가 덥다는 이유로 수영장에 오다니.

"원래 여름은 늘 더운데. 그나저나 같이 가자고 할 때마다 왜 계속 거절했었는데?"

"네가 같이 가자고 한다고 내가 순순히 따라가겠다고 할 줄 알았어?"

"오락실은 같이 갔었잖아."

"마지못해서."

"……으."

그 시절엔 코마키랑 자주 놀곤 했었는데, 죄다 마지못해서 그랬다는 얘길 듣고 나니 역시나 짜증이 났다.

"정 그렇게 싫었으면 억지로 나랑 같이 놀지 말고 그냥 무시하면 됐었잖아."

"그래 봤자 어차피 넌 요만큼도 신경 안 썼을 거잖아? 넌 옛날부터 내 사정은 전혀 생각지도 않고서 승부를 걸어오곤 했으니까."

"그건…… 그랬을지도 모르지만."

"그러니 어쩔 수 없이 친구인 척해 줬던 거야. 혹여나 엇나가서 이상한 쪽으로 졸졸 따라다니면 골치 아프니까."

"……짜증 나. 그런 식으로 말하는 거 진짜 완전 싫어."

속이 울렁거렸다. 코마키에게 싫다는 소리를 듣는 것도, 괴롭힘을 당하는 것도 이젠 익숙하다. 하지만 새삼 그런 말을 듣고 나니 아무리 나라도 불쾌감이 들고 기분이 팍 상했다. 그래도 내가 예전에 코마키를 따라다닌 건 사실이니 싫은 소릴 듣는 건 내 자업자득일지도 모르지만.

"……나도 이젠 네가 뭘 하든 내 알 바 아니거든. 날 손절하고 싶으면 마음대로 하시지?"

"나도 이젠 어쩔 수 없이 너랑 어울려 줄 마음은 없어. 왜냐하면 지금의 넌 내 장난감이니까. 가지고 노니까 재미있던걸?"

싫어하는 상대와 인연을 끊기보다는 싫어하는 상대를 장난감으로 가지고 노는 편을 더 선호한다면, 역시나 코마키는 정상이 아니다. 아니, 정확히 말하자면 성격이 엄청 비뚤어졌다.

과거의 나는 이런 녀석에게 용케 우정을 느꼈구나 싶었다. 어쩌면 나는 사람 보는 눈이 없는지도 모른다.

게다가 지금도 코마키의 행복 따위를 바라는 나 자신에게도 혐오감이 들었다. 이런 내 속마음을 남들에게 털어놓으면 분명 미쳤다는 소리나 듣겠지. 왜냐하면 나 스스로가 그렇게 생각하고 있으니까.

“그러니, 더 싫어하는 얼굴 표정 좀 지어 봐.”

그녀는 싱긋 웃으며 내 어깨에 손을 올렸다. 옷은 이미 벗은 참이라 나를 지켜 줄 만한 것이 없다 보니 괜히 불안했다.

코마키의 열기라든가 옛날과는 다른 부드러운 느낌이라든가, 그런 것들이 어깨를 타고 직접 전해져 왔다.

생명의 온기에는 사람의 마음을 편안하게 해 주는 효과가 적잖이 있다고 보는데, 코마키의 손길에서는 편안한 기분은커녕 가슴이 갑갑해지거나 불쾌한 기분만 들 뿐이었다.

하지만 그럼에도 뿌리칠 수 없다는 점이 싫었다. 그녀에게 이기기만 하면 이런 기분과는 작별할 수 있지만, 그러지 못했기에 괴로웠다.

“와카바, 넌 어깨가 참 작네.”

“그건 내가 제일 잘 알거든? 만지지 마.”

“안 돼. 넌 갈아입는 게 너무 느려. 내가 거들어 줄게.”

“잠깐…….”

탈의실에 카메라는 없지만 남들 보는 눈은 있다. 살짝 건드리는 정도라면 이상한 눈길로 쳐다보진 않겠지만, 아무리 그래도 갈아입는 걸 거들어 주는 짓은 아웃이겠지.

아무리 친구 사이라도 그렇게까지 하지는 않는다.

하지만 코마키는 전혀 개의치 않는 기색이었다. 나를 탈의실 구석으로 몰아넣은 그녀는 벗다 만 내 속옷에 손을 댔다.

"그만하라니까!"

"발버둥 쳐도 돼. 소용없지만."

코마키가 나를 내려다보며 싸늘한 말투로 그렇게 말했다. 평소 남들에게 말할 때의 말투와는 완전 딴판이었다. 어쩌면 그녀는 이곳이 공공장소라는 사실을 잊고 있는지도 모른다.

우리 단둘만 있는 방도, 교실도 아닌 장소.

이런 짓을 이런 곳에서 당하는 건, 역시나 좀.

고개를 들어서 보니 그녀는 여전히 무표정을 짓고 있었다. 이제 보니 내 몸을 만질 적에는 대체로 이런 표정을 지었던 것 같기도 했다.

오락실에서 옷을 벗기려 들거나, 남들 보는 곳에서 갈아입는 걸 거들어 주려고 하는 등. 그녀는 윤리관을 어딘가에 내팽개치다시피 한 짓을 어느 때나 거듭해 왔으니, 내가 아니면 그 장단에 어울려 주는 쪽은 여간 힘들지 않을까 싶었다.

나는 자그맣게 한숨을 토해 냈다. 승부를 벌이자는 말을 꺼내면 아마도 이 상황은 그대로 막을 내리겠지. 저번에도 그런 적이 있었고 말이다.

하지만 어차피 막무가내로 승부를 걸어 봤자 내가 진다는 사실쯤은 나도 잘 알고 있다.

게다가 지난번과 같은 상황에서 같은 말을 하자니, 왠지 내 밑천만 드러나고 진 것 같은 기분이 들었다. ……그렇기에.

"……그럼, 그렇게 해."

"뭐?"

"정 그렇게 원한다면 거들어 주든가. 어쩔래? 만세 자세라도 할까? 네가 하고 싶은 대로 해."

"뭐라는 거야. 무슨 꿍꿍이속인데?"

나한테는 늘 자기 마음대로 구는 주제에 내가 그래도 된다고 하면 의심이나 하는 저 태도는 대체 뭐람. 참 성가시다고 해야 할지, 뭐라 해야 할지.

"딱히? 가끔은 이런 것도 나쁘지 않겠다는 생각이 들었을 뿐이야. 자, 와카바가 갈아입는 거 도와줘, 코마키 언니."

나는 방긋 웃으며 그녀를 올려다보았다.

일반적으로 친구끼리는 이러지 않는다. 연인끼리도, 아마. 하지만 자매라고 해 두면 부끄러움이나 위화감 등등이 줄어들지 않을까 싶었다.

그렇게 생각하고서 입에 담은 말이었지만, 어쩌면 내 실수였는지도 모른다.

또 억지나 부릴 줄 알았는데 의외로 코마키는 아무 말도 하지 않았다. 마치 꿀 먹은 벙어리 같은 모습을 보였다.

옷을 벗겨올 때와는 또 다른 부끄러움에 뺨이 살짝 화끈거렸다.

농담을 던졌는데도 받아 주질 않으니 내가 꼭 머저리 같아 보이잖아.

실제로 그럴지도 모르지만.

"후회, 하진 마."

이제야 받아 주네. 딱히 상관은 없지만.

나는 지금 속옷만 걸치고 있다. 그것만 벗겨 주면 즉각 수영복으로 갈아입을 수 있다.

이럴 줄 알았으면 초등학생처럼 옷 밑에 수영복을 미리 입고 왔을 텐데. 뭐, 어차피 내가 그렇게 했어도 코마키는 그에 맞춰서 내가 상상조차 하지 못할 다른 변태 행위를 저지르려 했을 게 뻔하지만.

진짜로 코마키는 대체 언제부터 이런 변태 같은 인간이 되었을까. 상식이나 윤리 등을 죄다 어딘가에 두고 온 사람 같았다. 아직 15살밖에 안 됐는데 말이지. 이대로 가다가 10년 뒤에는 답이 없는 대변태로 거듭날 게 뻔했다.

"와카바, 넌 참 쪼끄맣네."

코마키가 나를 내려다보면서 그렇게 말했다.

마음대로 떠드셔. 평소라면 몰라도 지금의 나에겐 아무 말도 통하지 않으니까.

"난 지금 초등학생인걸. 그러니 당연히 쪼끄맣지~."

"뭐라는 거야. 오글거리게."

"자, 그건 됐고 얼른 벗겨 줘. 계속 이러고만 있으면 대체 어느 세월에 수영복으로 갈아입겠니?"

"건방지게 굴지 마."

"그게 싫으면 얼른 하기나 해. 혹시 우리 코마키 언니는 자기가 하겠다고 한 것조차 제대로 못 하는 한심한 언니였어?"

도발적으로 그렇게 꺼낸 말에 그녀가 내 어깨를 밀쳤다.

등이 로커와 맞닿았다. 그 싸늘한 감촉에 하마터면 몸을 움찔할 뻔했다. 나는 가만히 그녀를 쳐다보았다.

예나 지금이나 아리따운 손끝이 나의 브래지어 어깨끈을 건드렸다.

속옷이야 자기 것을 매일 입고 벗을 텐데도 코마키는 브래지어 어깨끈을 마치 처음으로 만져 본다는 듯이 어색한 손길로 만지작거렸다.

주위에 다른 사람들이 있다는 사실을 떠올리고는 부끄러워서 그러는 걸까?

아니, 아니. 이미 나를 두 번이나 알몸으로 홀딱 벗긴 그녀가 이제 와서 그런 일로 부끄러움을 느낄 리가 없다.

애초에 거들어 주겠다고 나선 사람은 코마키다.

"할 마음 없으면 됐어. 내가 알아서 갈아입을 테니까."

내가 그렇게 말하자마자 그녀가 내 팔을 움켜쥐었다. 예나 지금이나 힘 조절이라는 개념을 모르는 모양이었다. 뼈가 으스러질 것만 같았다.

"할 테니 가만히 있어."

"……응."

나는 그녀가 브래지어를 벗기기 쉽도록 양팔을 벌려 주었다.

그녀의 손끝이 살짝 망설이는 기색을 보이고 나서 내 몸 표면을 미끄러져 갔다. 간지러운 느낌에 몸이 반응함과 동시에 어깨

끈이 흘러내렸다.

딱히 대수로운 일도 아니다. 이곳이 다른 사람들도 이용하는 탈의실이라는 점을 잠시 잊으면 코마키가 내 속옷을 벗기는 것 정도야 아무렇지도 않았으니까.

이미 익숙했다. 코마키의 불쾌한 시선을 느끼는 것도, 그녀 앞에서 알몸이 되는 것도.

하지만 코마키는 그렇지 않은 걸까.

그녀의 시선은 평소에 비해 더 열기를 띠었고, 거기에 깃든 감정의 종류도 평소와 다른 것 같았다. 그녀가 자기 손으로 직접 내 속옷을 벗기는 건 이번이 처음이지만, 그렇다고 딱히 무언가가 바뀐 부분은 없을 텐데.

코마키의 숨소리가 바로 코앞에서 들려왔다.

뜨거운 손끝의 감촉이 내 피부 표면에 계속 남아 있었다. 욱신거리며 아픈 것처럼 말이다.

손끝이 닿은 부분에서 자꾸만 이상한 느낌이 들었다.

잠식당했구나, 싶었다.

나는 딱히 별 대수롭게 여기지도 않았지만. 코마키가 이상하니까, 평소랑은 다르니까, 그게 손끝을 타고 전해져 나마저 이상해졌다.

저번에는 날 만지다가 세균 옮으면 어쩔 거냐고 그랬으면서 말이다.

내가 세균이라면 지금의 코마키는 독이다. 건드리면 온몸에 독이 퍼져 숨이 멎을 것만 같았다.

"……이제 됐어."

그녀는 그렇게 말하고는 내 가슴과 배 사이를 손가락으로 찔렀다.

간지러우니까 그러지 말았으면 싶었다.

"……아직 거의 갈아입지도 않았는데, 벌써 관두게?"

"생각보다 별 재미가 없었거든. 너의 그 어린애 같은 체형도 자꾸 보다 보니 질렸어."

"미인은 사흘이면 질린다, 뭐 그런 얘기야?"

"넌 미인 축에도 못 껴. 게다가 애당초 그 말은 겉만 번지르르하고 속은 매력이 없다는 뜻으로 쓰이잖아."

"……아하하."

나에게 하는 말로는 꼭 틀린 말은 아닐지도 모른다는 생각이 들었지만.

코마키 앞에서 자학이라도 하는 날에는 철저하게 바보 취급당할 게 불 보듯 뻔했기에 가만히 있었다.

"우메조노, 그러는 넌 질렸다는 소리 들을 일 같은 건 없었으면 좋겠네."

"누구에게?"

"언젠가 너랑 사귈 사람에게."

나는 어중간하게 벗겨진 속옷을 마저 벗고 가방에서 수영복을 꺼냈다. 옆에서 코마키의 강렬한 시선이 느껴졌다.

"뭐라는 거야. 난 그런 쪽으로 관심 없다고 분명 말했을 텐데? ……그나저나 그 수영복은 중학교 거잖아."

“맞아. 학교에서 단체로 강매당했던 그거. 이거 말고 괜찮은 게 없었거든.”

“……흐~음?”

그녀는 시시하다는 투로 말했다. 나는 아래쪽도 다 벗고 재빨리 수영복을 입었다.

중학교 시절의 수영복은 차라리 들고 오지 않는 편이 나았는지도 모른다. 수영복에는 적잖은 기억이 엮여 있고, 그중에는 선배와의 추억도 있다.

우리가 수영을 하고 있을 당시에 선배가 속한 반은 밖에서 체육 수업을 하는 중이었다.

나는 선배가 못 볼 줄 알면서 손을 흔들었지만, 선배는 그런 나를 알아차려 주었다. 그때의 나는 역시나 선배를 좋아하나 보다 싶었지만.

가슴에 손을 얹고 봐도 그때의 두근거리는 느낌이라 해야 할지, 설레는 그 느낌은 떠올릴 수 없었다.

대신에 코마키와 함께했던 기억이 떠올랐다.

같은 반이었던 시절의 코마키는 지금 와서 돌이켜보면 늘 내 옆에 있지 않았나 싶다. 중학교 1학년 시절에도, 그녀를 싫어하게 된 이후의 중학교 3학년 시절에도 말이다.

코마키는 내 마음속에 번진 얼룩과도 같은 존재다. 그리 쉽게 지울 수도 없고, 불현듯 그 존재가 신경 쓰이곤 한다.

그래서 싫구나 싶었다.

“조금 전엔 자신이 초등학생이라면서?”

"한창 성장기잖아. 불과 1분 만에 초등학생에서 중학생이 되는 일도 있는 거지."

"뭔 바보 같은 소리야?"

네에, 네에, 그렇고말고요.

어차피 저는 매력도 알맹이도 없는 그냥 바보 같은 여자랍니다. 잘 알았으면 얼른 나 같은 건 잊고 새로운 취미라도 찾아봤으면 좋겠는데.

"너는 원하는 타입 같은 건, 없어?"

"……무슨 타입?"

"이성 취향."

말을 하고도 이런 얘기는 카오리가 좋아할 만한 내용이 아닐까 싶었다. 내가 할 말은 아니지만, 차라리 코마키한테 말 붙이지 말걸 그랬는지도 모른다.

코마키의 취향이 어떤 사람이든 간에 나에겐 아무래도 좋은 일이며 상관도 없는 일이다.

언젠가 나랑 인연을 끊고 나서 본인이 좋아하는 사람과 하고 싶은 일을 하면 되지 않을까 싶었다.

다만, 다만 나는 그런 아무래도 좋은 일을 알고 싶었다. 코마키에 관해 알고 싶었다. 코마키가 좋아하는 것을, 그녀가 속으로 무슨 생각을 하는지를, 그녀의 진짜 감정을, 표정을.

어차피 알아봤자 아무 소용도 없을 테지만.

"딱히 없어. 애초에 타입이란 것 자체가 존재하지 않잖아. 성향이 비슷하다는 이유로 사람을 죄다 좋아하기 시작했다간 한도 끝도 없는데."

듣고 보니 그랬다.

그렇지만 얼굴이 잘생긴 사람이 취향이라든지, 특정 동아리 활동을 하는 남자애를 좋아한다든지, 좀 더 고등학생다운 그런 면모가 혹시라도 있지는 않을까.

하긴, 없겠지. 코마키니까.

본인이 마음만 먹으면 어떤 상대든 고를 수 있는 만큼, 그때그때의 기분에 따라 마음대로 갈아 치울 수 있겠지.

"다른 사람에게 들으면 그냥 그런가 보다 싶은 말도 그 사람에게 들으면 기쁘다든가, 그런 게 바로 좋아한다는 감정이잖아. 얼굴이나 성격은 상관없어. 그 사람과 함께한 시간이나 주고받은 말, 태도, 그러한 것들이 쌓이고 쌓여서 좋아하는 감정으로 발전하니까."

코마키가 이은 말에 나는 눈을 휘둥그레 떴다.

근본이 뒤틀린 것치고는 정상적이라고 해야 할지, 평범한 사고방식이었다. 듣고 보니 그럴지도 모르겠다고, 자기도 모르게 납득하고 말았다.

코마키의 말에는 모종의 생생한 감정이 담겨 있는 듯한 느낌이 드는데, 과연 어떨까.

다른 사람으로부터 들었던 말을 그대로 입에 담았을 뿐일까, 아니면.

저번에 좋아하는 것이 딱 하나 있다고 그랬었는데, 그건 혹시 좋아하는 사람을 말하는 걸까. 그래서 그 사람을 줄곧 좋아해 왔기에 방금 그런 말을 입에 담았을까.

진정으로 좋아하는 사람과 사귈 일은 평생 없다.

그때 듣지 못했던 그 말의 진의가 이제 와서 또 궁금했지만, 분명 그녀가 좋아하는 것은 사람을 두고 하는 말은 아닐 것 같았다. 만약 그렇다면 늘 옆에 있던 내가 모를 리 없다.

늘 옆에 있으면서 그녀가 가장 좋아하는 것도, 진정한 모습도 모르는 주제에.

누군가가 내 안에서 그렇게 속삭였다.

가슴에서 따끔한 통증이 일었다.

"그럼 반대로 묻겠는데. ……넌 좋아하는 타입이 있어?"

"있어."

"……흐~음? 왠지 너라면 무척 소녀 취향일 것 같네."

"실례잖아. 내가 좋아하는 타입은 더 멀쩡한 거라고."

"타입에 멀쩡하고 말고가 있을까 싶은데. ……그래서 그게 뭔데?"

수영복을 다 입은 나는 그 자리에서 몸을 한 차례 빙글 돌렸다.

코마키의 시선이 푹푹 박혀 들었다.

꼭 어린애 같다, 그렇게 말하고 싶은 걸까.

"다정하고 시원시원하고, 은근슬쩍 배려도 할 줄 알고, 그리고 운동 능력이 뛰어난 사람이라고나 할까! 그런 사람이라면 쉬는 날에 같이 테니스나……."

선배구나, 싶었다.

우연하게도 내 이상형과 딱 일치한 사람이 선배였는지, 아니면 선배를 좋아했기에 이상형의 기준이 선배가 되었는지.

모르겠다.

모르겠, 지만.

지금도 좋아하는 타입이라 할 수 있는 선배를 나는 더 이상 순순히 좋아할 수 없었다. 선배의 얼굴을 보기만 해도 기뻐서 가슴이 두근거리고 행복했을 텐데 말이다.

좋아하는 감정이 식자, 그것이 실망으로 바뀌었다. 우정이 싫어하는 감정으로 바뀌고, 다양한 감정이 희미해졌다.

그런 식으로 바뀌어 가는 나 자신의 마음을 감당할 수 없었다. 믿을 수 없었다. 그렇기에 이제는 누군가를 좋아하기도 두려웠다. 한 걸음 잘못 내디뎠다간 나 자신이 희미해지다가 사라질 것 같아서 불안했다.

이런 내 심정을 그 누구에게도 털어놓을 수 없지만.

"와카바?"

정신이 번쩍 뜨였다.

나는 가슴속에서 이는 통증을 무시하고서 웃어 보였다.

"거, 거기에다! 키가 크고 연봉은 2000만 이상에, 나를 좋아한다고 하루도 빠짐없이 진심을 담아 말해 줄 수 있는 사람!"

"……어디서 이상한 정보나 주워들은 거 아니야?"

"경제력은 중요하다네, 우메조노 군."

"재수 없어. ……말해 두겠는데, 나라면 나중에 3000만은 1년이면 벌 수 있고, 한 시간마다 한 번은 좋아한다고 말해 줄 수 있어. 키도 크고 말이지."

“아니, 아니, 그건 또 무슨 경쟁 심리야?”

남의 가상의 남편과 다투지 말았으면 싶었다. 코마키가 타의 추종을 불허할 만큼 뛰어나다는 것쯤은 내가 가장 잘 아니까 말이다.

분명 나 또한 어른이 되기 전까지 다양한 사람과 만나겠지만.

코마키를 능가하는 수준으로 뭐든 다 잘하는 사람은 아마 평생 못 만나겠지. 내가 나중에 결혼할 사람 또한 아마 마찬가지일 테고. 그렇지만 능력이야 아무래도 좋지 않을까 싶었다.

중요한 것은 서로의 마음이다.

“즉, 네가 누구랑 결혼하든 간에 나보단 못 하다는 뜻이야.”

“아~ 그러세요? 거참 잘나셨네요.”

내 마음을 채우는 코마키를 내 감정만큼이나 손쉽게 희미한 존재로 만들 수 있다면, 잊을 수 있다면, 분명 나는 예전처럼 단순하게 살아갈 수 있는데.

하지만 이제 코마키를 평생 잊을 수 없겠지.

내 인생에서 코마키는 마치 그림자처럼 줄곧 따라다녔고, 만약 인연을 끊는다 해도 그것은 사라지지 않을 것 같았다.

그런 생각이 드니 부아가 치밀기 시작했다.

“……좋았어! 수영복도 다 입었으니 얼른 수영이나 하자! 그것도 인어 뺨칠 수준으로!”

“갑자기 엄청 신났네? 와카바. 기분 나빠.”

“뭐, 어때! 자, 바다가 우리를 부르고 있어!”

괴롭든 화가 나든 잘 얼버무리기만 하면, 삼키기만 하면, 없는 것이나 마찬가지다.

나는 방긋 웃으며 바보처럼 코마키의 손을 잡아끌었다. 내가 손을 잡아끌어도 코마키는 별다른 변화가 없었다.

그 사실에 마음이 놓이자, 가슴이 살짝 아렸고 마음이 기우뚱 흔들렸다.

"바다가 아니라 수영장이잖아."

"유수 풀은 실질적으로 바다나 마찬가지라고."

"전혀 아니거든?"

나는 로커 안에 짐을 쑤셔 넣자마자 의기양양한 기색으로 탈의실을 나섰다.

코마키는 별다른 불평 없이 내 뒤를 따라왔다. 아주 조금 옛날 시절로 돌아간 듯한 기분이 들었지만, 움켜쥐고 있는 손의 크기가 지나간 시간의 흐름을 뼈저리게 알려 주었다.

"……저기, 와카바."

평소와는 비교가 되지 않을 만큼 작은 목소리가 내 고막을 두드렸다.

"뭔~데, 우메조노."

"……아니. 역시나 됐어. 네가 이상한 건 늘 있는 일이니까."

"평소에 나를 대체 뭐라고 여기는지 약 한 시간에 걸쳐서 추궁해 보고 싶은걸?"

나는 돌아보지 않고서 나아갔다.

평소에 비해 엄청 부드럽게 잡힌 그 손이, 살짝 다정한 느낌이 드는 듯한 그 말투가, 싫었기 때문이다.

고개를 돌려 코마키의 얼굴을 봤어도 분명 아무것도 변하지 않았을 테지만.

그럼에도 뒤돌아보았다간 이상한 기분이 들 것 같았으니까. 그렇기에 나는 천진난만한 어린아이처럼 앞만 보며 나아갔다.

헛도는 나를 위로해 주듯 여름날의 태양이 빛을 내리쬐어 주었다.

그런 생각은 역시나 인간의 자만심에서 비롯되었겠지만.

시선이 느껴지는 건 절대로 기분 탓이 아니다.

아름다운 것이나 예쁜 것은 그것만으로도 사람들의 눈길을 끌기 마련인데, 그 옆에 미묘한 것까지 딸려있으면 더욱 눈길을 끌겠지.

수박에 소금을 뿌리면 더 달달하게 느껴지는 것과 비슷한 경우라고나 할까.

요컨대, 지금 상황에서는 내가 소금 역할을 완벽하게 수행하고 있다는 말이다.

"……우메조노."

"왜?"

"수영복을 좀 더 수수한 걸로 입고 오지 그랬어? 쓸데없이 화려하니까 무진장 눈에 띄잖아."

사실 수영복이 화려하다기보다는 코마키 본인이 그렇지만 말이다. 프릴 달린 귀여운 흰색 수영복은 코마키와 잘 어울리는 것 같아 보였다.

몸을 가리는 천이 몇 장 있고 없고의 차이가 이렇게나 확연하다니.

몸매는 두말할 것도 없이 좋고, 학교에서도 늘 눈에 띌 만큼 얼굴도 예쁘장하다.

하지만 오늘은 평소와는 달랐다.

수많은 사람의 시선이 과도하리만큼 코마키에게 쏠린 바람에 이따금 곁에 있는 나마저 흘끗흘끗 쳐다보는 그 눈길이 싫었다. 소금은 소금답게 녹아서 사라지고 싶은데 말이다.

"눈에 띄네 마네로 따지자면 네가 그런 소리 하면 안 되지. 학교 수영복을 입은 사람은 거의 없으니까."

"윽, 그건 그렇지만."

코마키가 수영장에 가자는 얘기를 나한테 조금만 더 일찍 했었더라면 새 수영복을 장만했겠지만, 어젯밤에 갑자기 그런 말을 들었으니 이건 어쩔 수 없다고 본다.

뭐, 생각해보면 코마키랑 외출할 목적으로 새 수영복을 장만하는 것도 어처구니가 없는 짓이니, 아마 훨씬 전부터 나한테 얘기했어도 결국 이 수영복을 가지고 왔겠지만.

"그럼 따로 행동할까? 눈에 띄는 사람이 둘이나 같이 붙어 다니면 갑절로 더 눈에 띌 테니까."

"……와카바."

코마키가 내 손을 힘껏 움켜쥐었다.

굳이 눈으로 확인하지 않더라도 반대편 손도 움켜쥐고 있음을 알 수 있었다.

"여름 방학 전에 내가 했던 말, 기억 나?"

"내가 멜론 소다만 잔뜩 마셔 대는 변태라는 말?"

"그거 말고. 왜 그런 쓸데없는 건 아직도 기억하는데?"

"아직도 꽁해 있거든."

나는 어디까지나 멜론을 좋아할 뿐, 변태가 아니다.

"……축제(마츠리)보다 더 좋은 걸 가르쳐 주겠다고, 그랬잖아."

"그랬나?"

실은 기억하고 있다.

코마키의 말을 듣고 축제(마츠리)를 참 싫어하는구나 싶었던 기억이 남아있었다. 초등학생 시절에는 곧잘 같이 가곤 했었는데 말이다. 혹시 코마키는 그때도 이미 축제(마츠리)를 향해 증오의 감정을 불태우고 있었을까.

어쨌거나 내가 축제(마츠리)를 싫어할 날은 아마 오지 않으리라고 보지만.

"맞아. 그러니까 일부러 이렇게 온 거야."

"……아까는 더워서 왔다고 하지 않았어?"

"그건, 거짓말이야. 네가 바보처럼 좋아하는 축제(마츠리)를 싫어하도록 만들기 위해 왔거든. ……그러니 내 곁에서 떨어지지 마."

왜 굳이 그런 거짓말을 했을까.

그건 그렇고, 으~음. 이제 어쩐담.

솔직히 말해서 코마키랑 같이 시간을 보내기보다는 그냥 혼자서 수영을 즐기는 편이 훨씬 더 즐거울 것 같기도 한데.

"그럼 오늘은 네가 날 에스코트해 주게?"

"에스코트라고는 할 수 없어. 다만 가르쳐 줄 뿐이야. 네가 몰라서 그렇지, 세상에는 축제(마츠리)보다 좋은 게 잔뜩 있거든."

수영장은 지금껏 수도 없이 왔으니, 여기서 즐기는 방법만큼은 코마키보다 내가 훨씬 더 잘 알지 않을까 싶은데.

반대로 코마키는 알고 있을까. 친구들이나 가족들이랑 같이 즐기는 수영장이 얼마나 즐거운지.

만약 모른다면 내가 가르쳐 줄 수도 있지 않을까.

뭐, 내가 아무리 분발해 봤자 코마키는 요만큼도 즐거워하지 않을 게 뻔하지만.

"어느 쪽이든 상관없지만. 그럼 어쩔래? 어디부터 갈 거야? 유수 풀? 파도 풀? 아니면 50미터 풀?"

"……저거."

그녀가 손가락으로 가리킨 것은 뜻밖에도 워터 슬라이드였다.

코마키라면 왠지 저걸 즐기는 사람들을 깔볼 거라는 인상이었는데. 나는 눈을 휘둥그레 떴지만, 이내 코마키의 손에 이끌려 그쪽으로 걸음을 옮길 수밖에 없었다.

"진짜로 저걸 타게? 줄도 서야 하고, 높은데?"

"난 딱히 고소 공포증은 없거든. 게다가 너처럼 참을성이 없는 편도 아니고."

정말 괜찮으려나.

저번에 공포 영화를 보러 갔을 적의 일이 떠오르자 살짝 걱정이 들었다. 하지만 너무 이래저래 참견하면 듣는 기분만 상할 테니 더 이상은 아무 말 않기로 했다.

결국 나는 코마키와 둘이서 길게 늘어선 줄에 서기로 했다.

오늘은 햇살이 강한 편이라 가만히 서 있다고 춥지 않았다. 춥지는 않았지만, 거북했다. 왜냐하면 주위에는 온통 커플이나 친구, 가족 단위로 온 사람밖에 없었기 때문이다. 그중에서는 서먹서먹한 소꿉친구 사이인 우리만이 그 어디에도 속하지 않았다.

괜히 불편한 분위기나 풀풀 풍기며 손을 맞잡고 있는 사람은 아마 우리밖에 없겠지.

"우메조노, 그 수영복은 산 거야?"

"그럼 내가 훔쳤을까 봐?"

"아니, 아니, 그 말이 아니라."

왜 이렇게 까칠하게 굴까. 딱히 싸우자는 분위기도 아닌데.

"오늘을 위해 일부러 새로 하나 장만했나 싶어서."

"그렇다면 어쩔 건데?"

"음~……."

나를 수영장에 데려올 목적 하나만을 위해 일부러 수영복을 새로 하나 장만했다고 하면.

뭐라고 해야할까, 역시 코마키는 여러모로 열과 성이 남다르다고나 할까.

나를 괴롭힐 목적 하나 만으로 자신의 입술을 내밀거나 귀중한 시간을 쓰는 등, 차라리 그 노력과 수고를 좀 더 중요한 일에 썼으면 싶은데.

나는 그녀의 모습을 가만히 바라보았다.

나랑 비교했을 때 공을 들인 티가 확연히 달랐다. 수영복 디자

인은 완성도가 높았으며, 메이크업도 수영장에 맞게 하고 온 것 같았다.

늘 드는 생각이지만 나랑 단둘만 있을 때는 메이크업을 굳이 꼼꼼하게 할 필요는 없지 않을까 싶은데.

아니.

그녀는 메이크업을 하든 말든 간에 늘 남들의 주목을 한 몸에 받으니 항상 제대로 꾸미고 다녀야 하는지도 모른다. 이렇게 보니 참 고생이 많겠구나 싶었다.

오늘만 해도 나는 하기 귀찮아서 안 하고 왔는데.

"참 대단하구나 싶어."

"뭐?"

"여러모로 준비성이 철저하다고 해야 할지, 열심히 사는 것 같아서."

"뭐라는 거야. 뭐가 그렇게 잘났다고 거들먹거려?"

간만에 진심을 담아 칭찬해 봤더니 이런 반응이 돌아왔다.

코마키는 친구들이랑 대화할 적에도 누가 더 잘났고 못났고를 따지는 걸까. 인생 참 힘들게 사는구나 싶었지만, 애초에 코마키가 진심으로 친구라고 여길 만한 상대는 분명 없겠지.

인간관계를 좀 더 편안한 마음으로 즐겨 보면 안 될까, 나로서는 도저히 그렇게 말 못 하겠지만.

아침부터 너무 많은 일이 있다 보니 지쳤다. 나는 그 이상 아무 말도 않고서 내 차례가 오기를 기다렸다.

한동안 말없이 기다리고 있는 와중에 갑자기 코마키가 내 손을 만지작거리기 시작했다.

우리는 마치 악수하는 것처럼 손을 맞잡고 있었는데, 그녀가 손가락 사이에 깍지를 끼는 모양새로 손을 쥐고는 엄지손가락으로 내 손톱을 어루만졌다.

그러는가 싶더니 이번엔 손가락이 내 손등을 타며 쓰다듬듯 나아갔다. 그리고 팔 쪽으로, 더 위쪽으로 올라왔다.

기다리기 심심해서 장난치는 건 이해하지만, 그렇다고 내 수영복을 너무 그렇게 잡아당기지 말았으면 싶었다. 늘어나서 헐렁해지면 책임질 거냐고.

"……싫어하지 않나 보네?"

그녀가 불쑥 그렇게 말했다. 나는 자그맣게 한숨을 토해 냈다.

"이제 와서 내 몸 좀 만졌다고 투덜거리진 않아. 내가 무슨 초등학생도 아니고."

"아까는 초등학생이라면서?"

"지금은 고등학생이거든."

"대체 언제 중학생에서 더 큰 거야?"

"원래 애들은 빨리 커."

"그런 문제야?"

그녀는 무표정을 지은 채 내 수영복을 만지작거렸다.

자기가 무슨 수영복 장인이라도 되는 줄 아나 보네.

자꾸 그렇게 잡아당기면 난처한데.

"……싫어하는 티라도 좀 내 봐. 재미없잖아."

"저 무지막지하게 뒤틀린 심보 좀 봐."

"……와카바."

대기 줄은 아까부터 제법 빠른 속도로 줄어들었고, 이제 3분 정도만 더 기다리면 우리 차례가 올 것 같았다.

어느새 제법 높은 곳까지 올라왔다 보니까 바람이 살짝 느껴졌다.

메마른 몸 표면을 쓰다듬으며 머리카락을 안쪽에서 두둥실 들어 올리는 듯한 느낌이었다. 살짝 코마키랑 비슷할지도 모르겠다. 거침없는 것 같으면서 다정하게도 느껴지지만, 역시나 그렇지는 않은 그런 느낌 말이다.

나는 눈을 가늘게 떴다. 태양이 평소보다 더 가깝다 보니 눈부셨다.

곰곰이 생각해 보면 수영장은 참 이상한 곳이다. 평소보다 맨살을 더 많이 드러내고서 몸을 물에 담그거나 물살에 맡긴다. 그렇게 일상과는 다른 시간을 보낼 수 있는 곳이지만 코마키와 있는 이 장소와 이 시간은 분명 일상의 연장선상에 있었다.

"왜 그래, 우메조노."

그 자리에 어울리는 표정은 의외로 짓기 어렵다. 코마키랑 함께 있을 적에는 더더욱 말이다.

왜냐하면 상대방이 속으로 무슨 생각을 하는지, 지금 심정은 어떠한지, 그러한 것들을 전혀 알 수 없으니까.

그렇기에 나는 싱긋 웃었다.

아마 여느 때나 다름없는 미소였지 않을까 싶었다. 코마키는 그걸 보고 무슨 생각이 들었는지 고개를 홱 돌렸다.

역시나 코마키는 귀염성이 없다.

"……아무것도 아니야."

"……그래?"

코마키가 시선을 돌리지 않고서 나를 바라보면 무언가가 바뀔지도 모른다.

그런 생각은 한 번도 해 본 적 없지만.

어느새 나는 입을 살짝 벌리고 있었다.

"……나도, 만져도 돼?"

코마키는 대답하지 않았다. '딱히.' 든 '안 돼.' 든 뭐든 좋으니 뭐라고 말 좀 해 줬으면 싶은데. 상대가 잠자코 가만히 있으니 이미 뻗은 손을 어떻게 해야 할지 난감했다.

고민하고 또 고민하던 나는 양손을 그녀의 뺨으로 뻗었다.

음식을 앞에 두고 젓가락을 깨작거리는 행위는 예의에 어긋나지만, 손으로 그러는 건 분명 예의에 어긋나지 않다고 본다. 예의범절에 까다로운 코마키가 뭐라고 그럴지는 모르겠지만.

"난 만져도 된다고 허락한 적 없는데?"

"원래 침묵을 긍정으로 받아들이곤 하잖아."

"……그럼, 안 돼."

"이미 만지고 나서 안 된다고 해 봤자 늦었거든~."

"그건 혹시 너에게도 적용돼?"

나는 그녀의 양쪽 뺨을 손으로 잡고서 그 고개를 내 쪽으로 돌렸다.

불과 조금 전까지만 해도 내 시선으로부터 도망치듯 고개를 홱 돌렸던 주제에 이번엔 마치 구멍이라도 뚫을 듯한 기세로 날 뚫어져라 쳐다보았다.

반응이 참으로 극과 극이었다. 그냥 좀 평범하게 눈 마주치고 평범하게 얘기하면 난 그것만으로도 만족하는데.

하지만 코마키는 나에게서 눈을 다시 돌리지는 않았다. 기껏 내 쪽을 보도록 고개를 돌리게 만들었는데 이래놓고 내가 눈을 돌리면 아무 소용도 없다. 무엇보다도 왠지 내가 진 것 같은 기분이 들었다.

"그건 뭐 그때그때 알아서."

"와카바. ……그럼, 만질게."

그녀가 내 양팔을 살며시 쥐었다.

마치 부화하기 직전의 알을 살며시 움켜쥐는 듯한 부드러운 느낌이 들었다.

시선과 시선이 부딪쳤다.

벗어나지 못하겠구나 싶었다. 그 또렷한 눈동자에는 내 눈동자가 어떤 색으로 비치고 있을까. 나의 그 의문은 그녀의 손과 맞닿은 팔에서 느껴지는 열기에 휩쓸려 사라졌다.

왜 이렇게나 뜨겁고 따끔할까.

"그렇다고 막 이상한 데 만지면 안 된다?"

"알 게 뭐야. 이미 만지고 나서 안 된다고 해 봤자 늦었는걸."

"그럼 나도 마음대로 만질게."

"……하고 싶은 대로 하든가."

뜻밖의 대답에 나는 눈을 휘둥그레 떴다.

하고 싶은 대로 하라는 말을 들었지만.

나는 코마키랑 달리 변태가 아니다. 이상한 데를 만질 마음은 없다. 그런데 만약 만지면 코마키는 대체 어떤 반응을 보일까.

그 새하얗고 매끈한 목이라든가, 조금도 타지 않은 팔이라든가, 아니면 쓸데없이 반짝이는 머리카락이라든가.

어딜 만지든 간에 화를 낼 것 같지만, 실제로는 어떨까.

내가 속으로 그런 생각을 하고 있으니, 그녀의 손이 조용히 움직이기 시작했다.

코마키는 내 몸의 어느 부분을 만지려는 걸까. 그런 의문이 들면서도 나는 그녀를 가만히 쳐다보았다.

바로 그 순간이었다.

"다음 분, 타세요~!"

몸이 움찔 뛰었다.

아무래도 어느새 우리 차례가 온 모양이다. 코마키는 이미 우리 차례가 왔음을 알고 있었는지 놀란 기색은 조금도 보이지 않았다.

조금 놀라 주면 어디가 덧나나.

이참에 나를 마음대로 만지지 못한 점을 아쉬워했으면 싶었다. 하지만 코마키는 여전히 무표정을 유지한 채 나에게서 눈길을 돌리더니 곧바로 걸음을 내디뎠다.

"우메조노, 네가 먼저 타게?"

"무슨 소리야? 같이 타야지."

"……어?"

내가 눈을 휘둥그레 뜨자, 코마키는 내 쪽을 바라보더니 싱긋 웃었다.

흐르고, 미끄러지고, 떨어진다.

수험생이 타기에는 참으로 재수가 없는 그 어트랙션을 나는 코마키와 둘이서 타는 중이었다.

아니, 뭐, 내가 수험생이던 시절은 작년이었으니 이제 수험생으로서의 재수와는 딱히 관련이 없어졌지만 말이다. 그래도 설마 둘이서 같이 타게 될 줄은 꿈에도 몰랐다.

"우메조노, 재미있어?"

"딱히."

앞에 앉은 코마키는 커브를 그리든 똑바로 나아가든 아무 반응도 보이지 않았다. 뒤쪽에서는 그녀의 표정을 전혀 볼 수 없지만, 어차피 평소처럼 심드렁한 표정이나 짓고 있지 않을까.

앞서 타고 내려가던 사람들은 즐거운 비명소리를 내질렀는데 말이다. 코마키도 와아~ 라든가, 꺄아~ 같은 소리를 질러 보면 어떨까 싶은데.

이왕 둘이서 탔는데 이래서는 하나도 재미가 없잖아.

"별로 즐거워하지도 않으면서 왜 타자고 한 거야?"

"딱——."

"딱히, 라는 말은 이제 금지야. 네가 즐겁지 않으면 나도 안 즐겁거든?"

"뭐라는 거야."

"뭐라는 거야, 그 말도 마찬가지야. 모처럼 둘이서 왔는데 상대방이 따분하다는 듯이 굴면 나까지 기분이 팍 식잖아!"

워터 슬라이드를 탔는데 반응이 이렇게 심드렁한 사람은 아마 이 세상에 코마키 말고는 아무도 없겠지. 나만 해도 어릴 적에는 좋아해서 자주 타곤 했었다. 그때만 해도 실컷 즐기면서 탔었는데.

지금은 전혀, 하나도 즐겁지 않았다.

앞에 앉은 코마키가 싸늘한 반응을 보이는 와중에 나 혼자서만 즐기겠답시고 좋다고 소리 지르는 것도 바보 같으니까 말이다. 이렇게 된 이상 무슨 수를 써서라도 아래쪽에 도착하기 전까지 코마키를 즐겁게 만들 수밖에.

평소야 어떻든 간에, 기껏 여기까지 왔는데도 고집을 부리면서까지 즐기지 않는 건 어리석은 짓이 아닌가.

"웃든 소리를 지르든 하나는 해!"

"하고 싶으면 네가 그렇게 하면 되잖아."

"나는 이미 그렇게 하고 있으니, 너도 그렇게 하라고!"

코마키가 내 쪽으로 고개를 돌렸다.

마치 오늘 아침 운세가 최악이었다는 듯이 그녀는 언짢은 기색으로 인상을 찌푸리고 있었다. 나는 그런 그녀에게 부드럽게 웃어 보였다.

웃는 표정을 짓는 건 자신 있다. 평소에도 늘 웃고 다니는 편이니까.

마츠리가 본다면 분명 귀엽다고 말해 줄 나의 웃는 모습을 보고도 코마키는 한층 더 언짢은 표정을 지었다.

이 자식 봐라?

"자꾸 그런 식이면 축제(마츠리)를 제일 좋아한다는 내 생각은 바꾸지 못할걸!"

"……그런 건, 내 알 바 아니야."

코마키는 그렇게 말하더니 다시 앞쪽으로 고개를 돌렸다.

짜증 나.

먼저 말을 꺼낸 사람이 누군데. 수영장에 가자고 한 사람도, 워터 슬라이드를 타고 싶다고 한 사람도 코마키다. 스스로 그렇게 말을 꺼냈으면 최소한 본인은 즐겨야 할 의무가 있지 않을까. 저렇게 까칠한 태도로 오늘 하루를 보내려는 모습을 보니 어이가 없었다.

하루 정도는 생긋 웃는 척이라도 하면 얼마나 좋아.

그런 생각이 들었지만, 코마키의 상식이 정상과 동떨어져 있음은 어제 오늘 일도 아니다. 그렇기에 나는 몸을 살짝 앞으로 내밀어 그녀의 옆구리에 손을 댔다.

"잠깐, 와카바."

"오늘 하루를 절대 이런 식으로 마무리하지 않을 거야!"

"만지지 마. 위험하잖아. 그리고 네가 그런다고 내가 웃을 줄 알고?"

그 말대로, 내가 이렇게나 만지작거리고 있는데도 코마키는 간지러워하는 기색을 조금도 보이지 않았다. 혹시 코마키의 몸에는 신경이 없는 것 아닐까.

아니면 아무리 간지러워도 꾹 참으며 꿈쩍도 하지 않을 만큼 인내력이 장난 아니라든가.

어느 쪽이든 간에 별 재미도 없고, 짜증도 나고, 속도 울렁거리고, 불쾌한 기분이 들었다.

"그럼, 넌……."

코마키는 어떤 때에 웃을까.

즐거울 때?

슬플 때?

행복할 때?

코마키는 어떤 때에 즐거운 기분이 들까. 코마키의 행복은 어떤 형태를 이루고 있을까. 어차피 생각해 봤자 내가 알 도리도 없을 테지만, 그래도 자꾸만 생각이 꼬리에 꼬리를 물었다. 그녀의 진정한 웃음은 대체 어떤 때에 볼 수 있을까.

그런 건 내가 신경 쓸 일도 아니지만, 역시나 신경이 쓰였다.

거짓 미소라도 좋으니 지금 당장 코마키가 웃는 모습을 보고 싶다는 생각이 다시금 들었다. 거기에 무슨 의미가 있지는 않지만, 어쨌든 간에 말이다.

엉망진창이었다. 코마키랑 같이 있을 때나 그렇지 않을 때나, 그녀에 관해 생각하는 동안에 내 마음은 항상 모순으로 흐트러졌다.

기계에 난 버그를 고치듯이 사람의 마음에 난 모순도 제거할 수 있으면 좋을 텐데.

그런 생각이 든 순간, 온몸에 충격이 일며 몸이 가라앉는 듯한 느낌이 들었다.

아무래도 내 시도는 끝내 실패로 돌아간 모양이다. 꽤나 높은 곳까지 올라갔을 텐데도 내려올 때는 생각보다 순식간이었다. 이것저것 떠드는 동안에 아래쪽 수영장까지 다다른 모양인지 나는 그대로 바닥을 향해 가라앉았다.

어차피 코마키는 이미 물 밖으로 나간 뒤겠지. 그렇게 생각하고서 수면 쪽을 바라보았지만 그녀의 모습은 보이지 않았다.

바로 그때였다. 무언가가 내 몸을 붙잡았다.

물속에서 평소와는 다른 색의 눈동자가 빛나고 있었다.

그것은 달도 아니었고, 밤하늘에 빛나는 별도 아니었다. 태양과도 같은 광채였다. 상황을 파악하기도 전에 나는 눈을 감았다. 어떤 커다란 무언가가 내 몸을 와락 감싸더니 그대로 부상했다.

정적이 물밑으로 가라앉음과 동시에 소란스러움이 고막을 때렸다.

"와카바. ……와카바!"

거짓 없는 목소리가 들렸다. 나는 눈을 떴다.

"……좋은 아침, 우메조노."

"좋은 아침은 무슨. 왜 물에 빠지고 그래."

"안 빠졌어. 그냥 수영장 바닥을 터치하려고 했을 뿐인걸."

"뭐라는 거야. ……너, 진짜 바보야?"

"……걱정했나 봐?"

"그야 당연하지."

"……어?"

진지한 눈빛이 나를 쏘아보았다.

그녀의 눈동자는 왜 이렇게나 눈부실까. 모종의 짜증마저 드는 여름날의 햇살보다 훨씬 더 눈부시고 눈이 따가웠다.

"만약 여기서 네가 물에 빠졌어 봐. ……수영장 이용객들에게도 민폐를 끼칠 뿐만 아니라 너네 어머니한테도 걱정을 끼치잖아. 최악이라고."

"아하, 그런 뜻으로……."

알고 있다. 코마키가 나를 순수하게 걱정해 줄 리 없다는 것쯤은. 그렇기에 나는 평소처럼 웃었다.

"우메조노, 너에게도 남들에게 민폐 끼치기 싫다는 개념은 있나 보네? 조금은 마음이 놓여."

"그야 당연히 있지. 내가 너처럼 바보인 줄 알아?"

"내가 바보든 아니든 간에 상관없는 얘기 아니야?"

"상관이 왜 없어. 어쨌거나 이만 물 밖으로 나가자."

"그래~."

코마키는 그대로 헤엄쳐서 나가려고 했다. 나는 살짝 고민한 끝에 그녀의 손을 잡았다.

"……와카바?"

"왠지 좀, 피곤해서. 나 좀 물 밖으로 데리고 나가 줄래? 우메조노."

"……하아."

코마키는 노골적으로 한숨을 푸욱 내쉬었다. 보나 마나 뿌리칠 줄 알았던 내 손을, 뜻밖에도 그녀는 꽉 움켜쥐고서 끌어당겨 주었다.

"그래. 이대로 계속 있으면 진짜로 민폐일테니."

"응. ……고마워, 우메조노. 착하네."

"……몰라."

이럴 때 모른다는 표현은 일반적으로 잘 쓰지 않을 텐데.

뭐, 아무렴 어때. 코마키는 변함없이 퉁명스러운 기색인 데다 끝내 웃는 얼굴도 제대로 보지 못했지만, 그럼에도 가슴속이 살짝 홀가분해졌다.

그게 왜 그런지는.

아마 생각해 봤자 해답은 나오지 않을 테지만.

하루 종일 수영장에서 놀고 난 뒤에 몸을 덮치는 피로감을 나는 꽤나 좋아하는 편이다.

커다랗게 하품을 하고 살짝 기지개를 켜고 나니, 꼭두서니 빛으로 물든 태양이 눈에 들어왔다.

"간만에 하루 종일 논 것 같아."

"그럴지도."

코마키는 자전거 주차장에 세워 두었던 자전거에 열쇠를 끼우고 앞에 탔다.

"뒤에 타."

"갈 때는 내가 몰아 줄까? 많이 피곤하지?"

"내가 그렇게 약해 빠진 사람도 아니고 하루 정도 놀았다고 지치진 않아. ……게다가 네 다리는 페달에 닿지도 않을 텐데?"

"그럼 높이를 조정하면 되잖아."

"굳이 그렇게 할 바에는 그냥 차라리 내가 모는 게 빨라."

듣고 보니 그랬다.

갈 때도 올 때도 자전거를 몰게 하자니 살짝 미안한 감이 없잖아 있지만, 나는 잠자코 자전거 뒤쪽에 탔다.

천천히 달리기 시작한 자전거는 수영장에 갈 때보다 바퀴가 조금 무거운 느낌이 들었다.

"그래도 오늘 즐거웠지?"

"내가 즐겁지 않으면 너도 마찬가지로 즐겁지 않다는 것 아니었어?"

"아, 그래. 너는 따분했었나 보네."

그 이후에 유수 풀에 가 보거나 파도 풀에 가 보기도 하는 등, 이것저것 했었지만.

결국 코마키는 그다지, 아니, 전혀 즐기지 못한 모양이었다.

나는 자그맣게 한숨을 토해 냈다.

"따분하다 할 정도는 아니고, 그럭저럭."

"오? 점수를 꽤 후하게 주네? 무진장 따분했었다고 할 줄 알았는데."

"점수 후하게 준 거 아니야."

나는 그녀의 후드 티 주머니 속에다 손을 찔러 넣었다. 수영장에 갈 때랑 별 차이가 없어야 할 테지만, 손이 살짝 부어서 그런지 왠지 모르게 색다른 느낌이 들었다.

"……있잖아. 이상적인 데이트에 관해 생각은 좀 해 봤어?"

"그러고 보니 그런 말을 들은 것 같기도 한데."

나는 주머니 속에서 손을 꼼지락거렸다.

"그래……. 상대가 함께 즐기기 위해 고려해 준 데이트라면 그게 제일 이상적일지도 모르겠네."

"……뜻밖이네. 너라면 꽃밭에 가고 싶다거나, 아름다운 야경을 보고 싶다거나, 그런 식으로 말할 줄 알았는데."

"그것도 좋긴 하지만~."

첫 데이트에는 나름대로의 로망이 있다.

하지만 그래서 로망이 꼭 이상적이냐고 묻는다면 그렇지만도 않다. 둘이서 즐길 수 있다면 그게 어떤 데이트든 다 좋다. 근처를 가볍게 산책하기만 해도, 편의점에서 산 과자를 집에서 같이 먹기만 해도 충분하다.

"……알았어. 그럼 고려해 볼게."

고려해 본다니, 뭐를?

내 의견을 참고로 다른 사람과 데이트를 하려는 걸까, 아니면.

아니. 코마키가 내 의견을 참고할 리 없다. 그렇다면, 분명 그런 뜻으로 한 말이겠지.

나는 주머니 속에서 손을 꺼내 그녀의 복부에다 팔을 둘러 보았다.

코마키는 아무 반응도 보이지 않았지만, 지금은 딱히 아무래도 좋았다.

우리는 서로 아무 말 없이 그대로 집으로 향했다.

2 이글거리는 교복 데이트

여름을 여름답게 만드는 것은 무엇일까.

매미 울음소리. 뜨겁게 내리쬐는 햇빛과 아지랑이. 직판장에서 파는 옥수수나 수박 등. 여름이라는 단어를 듣고 떠올릴 수 있는 것은 잔뜩 있지만.

그러한 것들이 모두 없다고 해도 여름은 여름이다. 자연스럽게 순환하는 계절의 입장에서 봤을 때 인간이 생각하는 '~다움' 이야 뭐가 그리 대수겠는가. 그렇기에 여름에 여름다운 일을 하지 않아도 상관없다. 여름 방학에 겨울다운 일을 해도 괜찮다. 괜찮긴, 하지만.

"……더워."

위쪽은 맴맴, 아래쪽은 이글이글. 매미는 오늘도 시끄러웠고, 다리는 땅바닥에서 올라오는 반사열 때문에 무진장 더웠다.

겨울에 입는 스커트는 추워서 싫지만, 그건 여름에도 더워서 마찬가지다.

하물며 지금은 블레이저까지 입고 있다. 이건 사실상 스스로 찜 요리가 되기를 자처하는 것이나 다름없는 짓이다.

그렇다. 오늘 난 교복을 입고 있다. 블라우스에 스커트, 블레이저까지. 하복에서 동복으로 전환하기에는 아직 이른 시기인데다, 애당초 지금은 여름 방학이다. 원래 이 시기의 교복은 옷장 안쪽에다 고이 모셔 두어야 마땅하겠지만, 그걸 지금 내가 왜 입고 있는가 하면.

"많이 기다렸지? 와카바."

"그래, 그래, 기다리느라 목 빠지는 줄 알았지 뭐야."

나는 한숨을 내쉬며 약속 시간에 딱 맞춰 나타난 코마키를 바라보았다.

코마키 또한 나와 마찬가지로 교복을 입고 있었다. 오늘 데이트에 교복을 입고 오라며 말을 꺼낸 사람이 코마키였으니 당연했다. 코마키 본인 또한 입고 오겠다며 어제 약속했기에, 만약 말한 당사자가 입고 오지 않는다면 어떻게 해야 할지 고민하기도 했었지만 그 부분은 의외로 철저했다.

물론 그렇다고 이 무더위가 줄어들 리도 없었고, 특별 깔맞춤이라 기쁘다는 느낌도 전혀 없었다.

"그럼 얼른 가 볼까?"

"……잠깐. 블레이저 좀 벗을게."

"안 돼. 앞섶을 풀어 헤치는 건 괜찮지만 벗는 건 금지야."

"왜? 이러다 더위 때문에 쪄 죽을 것 같은데."

"아무튼 안 돼."

모르겠다. 코마키의 생각은 일반인인 나로서는 이해할 수 없는 영역인지도 모르지만, 아무리 그래도 그렇지.

나를 향한 괴롭힘이 목적이라면 굳이 코마키까지 교복을 입을 필요는 없다. 나는 잠시 생각에 잠겼다가, 단단히 채워진 그녀의 블레이저 단추를 풀기 시작했다.

"뭐 하는 거야?"

"확인."

코마키는 여전히 땀 한 방울 흘리지 않았다. 어쩌면 코마키는 옷 밑에 선풍기라도 몰래 장착하지 않았을까 싶어서 한번 확인해 보았지만, 그러한 것은 없어 보였다.

뒤이어 등 쪽도 조사해 보았지만 역시나 아무것도 없었다.

대체 코마키의 몸은 어떤 구조로 이루어져 있을까.

"이제 만족했어?"

"……으음."

"그럼, 가자."

코마키는 그렇게 말하더니 나에게 손을 내밀었다.

그 손을 잡기에는 상당한 용기가 필요했다. 이제 와서 코마키와 손을 잡기 싫다는 마음은 없지만, 어쨌거나 오늘은 더웠다. 가능하다면 블레이저를 벗고 손도 잡지 않은 채 걷고 싶은 마음이었다.

하지만 코마키는 전혀 개의치 않은 기색으로 내 손을 잡고 걸음을 옮기기 시작했으니, 나도 어쩔 수 없이 그녀의 손을 마주 쥐었다.

혹시 내 손이 땀으로 흠뻑 젖지는 않았을까.

둘이서 즐길 수 있다면 그게 어떤 데이트든 다 좋다.

내 생각은 여전히 확고하지만, 이런 상태에서 즐길 마음이 어떻게 들겠어. 하다못해 교복 차림만 아니었어도 조금은 더 나았을지도 모르는데.

나는 자그맣게 한숨을 토해 내고 나서 코마키와 나란히 섰다.

일반적으로 1학년은 아직 고등학교 교복에 익숙지 않은 경우가 일반적이지만 코마키는 벌써 3학년과 같은 수준으로 교복과 일체화된 모습이었다. 블레이저는 이제 겨우 두 달밖에 입지 않았을 텐데.

역시나 멀게 느껴졌다.

코마키 혼자만 남들과 흐르는 시간이 다른 걸까. 뭐든 금방 척척 잘해 내는 데다, 교복 또한 한숨이 절로 나올 만큼 잘 소화해 내는 모습이었다.

나는 내 넥타이를 살짝 잡아당겼다. 목이 조금 갑갑해졌지만, 그럼에도 교복은 나랑 친해질 마음이 없는 모양이었다.

그녀를 따라잡고 싶은 마음은 딱히 없지만. 어쨌거나 마음에 들지 않았다.

"우메조노."

생각에 잠기면 말이 뚝 끊긴다. 생각을 하지 않으면 나 자신도 이해할 수 없는 말을 입에 담는 경우도 있으니까.

그렇기에 나는 잠시 생각에 잠겼다가 그녀에게 말을 걸었다.

"교복이 잘 어울리네. 귀여워."

별다른 뜻은 없다. 그저 예전에 마츠리로부터 코마키에게 귀엽다고 한번 말해 보면 어떻겠냐는 제안을 받았을 뿐이다. 그래서 나는 그 이유 하나 때문에 마음에도 없는 말을 입에 담았다.

당연히 코마키는 귀엽지 않다. 눈곱만큼도, 요만큼도.

"흐~음?"

역시나 이 모양 이 꼴이다.

애초에 귀엽다는 말 같은 건 입 밖에 꺼내지도 말걸. 어차피 그렇게 말한들 그녀를 나랑 같은 일반인으로 만드는 건 불가능할 뿐더러, 내 속이 후련해질 리도 없는데.

"와카바, 너는."

그녀는 멈춰 서더니 나를 내려다보았다.

평소처럼 감정이 보이지 않는 눈빛으로 말이다.

"넌, 역시나. ……역시나, 귀엽, 지, 않아."

"네가 날 그렇게 볼 거라는 건 나도 알아. 딱히 신경도 안 쓰거든? 굳이 네가 귀엽다는 소릴 해 주지 않더라도, 마츠리는 나에게 귀엽다는 소릴 잔뜩 해 주니까."

"귀엽다는 소리를 듣고 싶어서 환장했나 봐? 혹시 넌 나르시스트야?"

"누가 나르시스트라는 거야, 이 자식아. 내가 실제로 귀엽든 아니든, 그건 상관없어. 그냥 친구가 그렇게 말해 주는 게 기쁠 뿐이니까."

코마키가 나에게 귀엽다고 말해 주길 기대한 적은 없다.

내가 나 스스로를 썩 그렇게 귀엽다고 여기는 편도 아닐 뿐더러 다른 사람에게 듣고 싶은 마음도 없다. 그저 마츠리에게 그런 말을 들은 것이 기쁠 뿐이다. 만약 코마키에게 그런 말을 들었어도 전혀 기쁘지 않았겠지. 그러니 상관없다. 딱히, 아무래도 좋다.

"……그럼, 귀여워."

코마키가 내 귓가에 입술을 바짝 붙이고 그렇게 속삭였다.

달콤한 것 같으면서도 공허한 어감이 느껴졌다. 저번에 내가 코마키에게 '좋아한다.' 고 말했을 때의 그 어감과 비슷했다.

"그럼, 은 또 뭔데? 굳이 억지로 말할 필요 없거든? 마음에도 없는 소릴 해 봤자 하나도 안 기뻐."

"억지로 말한 적 없어. 아까는 쑥스러워서 말하지 못했을 뿐, 난 진심으로 널 귀엽다고 여기니까."

말이 귓속에 달라붙었다.

고막에 직접 벌꿀을 뿌려 대는 듯한 끈적끈적하고 달콤한 어감이었다. 나를 요만큼도 귀엽다고 생각하지 않는 주제에 진심으로 그렇게 여기고 있다는 듯이 들리는 어감이었다. 조금 전에 느꼈던 그 공허함이 마치 거짓이라는 듯이 말이다.

하지만 코마키의 말에 아무리 감정이 깃든 것처럼 느껴진다 한들, 나는 결코 속지 않는다.

어차피 그녀가 입에 담은 말은 죄다 환상이다. 남들에게 보이는 붙임성 좋은 모습이나 웃음 짓는 모습과 마찬가지다. 거기에 진짜 감정이 깃들어 있지 않다는 사실은 이미 잘 알고 있다.

그런데도 마음 한 구석에는 거짓이든 환상이든 간에 그녀의 말에서 감정이 느껴진 것을 기뻐하는 나 자신이 있었다. 사실이 아니라 하더라도 그녀가 웃는 모습을 보고 싶었다. 이틀 전에 수영장에서 그런 생각이 들었을 때처럼 말이다.

그녀에 관해 알고 싶어 하는 내 마음이 뻔한 거짓말을 기쁘게 받아들이고 만다.

참으로 어리석게도 말이다.

“귀여워. 넌, 귀여워.”

“시끄러워.”

“그 블레이저도, 잘 어울려.”

“시끄럽다고 했잖아.”

가슴속에서 물결이 일었다.

진심으로 그러지 말았으면 싶었다. 다음에 마츠리에게 귀엽다는 말을 듣거나 할 때 오늘 있었던 일이 떠오를 것만 같으니까 말이다.

코마키의 괴롭힘은 집요하고 추잡하다.

줄곧 함께해 와서 그런지 그녀는 내가 무엇을 싫어하는지 잘 알고 있으며, 그것을 일부러 파고들곤 했다. 그렇기에 나는 매번 그녀에게 마음을 휘둘리고 그녀의 의도대로 놀아난다. 내 마음을 조금씩 잠식당하다가 이내 가득 뒤덮이고, 그 과정에서 나라는 존재는 점차 사라져 나간다. 결국에는 나 자신을 돌아볼 수 없는 지경에 이르고, 내 마음은 코마키에게 완전히 얽매이고 만다.

“나는 마츠리가 널 생각하는 것보다 훨씬 더 너를 귀엽다고 생각해.”

더 이상 참을 수 없었던 나는 그녀의 가슴을 밀어냈다.

의외로 코마키는 순순히 물러나 주었다. 하지만 손은 여전히 맞잡은 상태였다.

올려다보니 코마키는 생글생글 웃고 있었다. 지금은 그 거짓된 미소를 보고 싶은 기분이 아니었다. 하지만 코마키가 내 뜻대로 행동해 줄 리가 없다.

내가 질색하는 모습을 보며 기뻐하고 있다면 역시나 성격이 참 못됐구나 싶겠지만, 여름과 블레이저 때문에 몸이 열을 많이 먹어서 그쪽으로 신경 쓸 겨를이 없었다.

"우메조노, 네 입에서 나온 귀엽다는 말은 마츠리의 입에서 나온 말의 100분의 1에도 못 미치거든? 0점이야. 낙제점이라고. 다시는 그런 소리 하지 마."

"네가 확실하게 귀엽기만 했어도 나도 더 진심을 담아서 말했을 텐데."

"……역시나 마음에도 없는 소리였잖아. 순 저질."

"기쁘지 않나 봐?"

"그야 너한테 그런 소릴 들어 봤자 소용없으니까. 넌 내 친구가 아닌걸."

"……하긴, 오늘은 연인이니까."

"데이트한다고 연인이라는 법은 없잖아."

"있어. 적어도 오늘 데이트는 연인끼리의 데이트니까."

코마키는 그렇게 말하더니 다시금 내 손을 잡아끌며 걸음을 옮겼다.

"그러니 네 기억 속에다 확실하게 새겨 둬. 장래에 다른 사람과 데이트를 하더라도 나를 떠올릴 수 있게."

코마키는 그런 최악의 발언을 입에 담으며 나에게 웃음 지어 보였다.

마음에도 없는 소리를 감정을 담아 말할 수 있는 그녀에게 나는 살짝 감탄하는 한편으로 그 재능을 좀 더 다른 쪽으로 잘 활용했으면 좋지 않았을까 싶은 생각이 들었다.

차라리 배우 쪽으로 나갔으면 어땠을까. 별로 좋아하지도 않는 나랑 계속 친구 노릇을 하며 관계를 이어올 수 있었던 그 연기력이라면 분명 어떤 역할이라도 소화해 낼 수 있을 텐데.

"내가 왜 널 떠올려야 해? 언제고 내가 승부에서 이기고 나면 냉큼 잊을 건데. 내가 그렇게 한가한 사람도 아니고, 싫어하는 상대를 계속 마음속에 담아 두고 있을 것 같아?"

"넌, 그렇게 못 해."

코마키는 그렇게 말하더니 내 넷째손가락을 어루만졌다.

"나를 잊으려야 잊을 수 없을 테니까. 왜냐하면 와카바는 와카바니까."

코마키는 나를 대체 무엇으로 여기고 있을까.

그 말마따나 나는 평생토록 코마키를 잊으려야 잊을 수 없겠지. 설령 그녀와 인연을 끊고 두 번 다시 만날 날이 오지 않는다 하더라도.

때가 되면 나는 불현듯 코마키를 떠올리곤 하겠지.

평범한 공원에서도, 익숙한 귀갓길에서도, 내 방에서도. 그 모든 것이 코마키와 엮여 있기에, 마음속 깊은 곳으로 내몰린 나는 계속해서 코마키의 환영이나 보는 처지가 되겠지.

하지만 언젠가는 그런 생활도 차츰 익숙해져 그럭저럭 살아갈 수 있을 터. 코마키가 내 앞에서 사라진 뒤에도 내 인생은 계속해서 이어지니까.

"무슨 소릴 하는지 모르겠어. 영문도 모르겠고. ……완전 질색이야."

나는 코마키의 손을 힘껏 움켜쥐고는 그녀 앞에 서서 걸음을 옮겼다.

여름과는 조금도 어울리지 않는 블레이저는 정나미가 떨어질 만큼 묵직했다. 하지만 여름답지 않은 짓을 하는 우리는 그 무엇보다도 우리다울지도 모르겠다는 생각이 들었다.

코마키와의 데이트는 이번이 두 번째다.

첫 데이트 때는 오락실에서 놀거나 그냥 평범한 연인처럼 쇼핑을 하기도 했었지만.

오늘은 우리 동네 쇼핑몰 대신 제법 멀리 떨어진 곳으로 왔다. 결국 데이트에서 하는 일은 대체로 거기에서 거기였지만.

주위를 돌아다니고, 때때로 가게 안에 들어가 보고, 무어라 대화를 주고받고. 멀쩡한 연인 사이라면 당연히 사이도 좋을 테니 서로 정다운 대화가 오갔을 테지만.

"이거 봐. 붕어빵이야, 붕어빵. 학교 가방에 한번 달아 볼래?"

"딱히."

뭐야 그런 태도는.

대화가 조금도 이루어지지 않았다. 언어를 모르는 상대랑 대화해도 이보다는 더 낫지 않을까 싶은데.

"……이쪽엔 과일도 있어. 엄청 리얼하지 않아?"

"그럴지도."

무척이나, 매우, 하나도, 즐겁지 않았다.

이렇게 재미없는 데이트를 하는 사람은 전국에 아마 우리밖에 없지 않을까 싶었다. 아무리 우리가 서로를 싫어한다고 해도 그렇지, 일단 연인끼리의 데이트라고 컨셉을 잡은 장본인은 코마키다. 그러니 코마키 본인이 나서서 어떻게든 좀 더 즐거운 분위기로 만들어 보려고 노력해야 하지 않을까.

아니면 이처럼 불편하고 시시한 데이트를 하는 것 자체가 나를 향한 괴롭힘일지도 모른다.

그렇다면 효과는 뛰어났다. 엄청.

하지만 이상적인 데이트와는 도저히 거리가 멀었다. 일부러 나한테 이상적인 데이트에 관해 물어보고서 데이트를 권해온 만큼, 내가 이상적으로 여기는 데이트를 해 주지는 않을까 싶었었는데. 서로가 즐길 수 있는 데이트야말로 내가 이상적으로 여기는 데이트인데 말이다.

"음식 샘플 보는 거 즐겁지 않아? 이렇게나 리얼한데."

"딱히."

"우메조노, 오늘 날씨는?"

"맑음."

보나 마나 '딱히.' 나 '그럴지도.' 외에는 아무 말도 못하지 않을까 싶었는데 그렇지는 않나 보다.

하지만 이쯤 되니 차라리 챗봇이랑 대화를 나누는 편이 훨씬 더 즐겁지 않을까 싶었다. 아무리 코마키라 해도 평소에는 나랑 좀 더 대화를 나누었을 텐데.

게다가 불과 조금 전까지만 해도 일단 대화 자체는 나누었었고 말이다.

이 몇 분 사이에 갑자기 대체 무슨 일이 있었을까. ……혹시.

"우메조노, 이쪽으로 와."

나는 음식 샘플 가게에서 나와 복도 가장자리까지 그녀를 잡아끌고 갔다.

여름 방학이라 그런지 매장 내부는 머리가 어질어질할 만큼 혼잡했다. 계속 멈춰 서 있으면 다른 사람들에게 민폐가 될 것 같았기에, 나는 재빨리 코마키의 앞머리를 들어 올리고 이마에다 손을 댔다.

뜨겁지는, 않았다.

나는 가만히 그녀의 눈을 쳐다보았다. 눈 초점도 제대로 맞았다. 거기에 내 모습이 비치고 있는지는 모르겠지만.

아무래도 감기나 열사병에 걸리지는 않았나 보다. 살짝 마음이 놓였지만, 그럼 대체 왜 그런 태도로 나를 대했는지 의문이었다. 데이트를 권한 쪽은 코마키다. 코마키 본인이 즐기지 않으면 아무 의미도 없는데.

"왜?"

"아무것도 아니야. 바보는 감기에 걸리지 않는다는 말이 사실일까~ 싶어서."

"바보는 너잖아. 시험 성적으로 날 한 번이라도 이겨본 적 있었어?"

그 말에 나는 피식 웃었다.

코마키는 인상을 찌푸렸다.

"왜 웃고 그래?"

"후후…… 글쎄? 나도 모르겠어."

이제야 좀 평소 모습으로 돌아왔잖아. 그래. 그렇게 나와야 코마키답지. 딱히, 라는 말만 되풀이하면 재미없다. 내 말을 제대로 듣고 생각한 다음에 말로써 답해 준다면, 그게 무슨 말이든 저거 보다는 만족스럽지 않을까 싶었다.

아마 짜증은 나겠지만, 나를 상처 입히기 위한 말을 하더라도, 바보 취급하는 말을 하더라도, 나한테 아무 관심도 없다는 태도로 대화를 끝내는 것보다는 훨씬 낫다. 아마도.

"웃지 마, 와카바."

"왜? 즐거운데 웃지 말라고 하는 건 억지잖아."

"하나도 안 즐겁거든? ……됐고. 더 이상 웃지 마. 그렇지 않으면 여기서 키스할 테니까."

"하든 말든."

본디 사람은 소중한 것을 잃고 나야 비로소 그 소중함을 깨닫는다고들 하지만.

실제로 그럴지도 모른다. 그저 평범하게 대화를 나눌 수 있다는 사실이 이렇게나 감사한 일일 줄은 몰랐으니까.

내가 킥킥거리며 웃자, 코마키의 얼굴이 다가왔다.

머리에서 나사가 백 개는 빠져 있을 코마키지만 아무리 그래도 사람이 많이 지나다니는 이런 곳에서 키스하지는 않겠지.

나는 별 대수롭지 않게 여겼지만, 역시나 코마키는 정상이 아닌 모양이다. 마치 다른 사람들은 눈에 들어오지도 않는다는 듯이 그녀는 그 예쁘장한 얼굴을 나에게 들이댔다.

"자, 잠깐……."

"움직이지 마. 하라고 한 사람은 너니까."

"하라고 한 게 아니라 하든 말든이라 말했을 뿐이잖아! 대체 무슨 생각으로 이런 곳에서 키스를——."

"와카바, 조용히 있어. 다른 사람들에게 민폐잖아."

그녀의 집게손가락이 내 입을 다물게 했다. 입술에 닿은 그 손가락 감촉은 왠지 모르게 아득하게만 느껴졌다.

그 직후, 그녀의 반대쪽 손이 내 앞머리를 잡았다. 그러고는 아까 내가 그랬던 것처럼 그녀는 앞머리를 들어 올리고 내 이마에다 키스했다. 그 부드러운 입술은 내 몸 어디에 닿든 간에 내 마음을 흩트리곤 했으니, 참 대단하구나 싶었다.

맞닿은 부분이 열기를 머금자 머리가 어질어질했다.

"연인 사이한테 이 정도는 그냥 인사잖아."

코마키가 변명하듯이 그렇게 말했다.

"그럼 나도 해도 된다는 말이지?"

"정 하고 싶으면."

"……그럼, 안 할래. 난 너랑은 달리 키스에 환장한 사람이 아니니까. 그리고 해 봤자 별로 즐겁지도 않고."

"그럼 됐어. 가자, 와카바."

"어? 벌써 다른 가게로 가게? 좀 더 둘러보는 것도……."

"안 돼. 시간은 무한하지 않으니까."

그건 그렇지만.

시간을 좀 더 유연하게 활용해야 데이트가 더 즐겁게 느껴지지 않을까 싶었다. 뭐, 연애를 한 번도 해 본 적이 없다 보니 연인끼리의 데이트가 실제로 어떤 느낌인지는 내가 알 도리가 없지만.

코마키는 과연 어떨까.

고등학교에 들어오고 나서부터 지금까지 대체 몇 명과 사귀었는지는 모르겠지만, 선배랑 사귀었을 적에는 어떤 식으로 데이트를 했을까.

지금처럼 바쁘게 하루 종일 돌아다녔을까, 아니면 의외로 정답게 서로 손을 맞잡고서 찬찬히 여기저기 둘러보고 다녔을까.

상상조차 할 수 없었다. 애당초 선배랑 코마키는 평소에 어떤 대화를 주고받았을까.

속으로 이런 생각에 잠긴 채, 나는 코마키의 손에 이끌려 매장 내부를 부지런히 돌아다니는 신세가 되었다. 지난번처럼 옷가게에 들르거나, 잡화점을 둘러보거나, 카페에서 잠시 휴식을 취하는 등. 즐겁지 않은 것도 아니었지만, 그래도 너무 바쁘게 돌아다니다 보니 정신이 없었다.

내가 바라는 즐거운 데이트와 그녀가 하고 싶어 하는 데이트는 뭐랄까, 코드가 맞지 않는다고 해야 할지, 주파수가 맞지 않는다고 해야 할지.

마치 잘못 끼운 단추를 그대로 둔 것 같은 불쾌함에 사로잡힌 채 오후를 맞이했다. 지금 신고 있는 구두는 나름대로 익숙해져 오랜 시간 걸어도 물집이 잡히지는 않았지만, 나는 발을 살짝 누르며 일부러 아픈 척했다.

"슬슬 발이 좀 아프네. 자리 잡고 쉬면서 점심이나 먹자."

"……그러든가."

코마키는 아직도 더 놀고 싶다는 듯한 표정을 지으며 그렇게 답했다.

더 산책을 즐기고 싶어 하는 대형견을 보는 것 같다는 생각도 들었지만 굳이 입에 담지는 않았다. 무모한 도전에는 나설지언정, 내가 무슨 바보도 아니고 스스로 사지에 발을 들이지는 않는다.

우리는 잠시 걷다가 공원 벤치에 앉았다.

오늘은 코마키의 요청에 따라 서로 도시락을 싸 오기로 했다. 솔직히 말해서 요즘 시대에 누가 데이트 때 도시락을 싸 와서 서로 교환할까 싶지만, 코마키가 하라고 한 이상 나로서는 거절할 도리가 없었다.

게다가 내 이상적인 데이트는 서로가 즐길 수 있는 데이트다. 도시락을 서로 교환함으로써 코마키가 즐거움을 느낄 수 있다면 그건 그것대로 좋다. 코마키라면 이렇게 한들 기쁘다고 말하며 웃는 모습을 보여 줄 일은 절대로 없겠지만.

"자, 여기~."

"응. ……내 것도."

과연 어떨까. 직접 만들어야 한다고 해서 오늘은 음식을 하나부터 열까지 손수 만들어 왔지만, 솔직히 말해서 나는 평소 요리를 그렇게까지 많이 하는 편은 아닌지라 맛있는지는 잘 모르겠다.

일단 직접 맛을 보기는 했다. 보기는 했지만, 그래도 어찌 불안했다.

평소 같았으면 코마키가 어떤 반응을 보이든 간에 그건 내 알 바 아니지만, 그래도 오늘은 데이트다. 나는 살짝 기대감을 품고서 그녀가 만든 도시락 보따리를 풀기 시작했다.

뭐랄까, 코마키답지 않았다.

분홍색은 그녀가 좋아하는 색이 아닐 텐데. 굳이 꼽아 보자면 흰색이나 하늘색처럼 연한 색을 더 좋아할 텐데 말이다. 사실 알고 보면 분홍색이나 진한 색이 더 취향일지도 모른다. 나는 이런 밝은색을 꽤나 좋아하는 편이지만.

나는 속으로 이런저런 생각을 하며 도시락 뚜껑을 열었다.

"……이게 뭐야."

"도시락."

"아니, 내 말은 그게 아니라 내용물 말이야. 이상하지 않아?"

"어딜 봐서? 그냥 평범한 도시락이잖아."

아니, 그럴 리가 있나.

도시락에는 본디 먹음직스러운 음식이 담겨 있어야 할 터. 하지만 이 도시락에는 먹음직스러워 보이는 음식은 눈을 씻고 봐도 찾을 수 없었다.

고야 볶음, 양하 무침, 방울토마토. 심지어 당근 글라세까지 정성스럽게 담겨 있었다.

온통 내가 싫어하는 음식들로만 가득 차 있었다. 어린이 런치 세트의 절망편을 보는 듯한 느낌이었다. 만든 사람의 악감정이 이렇게나 뚝뚝 묻어 나오는 요리가 과연 이 세상에 얼마나 있을까. 참으로 달갑지 않았다.

"이거 죄다 내가 싫어하는 것밖에 없잖아. 데이트 때 이런 짓을 하는 사람이 어디 있어? 엉망진창이잖아."

"음식 가리는 버릇 못 고치면 키 안 커."

"내 몸은 내가 좋아하는 걸로만 꽉꽉 채우고 싶거든? 싫어하는 것을 먹으면서까지 키를 더 늘려 봤자 무슨 소용이야."

"무슨 그런 바보 같은 생각을 다 해?"

"바보면 뭐 어때. 그나저나 그러는 너야말로 매운 걸 싫어하잖아. 키 안 클걸?"

"난 이미 클 만큼 다 컸어. 너랑은 달리."

"아, 그러세요? 거참 다행이네요."

왜 코마키만 키가 저렇게 훌쩍 자랐을까 싶었다.

이래 봬도 나 또한 잘 먹고 잘 잔 편이다. 그러니 지금보다는 키가 더 컸어야 하지 않을까 싶은데.

역시나 나는 앞으로 자랄 키까지 그녀에게 모조리 빼앗겼나 보다.

나는 한숨을 내쉬었다.

"……잘 먹겠습니다."

"잘 먹겠습니다."

코마키 쪽을 흘끗 쳐다보았다. 그녀는 마치 학교 팸플릿에 실린 사진에 나오는 학생처럼 쓸데없이 바른 자세로 도시락을 먹는 중이었다.

다리를 가지런히 모으는 모습이라든가, 등을 쭉 펴고 있는 모습이라든가.

그 하나하나가 마치 모종의 견본이 아닐까 싶을 만큼 묘하게 모범적이었다. 우리는 현실을 사는 사람이기에 어깨에서 힘을 좀 더 빼도 되지 않을까 싶지만 말이다. 아무리 그녀가 뭐든 다 잘하는 편이라 해도 그렇지, 늘 이런 식으로 인생을 살면 지치기 마련이다.

아니, 의외로 저런 코마키도 집에서는 엄청 느슨해질지도 모른다. 고무줄이 늘어날 대로 늘어난 헐렁한 잠옷이나 걸친 채 빈둥거리며 지낸다거나.

……그럴 리가.

누구도 아닌 코마키가 그렇게까지 늘어진 삶을 살 리는 절대로 없겠지. 그렇기에 그녀는 자기 스스로를 인간이 아닐지도 모른다며 고민했었으니까.

그렇지만 한번 보고 싶다는 생각은 들었다. 해이해질 대로 해이해진 표정이라든가, 칠칠맞지 못한 옷을 입은 모습이라든가. 코마키는 이 세상에서 어엿이 살아 숨 쉬는 평범한 사람이라는 증거를. 내가 모르는 진짜 표정을.

하지만 그럴 수 있는 날은 안 오겠지. 천사인 코마키 님께서 하늘에서 떨어지지 않는 한은 말이다.

“우메조노, 내가 싼 도시락은 맛이 어때?”

“그럭저럭. 레시피대로 만들었지? 맛이 없지는 않아.”

야, 지금은 빈말로도 맛있다고 해야 하는 순간 아니냐? 명색이 연인끼리의 이상적인 데이트를 하는 중이니까 말이지.

사람 사이에 빈말을 반드시 해야 한다고는 생각하지 않지만, 그렇다고 매사에 직설적으로 나오는 언행이라고 꼭 미덕이라는 법도 없다. 하다못해 지금만큼은 맛있다고 말해 주었으면 싶었다.

“……너도 먹어 봐.”

그녀는 평소보다 훨씬 더 퉁명스러운 투로 말했다.

자신의 능력에 절대적인 자신감을 가진 그녀는 자신이 만든 요리의 경우에도 자신의 실력을 결코 의심하지 않겠지.

나는 한숨을 내쉬고 나서 젓가락으로 고야를 쥐었다. 솔직히 말해서 먹기 싫었다. 하지만 나를 괴롭힐 목적이라 한들, 코마키가 아침 댓바람부터 나를 위해 도시락을 만들어 주었음은 분명하다.

코마키와는 달리 나는 그러한 성의를 무시하지 않는다. 그렇기에 나는 마음을 굳게 먹고 내가 싫어하는 고야를 입안에 던져 넣었다.

“……맛있네.”

“그래? 다행이네.”

코마키는 마치 자기 일도 아니라는 듯이 그렇게 말하더니 심드렁한 기색으로 도시락을 비워 나갔다.

한입 한입은 작지만 먹는 속도는 빨랐다. 맛볼 가치조차 없다는 뜻일지도 모르지만, 그저 단순히 배가 고파서 그러는지도 모른다.

하지만 어느 쪽이든 간에 즐거운 분위기와는 거리가 멀어 보였다.

나는 내가 싫어하는 것들로 가득 찬 도시락을 먹기 시작했다. 날 괴롭힐 목적으로 만들었다고 하기에는 모든 요리가 다 맛있었다. 솔직히 말해서 평소 입에 대기도 싫은 양하나 방울토마토도 일부러 데쳐서 껍질을 벗긴 덕분인지 식감이 말랑말랑했다.

코마키가 만든 것치고 맛없을 리 없다는 사실은 잘 알고 있었지만.

차라리 맛없는 편이 나았는지도 모른다.

코마키가 만든 맛없는 요리를 입에 넣었을 때, 내가 그것을 확실하게 삼킬 수 있을지는 알 수 없다. 그때에는 코마키를 향한 내 심정이 드러났겠지.

하지만 실제로는 코마키가 만든 요리가 맛있는 바람에 삼키지 않는다는 선택지 자체가 없었지만.

"너, 요리 잘하네? 놀랍…… 지는 않지만."

"그야 당연하잖아. 내가 못 하는 건 없으니까."

"……그럼 물구나무서기로 전국을 한 바퀴 도는 건 어때?"

"그건 할 수 있어도 하기 싫어. ……잘 먹었습니다."

코마키는 조용히 그렇게 말하고는 도시락 통을 다시 보자기로 묶었다.

코마키가 묶었다고는 참으로 믿기 힘들 만큼 원래 상태 그대로였다. 묶는 버릇 하나하나까지 나랑 같았다. 코마키의 흔적이 남지 않은 도시락 통이 벤치 위에 놓였다. 나는 살짝 가슴이 술렁이는 것을 느꼈다.

노래방에 갔을 적에도 그랬지만, 다른 사람 흉내까지 완벽하게 내는 그 모습에 짜증이 났다.

"엄청 빨리 먹었네? 혹시 오늘은 뱃속에 거지라도 들어앉아 있었어?"

"뭐라는 거야. 재수 없어."

그렇게 말할 줄 알았다.

조금은 즐거운 티라도 냈으면 참 좋을 텐데. 바쁘게 돌아다니거나 평소처럼 서로 부딪치기만 해서는 도저히 이상적인 데이트라고 할 수 없다.

그것 또한 우리답다면 우리답다고 할 수 있겠지만 말이다.

나는 그녀가 만든 도시락을 천천히 맛보았다. 그러는 동안 코마키는 나에게 눈길 하나 주지 않고 공원에서 노는 아이들을 바라보았다.

만약 코마키의 데이트 상대가 나 말고 다른 사람이었다면 좀 더 분위기가 즐겁지 않았을까 싶다. 늘 학교에서 짓는 웃는 모습을 상대에게 보이고, 상대가 기뻐할 만한 말을 입에 담는, 그런 분위기가 아니었을까.

"잘 먹었습니다. 맛있었어."

나는 조용히 중얼거리듯이 말하고는 도시락 뚜껑을 덮었다. 양도 맛도 딱 알맞았다.

그러고 보니 저번에 코마키는 내가 만든 계란말이를 먹고 나 같은 맛이 났다고 그랬었는데.

코마키가 만든 요리에서는 코마키 같은 느낌이 전혀 나지 않았다. 반면에 오늘 내가 만든 요리는 과연 어땠을까. 그런 생각이 들었지만, 그렇다고 내 맛이 났었냐고 물어볼 수도 없는 노릇이겠지.

나는 도시락을 다시 보자기에 싸서 그녀 옆에 살며시 놓아두었다.

"……참 아쉬웠겠어."

"뭐가?"

"날 골탕 먹이지 못해서 말이야. 그냥 다 맛있게 잘 먹었거든."

조금은 대충 만들었어도 됐을 텐데.

그랬다면 나를 괴롭히는 데 써먹을 수 있었겠지. 그런 생각이 들었지만, 원래 무슨 일이든 대충 하는 법이 없는 사람이 코마키다.

그것이 좋은 쪽으로 작용하는 경우도 있지만, 지금의 나를 괴롭히는 한 요인이 되기도 한다.

"딱히? 가리지 않고 잘 먹고 키가 조금만 더 컸으면 참 좋겠어, 와카바. 하다못해 놀이공원에 있는 모든 놀이 기구는 다 탈 수 있어야 하지 않을까?"

"야, 난 그렇게까지 작지는 않거든? 그냥 다 탈 수 있거든?"

"흐~음?"

코마키는 심드렁한 기색으로 그렇게 말하더니 내 허벅지 위에 머리를 얹었다. 워낙 갑작스럽게 일어난 일이었기에 미처 막을 새도 없었다. 나는 그녀의 머리를 고스란히 받아들일 수밖에 없었다.

"왜 그래, 우메조노. 배 터지게 실컷 먹고 나니 졸려?"

"딱히? 그냥 네 얼굴을 보기 싫을 뿐이야."

어차피 내 얼굴은 아까부터 거들떠보지도 않았던 주제에.

나는 살짝 어이가 없음을 느끼며 그녀의 머리를 쓰다듬어 주었다. 예나 지금이나 만지는 느낌은 좋았다. 보슬보슬하고 색도 예쁘고.

타고난 머리가 이렇게 예쁘면 굳이 염색할 필요도 없으니 부러웠다. 나는 언젠가 더 아름다운 색으로 염색하고 싶었다. 금색도 좋고, 은색도 좋겠지.

"방울토마토랑 양하 말인데……. 이제 몇 번째가 되었어?"

"……싫어하는 순서?"

저번에 그런 얘기를 나누었던 기억이 났다.

"그래. 먹어서 맛있었다면 이제 더 이상 싫어하지 않겠지?"

"글쎄? 그래도 아직은 싫어하는 축에 속하는 것 같은데."

"……적어도 이제는 나를 첫 번째로 싫어하게 되었지?"

"음~. 아직은 아닐지도? 나한테 맛있는 도시락을 만들어 주었으니 조금은 좋아하게 되었을지도?"

"뭐라는 거야. 겨우 그런 일로 다른 사람을 좋아하게 되다니, 무슨 바보도 아니고."

그녀가 내 배 쪽으로 고개를 돌리더니 그대로 내 왼손을 움켜쥐었다.

그러고 보니 오늘은 아직이었구나, 싶었다. 어제는 만나지 않았기에 넷째손가락에 난 자국은 이제 거의 눈에 들어오지도 않을 만큼 희미해져 있었다.

역시나 코마키는 그걸 가만히 내버려둘 생각이 없었나 보다. 그녀는 마치 식후 디저트라는 듯이 내 넷째손가락을 깨물었다. 그때나 지금이나 미묘한 통증이 일었다. 평소 가슴에서 느껴지는 통증에 비하면 얼마든지 견딜 수 있는 수준이었다.

그래도 자국이 남을 정도인지라 아프기는 했지만.

"난 네가 싫어. 그 누구보다도, 그 무엇보다도. ……그러니까, 너한테 호감을 사봤자 기분만 나쁘니까, 너도 날 가장 싫어해 줘."

"모처럼 데이트하는 중인데 그런 분위기 망치는 소리는 좀 자제해. 거짓말이라도 좋으니 좀 더 즐거운 얘기나 나누자."

"그런 거, 난 몰라."

코마키는 그렇게 말하더니 내 넷째손가락을 몇 번이고 깨물었다. 아기 고양이도 이렇게까지 사람의 손가락을 깨물지는 않을 텐데.

그런 생각이 들었지만, 누가 내 손가락을 깨무는 행위도 이젠 익숙해졌다.

한동안 그러고 있으니, 그녀는 자국을 다 남기고 만족했는지 곧바로 넷째손가락을 놓아줄—— 줄 알았는데.

이번에는 손가락을 입에 물고는 천천히 빨기 시작했다. 마치 키스하는 듯한 그 움직임에 자기도 모르게 등이 젖혀졌다. 평소 키스할 적에는 그 혀 움직임을 차분히 느낄 여유가 없었지만, 손가락은 경우가 달랐다.

내가 좋든 싫든 간에 그 움직임이나 존재감을 강하게 느낄 수밖에 없었다.

간지럽고, 섬뜩하고, 불쾌했다. 내 몸이 아픔을 느낄 때보다 더 격렬하게 반응했다. 코마키는 이런 걸 대체 어디서 배웠을까. 여러 사람과 숱하게 키스하다 보니 자연스럽게 습득했는지도 모르겠지만.

"우메조노, 간지러워."

"알 게 뭐야."

"누가 보기라도 하면 어쩌려고 그래. 애들이 저렇게나 많이 있는데."

"네가 움직이지만 않으면 안 들켜. 그러니 괜찮아."

괜찮기는 무슨.

나는 등골이 움찔움찔 떨리고 있음을 느꼈다. 허리 위치가 신경 쓰여서 몸을 움직이지 않을 수 없었다. 키스하는 중일 때와는 달리 빠는 소리가 거의 들리지 않는다는 사실이 나의 유일한 구원이었지만, 그래도 코마키가 내 손가락을 빨고 있다는 사실은 변함없었다.

나는 입술을 깨물며 견뎠다.

코마키가 만족할 때까지 견디기만 하면 된다. 이미 익숙하다. 이상한 짓을 당하는 것도, 그것을 견디는 것도.

하지만.

등골을 타고 저릿저릿한 느낌이 치고 올라왔다. 뇌수가 저리는 듯한 감각과, 신경이 손가락에 쏠리는 듯한 감각이 번갈아 치밀어 오르는 바람에 자꾸만 이상한 기분이 들기 시작했다. 견딜 수 없을 만큼 말이다.

"우메, 조노. 그만……."

아니 그만두라고 한다고 순순히 그만두었다면 애초에 이런 고생도 하지 않았겠지. 나는 하던 말을 중간에 끊고 숨을 깊이 들이쉬었다.

나는 코마키의 존재를 애써 무시하고자 공원에서 노는 아이들 쪽으로 눈길을 돌렸다.

며칠 전에도 들었던 생각이지만 역시 아이들은 순수해서 좋다. 코마키처럼 사악하지도 않고, 영문 모를 짓거리도 저지르지 않으니까 말이다.

나는 카오리가 살짝 그리워졌다. 그녀처럼 겉과 속이 한결같아서 사귀기 쉬운 친구가 지금의 나에겐 꼭 좀 필요했다. 앞으로 나흘은 더 코마키랑 어울려 줘야 하기에 지금 당장은 불가능하지만, 그 이후에는 카오리랑 같이 놀기로 하자.

"좋았어. 이번엔 네가 술래야!"

카오리를 떠올렸더니 근처에서 놀고 있던 아이들의 목소리까지 카오리의 목소리처럼 들렸다.

코마키의 숨결을 애써 무시하고자 괜히 그쪽으로 더 귀를 기울였던 탓에 고막이 이상해졌는지도 모른다.

"에이~ 나보다 나이도 많으면서. 계속 술래 해 줘!"

"그럼 재미가 없잖니! 자, 얌전히 할 줄도 알아야지!"

"어쩔 수 없네~. 그럼 딱 한 번만이다?"

나는 목소리가 나는 쪽으로 시선을 흘끗 돌렸다.

"……어, 카오리?"

"어? 아, 와카바……. 앗, 코마키!"

아이들과 같이 놀고 있던 카오리는 어째선지 표정이 확 밝아졌다.

아니, 너도 진짜.

나랑 눈 마주쳤을 때만 해도 그렇게까지 막 들뜬 반응은 보이지 않더니, 코마키랑 같이 있다는 사실을 알아차리자마자 반응이 확 바뀌었다. 나는 자그맣게 한숨을 토해 냈다.

"코마키, 너도 같이 놀러 왔나 보네!"

"응, 오늘은 와카바랑 데이트 중이야. 너는?"

"난 아직 발견하지 못한 미식의 세계를 탐험하러……."

어느새 몸을 일으켜 세운 코마키가 카오리와 대화를 나눈다.

나는 주머니 속에서 티슈를 꺼내 코마키가 빨던 손가락을 닦았다. 그녀의 감촉이 사라지자 갑자기 불안한 느낌이 들었기 때문이다. 그렇다고 빨아 주어서 좋았다는 뜻은 전혀 아니지만.

나는 대체 그녀가 내게 어떻게 해 주었으면 싶은 걸까. 그렇게 생각하면서 손을 오므렸다 펴기를 반복하며 그녀의 감촉을 확인했다.

“아, 얘들아~! 나 갑자기 볼일이 생겼거든. 이제는 알아서들 놀아!”

“에이~! 무책임하잖아~!”

“미안해~!”

카오리는 아이들에게 손을 흔들고는 우리 쪽으로 달려왔다.

엄밀히 말해서 우리 쪽이라기보다는 코마키 쪽이 더 맞는 표현이지만.

“너희는 학교 갔다가 집에 가는 길이야?”

“그렇게 보이려나?”

코마키가 생긋 웃으며 적당히 대꾸했다.

학교에 가야 할 이유도 없는데 코마키가 굳이 구태여 교복을 입고 오라고 했거든.

카오리에게 그렇게 알려 주고 싶은 마음은 굴뚝같았지만, 그랬다간 후환이 두려우니 가만히 있기로 하자.

그런데 진짜 코마키는 왜 이 무더운 날에 블레이저까지 입고 데이트를 하자고 했을까. 그래야 학생 느낌이 더 나니까 좋다고 여겼는지, 아니면 교복 데이트가 그녀가 바라는 이상적인 데이트였는지.

“……카오리, 넌 왜 아이들이랑 놀고 있었어?”

“응? 같이 놀아 달라는 눈치여서 이 언니가 발 벗고 나서 줘야겠다! 싶었거든.”

“……아하.”

“왜 그래, 와카바. 뭐 하고 싶은 말이라도 있나 본데?”

“딱히~?”

바로 이걸 두고 끼리끼리 논다고 하는지도 모르겠다.

나도 불과 며칠 전에 초등학생이 말을 걸었었는데, 어쩌면 카오리랑 나는 정신 수준이 초등학생과 동등할지도 모르겠다.

나는 한숨을 내쉬었다.

설마 이런 데서 카오리랑 마주칠 줄은 몰랐지만, 그래도 조금이마나 도움은 되었다. 오전 중엔 바쁘게 여기저기를 돌아다녔고, 이제 막 점심도 먹은 참이라 그런지 무진장 피로감이 들던 차였다.

카오리랑 같이 있으면 제아무리 코마키라 할지라도 더 이상 이상한 짓은 저지르지 못할 터. 이렇게나 지친 상태에서는 만사가 귀찮게 느껴지는 만큼, 이상한 짓도 아무렇지 않게 받아들일 것만 같아 불안했는데 말이지.

“……뭐, 어쨌거나. 지금 여기서 만난 것도 무슨 인연일 테니, 너도 우리랑 같이 놀지 않을래?”

“어, 그래도 돼? 정말로? 아~……. 이를 어쩐담~?”

“이만 가자, 우메조노.”

“아, 빼서 미안해. 나도 너희랑 같이 가고 싶어.”

“좋아. 너도 괜찮지?”

“……응. 나도 카오리랑 같이 놀고 싶던 참이었거든. 마침 잘 됐어."

코마키는 평소처럼 상쾌한 미소를 지으며 그렇게 말했다.

내 입장에서 보자면 코마키의 이런 웃는 얼굴은 너무나도 어색하기 짝이 없어서 불쾌감밖에 들지 않지만 말이다.

하지만 코마키의 팬들 눈에는 그녀의 웃는 얼굴이 마치 천사가 미소 짓는 것처럼 보이는 모양이다. 열성 팬인 카오리 또한 코마키의 웃는 얼굴을 보고는 아까보다 표정이 더 확 밝아졌다.

아무래도 카오리의 환한 표정에는 제한이 없는 모양이었다. 만약 오랜 기간에 걸쳐 코마키의 웃는 얼굴을 보여 주다 보면, 머잖아 형광등보다 더 환한 표정을 짓지 않을까 싶었다.

"나, 완전 기뻐! 그럼 얼른 가자! 마침 내가 좋은 가게를 알고 있거든!"

카오리가 코마키에게 불쑥 다가갔다.

나는 살짝 웃음이 나왔다. 평소에는 선생님들 앞에서도 당당한 카오리가 유독 코마키 앞에서만 맥을 못 추는 모습은 보기만 해도 우스웠다.

그래도 알기 쉬운 편이라 이점도 있지 않을까 싶었다. 이 정도로 호감은 숨기지 말고 드러내는 편이 오히려 상대방도 기분 좋겠지.

물론 코마키가 카오리를 실제로 어떻게 여기고 있는지는 모르겠지만 말이다. 이렇게나 순수하게 호감을 드러내는 상대를 만약 속으로 깔보고 있다면, 그건 좀 아니지 않을까 싶었다.

하지만 모르겠다. 코마키라면 속으로 무슨 생각을 하고 있든 간에 전혀 이상하지 않겠지.

"기대돼. 어떤 가게야?"

"그게 말이지~……."

나는 도시락 통을 가방에 쑤셔 넣고, 코마키와 카오리보다 살짝 뒤떨어져서 걸었다.

그녀들의 거리감은 가까우면서도 멀었다. 나란히 서서 걷고는 있지만, 그렇다고 서로 손과 손을 맞잡을 정도는 아니었다.

심리적인 거리와 물리적인 거리가 확실하게 일치하는 모습이었다.

그렇기에 양쪽 거리감을 잘못 보는 경우는 결코 없겠구나 싶었다.

하지만 나와 코마키의 경우는 그렇지 않다. 심리적인 거리는 엄청 떨어져 있지만, 물리적인 거리는 또 엄청 가깝다. 서로 부딪치기도 하지만, 가끔은 서로 통하기도 한다. 그런 상태였기에 내 마음에는 모순과 버그가 생겼고, 거리감을 제대로 파악하기 힘들었다.

가까워지는가 싶더니 실제로는 그렇지도 않았고, 멀어지나 싶더니 역시나 가까운 듯한 느낌도 들었다.

마음이 흐트러질 바에는 차라리 의미도 없는 접촉은 피하고 싶었다. 심리적인 거리와 마찬가지로 물리적으로도 서로 떨어져 적절한 거리를 두고 그녀를 대하고 싶었다.

나는 왼손을 보았다.

훗날 맹세의 증거를 껴야 할 손가락에는 그녀가 남긴 자국이 있었다. 거기에 대체 무슨 의미가 있는지는 분명 그녀 혼자만이 알고 있을 테지만 말이다.

마음이 빙글빙글 돌았다. 돌고 또 돌다 보니 이젠 시야마저 빙글빙글 돌았다. 균형 감각이 마비되어 나갔다.

"어라, 와카바~. 걸음이 느린데, 뭐 해?"

카오리가 내 쪽으로 달려와 주었다. 나는 애매하게 웃었다.

"점심 먹었더니 갑자기 막 졸려서."

"그럼 못써. 아직 앞날이 창창한 젊은이가 더 기운 내야지."

"그러는 넌 기운이 엄청 넘치네. 아무 고민도 없어 보여."

"그게 무슨 소리야. 나도 남들처럼 고민도 해."

"예를 들면?"

"……내일 점심 뭐 먹을까~ 뭐 그런 거?"

"아하하, 카오리답네."

"그게 무슨 뜻이야."

카오리가 내 오른손을 움켜쥐고서 잽싸게 걸음을 내디뎠다.

그 거침없는 모습은 코마키와 비슷했지만, 역시나 코마키보다는 손의 힘 조절을 비롯해 여러모로 다정한 느낌이 들었다.

최소한 불과 몇 초 뒤에 무슨 짓을 당할지 알 수 없는 불안감은 들지 않았다.

"그러는 너야말로 아무 고민도 없잖아. 바보니까."

"누구더러 바보라는 거야. 내 성적표 보여 줘?"

"아니, 아니. 성적이 좋으면 뭐해. 나랑 죽이 잘 맞는 그 시점에서 이미 끝났는걸?"

"그걸 자기 입으로 말하면 어떡해……."

나는 그 이상 아무 말도 하지 않았고, 카오리의 손에 이끌려 코마키와 나란히 섰다. 자연스럽게 내가 가운데로 들어왔다.

왼손이 코마키의 손등에 닿았다.

내가 그녀 쪽으로 몸을 붙였는지, 아니면 그녀가 내 쪽으로 몸을 붙였는지는 알 수 없었다. 하지만 평소 우리가 두는 거리와 자연스럽게 일치해졌음은 분명했다.

그렇다면 이대로 손등만 맞대고 있는 것도 이상하다. 카오리와는 손을 맞잡고 있으니까 말이다.

나는 잠시 고민하다가 코마키의 손을 쥐었다. 내가 손을 쥔다고 해도 코마키의 손 감촉이 변할 리는 없겠지만, 그래도 살짝, 아주 살짝 만족스러웠다.

"셋이서 손에 손을 맞잡고 노는 것도 가끔은 나쁘지 않겠는데?"

"……그러네."

이럴 때 입에 담는 코마키의 말은 99%가 순 거짓말이다.

그렇기에 딱히 곧이곧대로 받아들이지는 않았지만.

그래도 덕분에 오후부터는 좀 느긋하게 놀 수 있겠구나 싶었다. 나는 양손을 가볍게 쥐었다. 반응은 오른손에서만 돌아왔지만 말이다.

아침부터 놀았는데 날은 벌써 완전히 저물었다.

결국 그 이후에 우리는 카오리의 안내를 받으며 살짝 단것을

먹고, 매장 안을 느긋하게 둘러보고 다녔다.

마츠리랑 셋이서 놀았을 적과는 또 달랐다. 경쾌한 분위기라 즐거웠지만 확실히 피곤했다.

카오리와 중간에서 헤어지고 나서 전철 안에서 살짝 졸다가, 집에서 가장 가까운 역 근처까지 왔을 때 눈을 떴다. 아직 역에 도착하려면 시간이 좀 걸릴 것 같아서 스마트폰이라도 볼까 싶던 차에, 내 팔이 포박된 상태임을 알아차렸다.

"우메조노. 야, 우메조노."

베개가 바뀌면 잠들지 못하는 소꿉친구 코마키 짱은 내 팔을 꼬옥 끌어안은 채 잠들어 있었다.

코마키의 이런 모습을 보는 것도 참 별일이구나 싶었다. 저번에도 멋대로 나를 베개 삼아 잠들곤 했었지만.

밖에서는 완벽한 태도를 유지하는 그녀가 이렇게나 무방비한 모습으로 전철 안에서 잠드는 경우도 다 있다니. 저번에 테니스를 치러 갔을 적만 해도 돌아오는 전철 안에서 잠들지는 않았었는데.

어지간히도 피곤한 모양인지, 아니면 어제 잠을 제대로 못 잤는지. 코마키가 무슨 어린애도 아니고 외출 전날이라고 들떠서 잠 못 들지는 않았을 텐데.

아무리 나라도 잠은 제대로 잤다.

"우메조노, 코마키. 코마키 짜~앙."

흔들어도 어깨를 살짝 두드려도 일어날 낌새가 없었다.

나는 전철 내부를 흘끗 살폈다. 여름 방학 시즌이다 보니 전철 안에는 사람이 제법 있었다. 코마키처럼 밖에서 이상한 짓을 저지를 마음은 털끝만큼도 없지만, 어차피 이런 인파 속에서는 아무것도 할 수 없다.

나는 자그맣게 한숨을 토해 내고 나서 코마키의 잠은 얼굴을 바라보았다.

저번에는 갑갑하게 느껴질 정도로 내 몸을 끌어안고 있었기에 찬찬히 바라볼 여유는 없었지만, 지금은 팔을 제외하면 자유롭게 움직일 수 있었기에 마음껏 볼 수 있었다. 그 잠든 얼굴은 무방비하고 어린애 같았으며…… 아주 살짝 귀여운 느낌도 들곤 했다.

이런 얼굴은 예나 지금이나 마찬가지일까.

나는 자유롭게 움직일 수 있는 손으로 그녀의 뺨을 찔렀다. 손끝에서 느껴지는 탄력은 현실성이 조금도 들지 않았다. 얼른 눈 좀 떴으면 싶었다.

그러는 동안에 내려야 할 역의 한 정거장 전에 도착했다.

평소 마츠리가 내리는 역이다.

나는 문득 마음을 먹고, 코마키가 껴안고 있는 내 팔을 잡아당겼다.

"우메조노, 다 왔어. 얼른 내려야지."

"……으, 음."

푹 곯아떨어져도 내려야 할 역에 거의 다 도착하면 자연스럽게 눈을 뜨고 마는 것이 인체의 신비가 아닐까 싶었다. 나는 그녀에게 팔을 내준 채 전철에서 내렸다.

밤이 되었음에도 여름다운 느낌은 아직 남아 있었다. 블레이저를 입고 있다 보니 살짝 땀이 차서 얼른 집에 돌아가 벗고 싶은 심정이었다.

하지만 블레이저를 벗으면 오늘은 끝나고 만다. 그런 이유로 이런 짓을 벌인 건 아니지만.

"……여긴 내려야 할 역이 아니잖아. 대체 무슨 착각을 한 거야?"

"아하하, 미안, 미안. 피곤해서 그랬나 봐. ……이왕 이렇게 된 거 걸어서 가자."

"피곤하다면 기다렸다가 다음 전철을 타고 가면 되잖아."

"아직 데이트는 안 끝났는걸. 좀 어울려 주면 어디가 덧나?"

이대로 오늘 하루를 끝내기는 싫다든가, 코마키랑 같이 걷고 싶다든가.

그런 이유 때문은 아니다. 어디까지나 살짝 장난기가 동했다고 해야 할지, 평소와는 다른 짓을 하고 싶었다고 해야 할지.

"……데이트는 이미 끝났어."

"정 그럼 각자 알아서 집에 갈까? 넌 이대로 전철을 타고 가면 돼. 난 걸어서 갈게."

"……그건, 안 돼."

코마키가 내 팔을 힘껏 끌어안았다.

잠들었을 때보다 더 거리낌이 없었지만, 그래도 그 덕분에 눈앞에 있는 코마키의 모습이 분명한 현실임을 알 수 있었다.

아무리 그래도 마치 신기루처럼 느닷없이 사라지지는 않을 터이다. ……잘은 모르겠지만.

"너네 어머니한테 오늘은 너랑 데이트한다고 그랬으니까. ……만약 너한테 무슨 일이라도 생기면 그건 내 책임이 돼."

대체 어느 틈에 그랬을까.

그래서 오늘 아침에 집을 나섰을 때에 엄마가 코마키 짱에게 안부 전해 달라고 그랬었구나. 난 또 우리 엄마가 독심술이라도 터득한 줄 알았지.

만약 정말로 그랬다면 엄마가 우리 둘의 일그러진 관계도 다 꿰뚫어 보고 말았을 테니, 사태가 걷잡을 수 없이 커졌겠지만 말이다.

"일이 생기기는 무슨. 난 이제 어린애가 아닌걸."

"저번에는 자기가 어린애라면서?"

"그걸 또 기억하고 있었네. ……그래서 넌 어떻게 할래? 나랑 같이 걸어서 갈 거야?"

"어쩔 수 없네. 가자."

어쩔 수 없는 일은 아니라고 보는데 말이지.

내 목줄은 코마키가 쥐고 있으니 하려고만 하면 얼마든지 강제로 따르게 할 수 있었을 텐데 말이다. 그런데도 그러지 않는 이유는 그녀의 변덕 때문일까, 아니면.

나는 코마키랑 나란히 걷기 시작했다. 낯선 승강장을 나서자 평소와는 다른 밤 풍경이 펼쳐져 있었다.

"오늘은 즐거웠어. 데이트 말이야."

"……거짓말하지 마. 눈곱만큼도 즐거워 보이지 않던걸."

기분 탓인지, 코마키는 평소보다 더 언짢은 표정을 지으며 그렇게 말했다.

그녀 나름대로 나를 즐겁게 만들어 주려고 그랬을까. 코마키가 나를 싫어하고 있다는 사실은 잘 알고 있으니 순순히 기뻐할 수도 없는 노릇이지만.

애초에 미래의 나를 괴롭히기 위한 목적의 데이트였으니 기뻐하면 이상하겠지.

"그래놓고 카오리랑 만난 뒤로는 참 즐거워 보이던데?"

"그야, 뭐. 카오리는 내 친구니까."

"……너 때문에 내 일정에 차질이 생겼어."

"어? 내가 그렇게 뭐 이상한 짓이라도 했어?"

"카오리를 끌어들였잖아."

"아니, 그런 상황에서는 당연히 같이 놀자고 해야 맞는 거 아니야? 혹시 넌 카오리를 싫어해?"

"……딱히, 그런 건 아니지만."

코마키는 고개를 홱 돌렸다.

일정, 일정이란 말이지.

오전 중에 그렇게 여기저기를 돌아다녔는데, 오후에도 빡빡한 스케줄을 짜서 여러 가게를 돌아다니려고 그랬을까. 그렇다면 카오리를 끌어들인 게 정답이었다는 말인데.

"그 일정이란 게 구체적으로 뭔데? 셋이서는 할 수 없어?"

"딱히."

이래서는 또 아침으로 돌아갈 뿐이다.

딱히, 라는 말만 자꾸 되풀이하면 대화 자체가 이루어지질 않는데.

나는 자그맣게 한숨을 토해 내고는 밤거리를 나아갔다. 그렇게 언짢은 표정을 짓고 있으면서도 그녀는 내 손을 놓을 생각이 없는 모양이었다.

코마키는 오늘 하루를 어떻게 보내고 싶었을까. 나를 즐겁게 만들기 위해 여러 일정을 고려해 주었을까? 하지만 도시락에는 내가 싫어하는 것만 잔뜩 채워서 넣었다. 어쨌든 맛있었으니 상관은 없지만. 그래도 하는 짓이 모순적이라는 느낌이 들었다.

역시나 코마키는 종잡을 수가 없다.

무슨 생각을 하는지, 무엇을 하고 싶은지. 나도 어느 정도는 알고 있을 줄 알았지만, 알고 보면 무엇 하나 제대로 아는 게 없을지도 모른다.

그래서 알고 싶었다. 가르쳐 주었으면 싶었다. 그녀의 진짜 감정을, 솔직한 마음을.

"……그러는 너야말로 하나도 즐겁지 않아 보이던데?"

불쑥 그렇게 말하자 코마키가 멈춰 섰다.

"딱히, 아무렴 어때. 오늘 데이트는 내가 아닌 네가 생각하는 이상적인 데이트였으니까."

"어제 말했잖아. 함께 즐기기 위해 고려해 준 데이트가 이상적이라고. 오늘 네가 즐겨야 할 부분도 제대로 고려는 했어?"

"……그건, 불가능해. 나는 너랑 같이 있으면 조금도 즐길 수 없으니까."

"그럼 결국 나랑은 이상적인 데이트 같은 건 평생 못 하겠네."

나는 코마키의 진심이 담긴 미소를 보고 싶었다.

하지만 그녀가 내 앞에서는 웃을 수 없다면 내 바람은 평생 이루어지지 않을지도 모른다. 아니, 만약에 코마키가 진심으로 좋아하는 상대에게 진심에서 우러나온 웃음을 짓고 있는 모습을 내가 우연히 목격할 수 있다면, 내 바람은 이루어졌다고 할 수 있을지도 모르지만.

그래서 그걸 보게 되면 만족하겠냐고 묻는다면, 그건 잘 모르겠다.

나는, 나를 향한 진심을 보고 싶은지도 모른다. 거짓 하나 없는 감정이 나를 향하기를 바라고 있는지도 모른다.

하지만, 그렇다면.

코마키가 나에게 어떤 '진심'을 드러내야 나는 만족할 수 있을까.

"……나는 이상적인 데이트라 할 정도는 아니었지만, 그래도 즐거웠던 건 사실이야."

"……뭐라는 거야. 구체적으로 어느 부분이?"

아까 내가 던진 구체적이라는 말이 고스란히 돌아왔다.

나는 잠시 생각했다가 싱긋 웃었다.

"전부 다…… 라고 해야 하나?"

"거짓말."

"진짜야. 그야 뭐, 처음엔 시시하기도 했고, 최악이구나~ 싶었지만. 그래도, 응. 왠지 모르게 우리답다는 느낌이 들었거든.

우리가 아니면 할 수 없는 데이트였으니까. 만족해."

내 말이 왠지 모르게 아득하게 들렸다.

오직 코마키하고만 할 수 있는, 시시하지만 재미있는 데이트라니. 그것은 우리 관계 그 자체에다, 모순된 내 마음을 그대로 투영하고 있는지도 모른다.

겉으로 드러나는 즐거움이라든가, 기쁨이라든가. 그런 건 잘 모르겠지만.

내내 코마키랑 나란히 서서 이런저런 말을 주고받는 건 나쁘지 않을지도 모르겠다고 생각하는 나 자신이 있었다.

코마키가 완벽하지 않더라도 친구가 되었을 것이다, 과거의 내가 그런 말을 입에 담았던 이유는 이런 부분에서 비롯되었던 것인지도 모른다.

그냥 내 착각일 수도 있지만.

"영문을, 모르겠거든? 난 만족하지 않았어."

코마키는 자그마한 목소리로 그렇게 말하더니 나랑 잡았던 손을 곧바로 뗐다. 그러고는 걷는 속도를 높이기 시작했다.

날씨도 더우니 굳이 손은 맞잡지 않는 편이 좋을지 모르지만.

하지만 내 안에서 데이트는 아직 끝나지 않았다. 데이트를 하겠다고 마음먹었다면 마지막까지 제대로 해 주었으면 싶었다.

"잠깐, 기다려!"

나는 성큼성큼 걸음을 내딛는 그녀의 뒤를 쫓았다. 종종걸음으로 가야만 따라잡을 수 있는 그 격차가 멀게만 느껴졌다. 목 안쪽이 찡하게 아팠다. 대체 코마키라는 인간은 왜 항상, 항상 이렇게…….

그녀의 눈엔 짜리몽땅해서 우습게 보일 다리를 필사적으로 움직이고 있으니, 갑자기 밤하늘이 눈에 들어왔다.

오늘은 보름달이 떠 있었다.

별은 듬성듬성 흩어져 있을 뿐, 썩 그렇게 아름다운 느낌은 들지 않았다. 아침부터 이런 시간이 될 때까지 코마키랑 하루 종일 같이 있었다고 생각하니, 살짝 무언가가 마음에 걸렸다.

"……우메조노!"

나는 멈춰 서서 그녀의 뒤에다 대고 소리쳤다. 그녀는 우뚝 멈추더니 내 쪽으로 몸을 돌렸다.

"위를 봐. 오늘은 달이 참 아름답게 떴거든."

"알…… 게 뭐야."

"아니, 아니. 그게 중요한 게 아니고. 일단 보면 알 거야."

"이런 지상에서 올려다보면 뭐해. 그게 뭐 대수라고."

"지상에서? 우메조노, 너는 혹시 스스로 하늘을 날 수 있다고 생각해?"

"……딱히."

영문 모를 소리에 고개를 갸웃거리고 있으니 문득 떠올랐다. 그러고 보니 오늘 갔던 매장에는 전망대가 있었다.

혹시.

"……전망대에서 야경이라도 볼 일정이었어?"

코마키는 대답하지 않았다.

나는, 웃었다.

"아하, 그랬구나. 이제 보니 내가 눈치가 좀 없었는지도 모르겠네. 그런 걸 셋이서 보면 분위기가 영 안 사니까."

"……멋대로 떠들지 마, 와카바."

그녀가 내 쪽으로 다가왔다. 나에게 불평불만을 토로하고 싶어서 어쩔 줄 모르겠다는 표정이었다.

가까워졌다가 멀어지고, 우리는 참 정신없구나 싶었다. 하지만 그렇게 정신없는 관계 속에서 어떤 의미를 찾아내려는 나는 정상이 아닐지도 모른다.

이쪽으로 다가온 코마키의 왼손을 살며시 쥐고서 나는 그녀에게 웃어 보였다.

"잡~았다."

코마키는 어이가 없다는 듯이 인상을 찌푸렸다.

"뭐야, 이건."

"말 그대로야. 내 함정에 감쪽같이 걸려들었구나, 우메조노."

그녀의 왼손을 지그시 쳐다보았다.

내 왼손과는 달리 그녀의 넷째손가락은 때 묻지 않은 상태였다. 상처라고는 눈을 씻고 찾아봐도 없었고, 햇볕에 타지도 않았다. 새하얗고 매끈한 그 손가락을 보고 있으니, 왠지 모르게 짜증이 나서 한번 깨물어 보고 싶었다.

나는 그 손을 천천히 내 입가로 가져갔다.

만약 지금 내가 그 넷째손가락을 깨문다면 코마키는 과연 어떤 표정을 지을까. 평소처럼 언짢은 표정을 지을까, 아니면.

잠시 그런 생각이 들었지만, 관두기로 했다.

아프게 하는 건 평소의 날선 말을 던지는 것과는 경우가 다르다. 내가 코마키에게 당하는 경우라면 또 모를까, 내가 코마키에게 하자니 거부감이 들었다. 아프게 하는 것도, 아픈 표정을 짓게 만드는 것도 싫었다. 그녀의 그런 표정은 보고 싶지 않았다. 그렇기에 나는 그녀에게 나랑 같은 상처를 내고 싶다는 내 마음속 자그마한 외침을 무시하고서 그녀의 넷째손가락 뿌리 부분에다 키스했다.

나는 코마키랑 다르다.

아무리 싫어하는 상대라 할지라도 상처 입히고 싶지 않았다. 잊을 수 없는 기억을 새겨 상대방을 불쾌하게 만들고 싶은 마음도 없었다.

오히려 나 같은 건 그냥 잊어 주었으면 싶었다.

내가 모르는 곳에서 내가 모르는 사람을 좋아하고 내가 모르는 친구들과 같이 놀면 된다. 그리하면 나 또한 코마키로부터 간섭받지 않을 수 있다.

하지만.

나는 속으로 그렇게 생각하면서 그녀의 넷째손가락을 입술 사이에 살짝 끼웠다. 자국을 남길 마음도, 코마키처럼 온갖 감정을 실을 마음도 없었다.

그럼에도 나는 무언가를 그녀에게 새기려는 듯이.

"와카바."

와카바라는 이름에는 왠지 모르게 독이 있지 않을까 싶었다.

만약 코마키가 나를 요시자와라고 불러 주었다면 분명 이런 기분을 들지 않았을 텐데.

빙글빙글 돈다. 현실이 빙글빙글 돌고 뒤죽박죽 섞이다가, 이내 폭발하여 사라질 것만 같았다.

나는 그녀의 손등에 여러 차례 입을 맞추었다.

"……와카바."

어느 쪽일까.

이름만으로는 알 수 없다. 그만하라는 뜻인지, 계속해도 된다는 뜻인지. 계속해도 된다면, 좀 더.

좀 더, 뭘까?

나는 더 이상 아무것도 할 수 없는데.

나는 코마키가 말려 주었으면 싶은 걸까, 그렇지 않은 걸까. 알 수 없다면 스스로 그만둘 수밖에 없다.

나는 내 입술을 힘껏 깨물고 나서 그녀의 손을 놓아주었다.

"데이트의 끝은 키스로 마무리해야 하니까."

나는 변명하듯 그렇게 말하고 나서 그녀보다 한 걸음 앞장서서 나아갔다.

"자, 이만 가자. 다음엔 내 손 놓지 말고."

"……응."

나는 다시 한번 그녀와 손을 맞잡았다.

그녀의 오른손에는 아무런 변화도 없었다.

하지만 아주 조금은, 맞잡은 손이 아까보다 더 따스하게 느껴졌다.

3 맞닿아도 맞닿을 수 없는 것

"와카바, 언제까지 보고 있을 거야?"

"음~. 조금만. 조금만 더……."

"아까도 그렇게 말했잖아. 벌써 15분이나 지났거든?"

"꼼꼼하네. 굳이 시간까지 재고 있었어?"

"내가 시간을 안 재면 넌 계속 그러고 있을 거잖아."

코마키는 심심했는지 손가락으로 내 등에다 무언가를 그리기 시작했다.

뭔가 글자를 쓰는 것 같았는데 그만했으면 싶었다. 간지러워서 보는 데 집중할 수 없으니까 말이지.

"아마 이런 기회는 또 없을걸? 진짜 조금만 있으면 되니까 기다려 봐."

"……하아. 상관은 없지만."

코마키는 그렇게 말하고는 획의 멈춤과 삐침을 몹시 강조하며 내 등에다 무어라 글자를 써 나갔다. 나는 등이 간질거리는 것을 느끼며 선반에 놓여 있는 인형을 찬찬히 음미했다.

모처럼 시간을 들여 여기까지 왔으니 여기에서만 파는 인형을 꼭 사고 싶었다. 또 한편으로는 아쿠아리움 기념품 코너에 진열

되어 있는 인형은 결국 다 그게 그거 같다는 느낌도 들었지만 말이다. 그렇지만.

으~음.

나는 기념품 코너 안을 천천히 거닐며 돌고래 베개를 들어 올려 보았다.

"그걸 사서 어떻게 집까지 가지고 가게?"

"윽, 잠시 들어봤을 뿐인데 그게 뭐 어때서."

"사지도 않을 물건을 들거나 만지는 건 비매너야."

듣고 보니 그랬다.

나는 어쩔 수 없이 베개를 선반에다 돌려놓았다.

"작은 걸로 골라. 큰 건 가지고 가기도 힘든 데다 세탁하기도 힘들 테니까."

"우메조노, 너도 혹시 인형으로 방 안을 꾸미기도 해?"

"……딱히."

"하긴."

옛날에 나랑 같이 뽑았던 인형은 이미 버렸고 말이다. 저번에 코마키의 방에 들렀을 적에도 평소 꾸미고 산다는 느낌은 전혀 들지 않았다. 애초에 코마키는 인형으로 방을 꾸밀 만한 인상도 아니다. 그런 취미는 없겠지.

뭐, 애당초 취미 자체가 없을 테지만.

"그럼, 이걸로 할래."

나는 자그마한 돌고래 인형을 손에 쥐었다. 코마키는 과자를 비롯해 이것저것 담겨 있는 바구니에다 그걸 쑤셔 넣고는 곧장 계산대로 향했다.

"얼른 사고 다른 데로 가자. 시간도 없으니까."

"그래, 알았어."

친구들에게 줄 과자는 코마키랑 같이 골랐다.

분명 카오리라면 코마키가 골라서 산 과자를 받았을 때 두 가지 의미로 기뻐하겠지. 그러한 모습을 상상해 보았더니 살짝 웃음이 나왔다.

하지만 그와 동시에 일말의 불안감이 스쳐 지나갔다.

저번에는 우연히 카오리랑 맞닥뜨렸지만, 아마 오늘은 그 누구와도 맞닥뜨리지 않겠지. 그만큼 이곳은 집과 학교에서도 떨어진 곳이다.

그렇다면 오늘은 정말로 여지없이 코마키랑 단둘이서 하루를 보내야 한다는 뜻이다.

그저께와는 달리 이상적인 데이트가 어쩌고저쩌고하는 얘기가 나오지는 않았지만, 오늘도 코마키가 날 불러냈다는 사실만큼은 분명하다. 이것도 축제(마츠리)보다 더 좋은 걸 가르쳐 주겠다는 일환일 테지만, 굳이 1시간도 더 되는 이동시간을 들여 바닷가에 자리한 아쿠아리움까지 올 필요는 없지 않았을까 싶었다.

아쿠아리움이라면 좀 더 집 가까운 곳에도 있으니까 말이지.

그걸 감안하는 한이 있어도 조금이라도 더 드넓은 아쿠아리움에서 보다 다양한 종류의 물고기를 보고 싶었을까.

게다가 왠지 모르게 살짝 서두르는 기색이고 말이다.

"계산 다 했어. 이만 나가자."

"어? 다 합해서 얼마 나왔는데? 나도 낼게."

"그건 됐어. 귀찮으니까."

참으로 무시무시한 발언이었다.

코마키는 나랑 마찬가지로 서민 축에 속하면서도 금전 감각은 어둡다는 느낌이 들었다. 역시나 돈을 벌어들일 방법쯤은 얼마든지 강구할 수 있어서 그럴까.

그렇다면.

"이런 계산은 철저하게 해야 하지 않을까? 좀 미안한데……."

"……넌 누구 것이었더라?"

코마키가 마법의 주문을 입에 담았다. 할 말이 없었다.

"그래. 바로 내 것이지."

아직 아무 대답도 안 했는데 말이죠. 나는 인상을 찌푸렸다.

"그러니 투덜거릴 여유가 있으면 얼른 걷기나 해. 벌써 오후니까."

"……고마워."

"딱히."

코마키는 비닐봉투를 커다란 가방에 통째로 쑤셔 넣고는 빠른 걸음으로 곧장 기념품 코너를 나섰다.

오늘 만났을 때부터 든 생각이지만, 가방이 너무 크지 않아?

마치 여행용 가방 같았다. 평소 코마키의 소지품치고는 참으로 투박했고, 무엇보다도 무거워 보였다. 혹시 기념품을 사서 담을 용도로 가지고 왔을까? 아니, 아무리 그래도 그렇지.

"와카바. 서둘러."

"……그래, 알았어."

경황 중에 가방에 관해 이러쿵저러쿵 따질 여유는 없어 보였다. 혹시 저 안에 날 흠씬 두드려 팰 작정으로 가지고 온 배트가 있다거나 하면 섬뜩하겠지만, 아무리 코마키라도 그러지는 않겠지. 꺼림칙하기는 하지만.

나는 한 차례 한숨을 토해 내고는 그녀의 뒤를 쫓았다. 오늘도 바쁜 하루가 될 것 같았다. 딱히, 상관은 없지만.

대체 얼마 만에 오는 아쿠아리움일까.

예전에는 가족끼리 자주 온 것 같기도 한데, 기억이 잘 나지 않았다. 애당초 내가 중학생이 된 이후부터는 가족끼리 외출하는 빈도 자체가 줄었으니까. 옛날에는 코마키의 가족이랑 같이 놀러간 적도 있었는데 말이지.

그러던 우리가 지금은 이처럼 둘이서 멀리까지 나오는 지경에 이르렀다. 이렇게 보면 우리도 이제는 제법 어른 축에 속할지도 모른다.

코마키도 그렇고 나도 그렇고, 이젠 부모님 없이도 어디든 자유롭게 갈 수 있다.

하지만 자유로울 터인 우리는 굳이 구태여 싫어하는 상대와 함께 하루를 보내려고 한다. 이게 자유인지 속박인지 가면 갈수록 아리송해졌다.

"해파리는 꼭 와카바를 닮았단 말이지."

"아름다워서?"

"속이 텅텅 비어서."

"이 자식이?"

이 아름다운 공간에서 대체 무슨 소리를 하는 거야.

수많은 수조 안에서 해파리들이 두둥실 떠다니는 광경은 보기만 해도 힐링받는 기분이 들었다. 뭐, 힐링받는 만큼 옆에서 코마키가 독을 끼얹는 바람에 결국 플러스마이너스 제로 상태였지만.

이 아름다운 광경을 눈으로 접한들, 아무래도 코마키가 정화될 일은 없나 보다.

"이렇게 아름다운 생물을 앞에 두고도 그딴 소릴 하는 사람은 이 세상에 너밖에 없을걸? 좀 더 순수한 마음으로 아쿠아리움을 즐기는 게 어때?"

"이미 즐기고 있어. 실컷."

코마키가 싱긋 웃었다.

푸른빛에 비친 그녀의 머리카락은 여느 때처럼 싫증이 날 만큼 아름다웠다. 나는 참지 못하고 한숨을 내쉬었다.

"순수하게 즐기면 되는 걸 꼭 날 걸고 험담까지 해야 꼭 직성이 풀려? 사람 심보가 왜 이렇게 뒤틀려 있담? 순 저질이잖아. 차라리 범고래한테 확 잡아먹혔으면 좋겠는데."

"안됐지만 이곳에 범고래는 없어."

"그럼 돌고래."

"그런 흉악한 돌고래도 없지."

원래 단둘이서 아쿠아리움에 놀러 온다는 상황은 좀 더 가슴

두근거려야 마땅하지 않을까 싶은데 말이다. 하지만 애초에 코마키랑 단둘만 있는 상황에서 새콤달콤한 분위기를 기대하기란 참으로 어리석은 생각임을 나도 잘 알고 있다.

따스함, 설렘, 두근거림.

어리석은 나는 코마키가 옆에 있다는 사실마저 잊은 채, 아니면 알고 있는데도 불구하고, 자기도 모르게 그러한 것들을 바라고 있었던 것이지 않나 싶었다.

아니, 모처럼 둘이서 왔으니 즐기고 싶다는 마음이 드는 건 인지상정이다. 설령 우리가 친구도 뭣도 아니었다 한들, 서로를 싫어하는 소꿉친구 사이라 한들.

나는 천천히 걸음을 옮기며, 두둥실 떠다니는 해파리들의 모습을 눈으로 쫓았다.

해월(海月)이라는 별칭답게 참 아름답구나 싶었다. 주변 사람들도 잠시 대화를 잊고서 두둥실 떠다니는 해파리를 흥미진진한 기색으로 바라보았다.

나는 옆쪽으로 흘끗 눈길을 주었다.

코마키와 눈이 마주쳤다.

"……왜?"

"그건 내가 할 소리거든? 왜 날 쳐다보는데? 해파리나 감상하라고."

"해파리보단, 해파리를 바보 같은 표정으로 쳐다보는 네가 더 흥미진진해서."

이게 지금 누굴 놀리나.

기껏 아쿠아리움까지 왔는데 내 얼굴은 또 봐서 뭐 하려고. 그렇게나 내 바보 같은 표정을 정 그렇게 보고 싶으면 남은 여름 방학 기간 내내 얼마든지 보여 주고말고.

하지만, 지금은 아니다.

"아쿠아리움에 오자고 한 사람은 너였잖아. 진짜 저질이네."

함께 하는 외출이란 이런 식으로 하는 것이 아닐 텐데 말이다.

외출 나간 장소에서는 무엇이 맛있는지, 어디가 아름다운지, 그러한 것들을 공유하는 것이 묘미인데 말이다.

내가 무언가를 말하면 코마키는 꼭 부정적인 말이나 입에 담는다. 게다가 모처럼 찾은 아쿠아리움을 즐기려고도 하지 않는다. 이래서는 여기까지 온 의미가 전혀 없다.

이렇게 된 이상, 어쩔 수 없지.

오기를 부려서라도 즐거운 외출 분위기를 만들 수밖에. 코마키를 즐겁게 만들어야 할 의무는 눈곱만큼도 없다. 그렇지만 아무리 그래도 조금은 즐겨야 하지 않을까. 그렇지 않으면 여기까지 함께 온 이유가 없을 테니까.

나는 코마키의 손을 잡아끌며 걸음을 내디뎠다. 코마키는 미심쩍은 눈길로 나를 쳐다보았지만, 그렇다고 내 손을 놓을 기색은 없었다. 그렇기에 나는 그대로 그녀의 손을 잡아끌며 거대한 풀장이 있는 곳까지 걸었다.

한창 쇼를 진행 중인 풀장 주위에는 사람이 헤아릴 수 없을 만큼 있었다.

나는 곧장 코마키와 함께 나무 발판 위에 섰다.

"우메조노, 저 돌고래 좀 봐. 귀엽지?"

"딱히? 돌고래보다 귀여운 생물이야 얼마든지 있으니까."

그런 문제가 아닐 텐데.

"그건 나도 알지만. 지금 이 자리에서 제일 귀여운 동물은 돌고래잖아."

"그건 아닌 것 같은데."

그녀는 무표정하게 말했다.

그 눈동자는 뛰어오르는 돌고래를 아무 감흥도 없이 내려다보고 있었다.

소름이 돋았다. 돌고래를 이렇게나 싸늘한 표정으로 쳐다보는 사람이 이 세상에 존재할 줄이야.

저렇게나 귀여운데 말이지. 어쩌면 코마키는 귀여움을 느끼는 감각이 망가지지 않았을까 싶었다. 애당초 진심으로 무언가를 귀엽다고 느낀 적이 과연 있기나 했을까. 전에 데이트를 할 적에 나한테 귀엽다고 말한 적은 있었지만, 과연 그건 거짓말이었고 말이다.

문득 코마키가 진심을 담아 무언가를 귀엽다고 말하는 모습을 보고 싶었다.

그건 이미 반쯤은 내 오기나 다름없었지만.

"그럼 뭔데? 돌고래보다도 더 귀여운 게 여기에 있다면 가르쳐 줘."

"와카바."

무표정한 눈동자가 나를 비추었다.

첨벙, 요란한 물소리가 울려 퍼졌다. 뒤이어 사람들의 환호성이 이어졌다.

"네가 지금 이 자리에서 제일 귀여워. ……그렇다고 말하면 어쩔 건데?"

"……하."

할 말이 없었다.

정말 생각지도 못한 말이었다. 사각에서 휘두른 배트에 얻어맞으면 딱 이런 기분이 들지도 모르겠다.

내가 바짝 얼어 있자, 코마키가 나랑 거리를 좁혔다.

소독약 냄새에 섞여 꽃 같은 향기가 풍겼다. 어느새 그녀는 내 양손을 움켜쥐고 있었다.

시선이 저절로 위쪽으로 향했다. 나를 내려다보는 그 눈동자와 시선이 교차했다.

"참 바보 같은 표정을 다 짓고 있네. 네 그런 모습이, 싫지는 않지만."

그녀의 말이 귓등 위로 미끄러져 지나가 사라졌다.

코마키에게 귀엽다는 소리를 들어 봤자 전혀 기쁘지 않았다.

어차피 거짓말임을 잘 알고 있으니까. 어차피 몇 초만 지나면 실제로 '거짓말이야.' 라고 말하며 또 나를 바보 취급할 것임을 잘 알고 있으니까. 그렇기에 하나도 기쁘지 않았다. 설령 지금 들은 그 말에는 저번보다 훨씬 강한 감정이 깃들어 있는 것처럼 느껴지더라도 말이다.

"계속 바보 같은 표정만 짓지 말고 좀 더 귀여운 표정도 좀 지어 봐. 난 그러려고 여기에 왔거든."

귀여운 표정이라니, 대체 어떤 표정을 말할까.

그녀가 말하는 바보 같은 표정이란?

나는 지금 어떤 표정을 짓고 있을까. 알 수 없었기에 함부로 표정을 바꾸지도 못했다.

따스한 손끝이 내 뺨을 건드렸다.

멀리서 바람이 불어왔다.

하지만 거기에 실려온 소독약과 바닷물이 뒤섞인 듯한 냄새도 나를 다시 현실로 되돌려 놓을 것 같지 않았다. 마치 이 세상 존재가 아닌 듯한, 꽃 같은 향기가 나에게 물들며 나를 현실로부터 떼어 놓으려 들었다.

코마키는 서투르면서도 능숙하다.

슬픔이나 불안감은 절망적일 정도로 숨기는 게 서투른 주제에, 마음에도 없는 말을 아무렇지 않게 입에 담거나, 별로 즐겁지도 않으면서 웃음 짓곤 한다. 그렇기에 겉으로 드러나는 그녀의 감정에 휘둘리면 안 된다는 사실을 나는 잘 알고 있다.

그렇다. 알고는 있다. 그렇지만.

"자, 와카바."

죄다 거짓말이 아닐까 싶었다.

하나부터 열까지 전부, 모조리 다. 코마키가 하는 말은 거짓이다. 믿을 수 없다. 마땅히 내쳐야 한다고 본다. 그 손을 뿌리치거나 어깨라도 밀치면 그대로 끝이다.

그리하면 다시 평소의 우리로 돌아올 수 있다.

하지만.

"……와카바?"

나는 코마키를 꽉 껴안았다.

단순히 코마키에게 내 얼굴을 더 이상 보이기 싫었을 뿐일까? 그게 아니라면? 이유는 알 수 없었다. 하지만 내가 그녀를 껴안았다는 것은 사실이다. 이젠 되돌릴 수 없다.

어차피 옆에서 봤을 때 우리는 흔해 빠진 친구 사이나 자매 정도로밖에 보이지 않는다. 도저히 연인이나 그와 비슷한 사이로는 보이지 않겠지.

그럼, 상관없다.

이 정도쯤은 아무렇지도 않다.

나는 마치 코마키가 엉덩방아를 찧을 듯한 기세로 그녀 쪽으로 체중을 실었다. 겨우 그 정도로 비틀거리는 코마키는 코마키가 아니니까. 그녀는 땅바닥에 뿌리라도 단단히 박은 것처럼 한 발짝도 꿈쩍하지 않았다.

그뿐만이 아니다.

코마키도 마찬가지로 나를 껴안았다. 모든 이의 이목이 온통 돌고래 쪽으로 쏠린 와중에, 오직 우리만이 굳이 아쿠아리움에서 하지 않아도 될 짓을 하고 있었다. 참으로 바보처럼 말이다.

"싫어. 넌 진짜, 딱 질색이야."

내 말이 입 밖으로 제대로 나왔는지조차 알 수 없었다.

다만, 코마키가 더 이상 아무 말 없이, 더는 심술을 부리지도 않고서, 나를 껴안고 있다는 것만큼은 분명한 사실로 남았다.

그녀는 돌고래 쇼가 끝나는 시점에 맞춰 천천히 내 몸을 놓아 주었다.

이러다 서로 완전히 붙어 버리지는 않을까 싶었지만, 의외로 몸을 떼는 건 한순간에 이루어졌다. 그만큼 느꼈던 그녀의 향기도, 열기도, 몇 초만 있으니 금세 옅어져 사라졌다.

코마키를 향한 내 감정이나 추억도 마찬가지로 사라졌으면 참 좋겠다는 생각이 들었다.

하지만 그것이 희미해지지 않고 남기를 바라는 나 자신 또한 있었다.

나는 손으로 가슴을 살짝 눌렀다. 바보 같은 생각은 가만히 가슴 안쪽으로 가라앉히는 편이 상책이다.

"……너 때문에 돌고래를 제대로 보지도 못했잖아."

"갑자기 껴안은 사람은 너잖아, 와카바."

"이상한 소리를 꺼낸 사람은 너거든? 게다가 난 껴안은 게 아니라 널 넘어뜨리려 한 거라고."

"흐~음? 그런 것치고는 너무 약해 빠져서 아무 느낌도 안 들던데?"

"시끄럽거든?"

나는 그렇게 말하고 나서 내 손바닥을 바라보았다.

코마키의 열기는 더 이상 남아 있지 않았다. 옷 너머에서 느낀 그녀의 감촉 또한 이젠 떠올릴 수 없었다. 갑자기 현실 감각이 옅어져 가는 느낌이 들었다. 나는 손을 가볍게 움켜쥐었다.

"……내가 해파리라면 넌 돌고래일지도 몰라."

"어째서?"

"돌고래는 별 이유도 없이 괴롭힘을 가하기도 하잖아."

돌고래는 사람들에게 곧잘 칭찬을 받으며 화려하게 보이기도 하지만, 실제로는 무서운 면모도 있다.

그렇게 보면 코마키는 돌고래와 엄청 닮지 않았을까.

뭐, 그래도 나는 코마키의 평소 모습을 돌고래처럼 귀엽다고 생각한 적은 없지만 말이다. 어차피 자는 모습이 귀여운 건 어느 동물이나 마찬가지다. 벌거숭이두더지쥐 또한 자는 모습은 틀림없이 귀엽겠지.

"그래도 돌고래라면 지성은 있으니 플랑크톤이 된 너보다야 낫겠지만."

"……해파리가 플랑크톤이야?"

"친척이잖아."

"아하……."

처음 알았다. 역시 천재님은 폭넓게 알고 계시군.

아니, 그게 아니라.

아까부터 단세포니 플랑크톤이니, 코마키는 도대체 나를 무엇으로 여기고 있을까. 이래 봬도 여러모로 생각하면서 살고 있는데 말이지.

카오리도 그렇지만, 나는 의외로 내 지인들 사이에서 바보로 통하고 있으려나?

부정은 못 하겠다. 다음에 마츠리에게 한번 물어보는 편이 좋을지도 모른다. 아니, 그녀는 다정한 사람이니, 만약 속으로는 날 바보로 여긴다 해도 겉으로는 드러내지 않겠지.

……학교에 가고 싶었다. 여름 방학이 시작된 지 이제 조금밖에 지나지 않았는데 마츠리의 얼굴이 벌써부터 그리웠다.

그녀가 웃는 모습에는 나를 힐링시켜 주고 내 마음을 편안하게 해 주는 효능이 있다. 나는 중학생 시절부터 그녀에게 수도 없이 힐링받아 왔다.

"다른 데로 가자. 아직 구경 못 한 물고기가 잔뜩 있으니까."

어차피 제대로 구경할 마음도 없으면서. 대체 뭘 그렇게 서두르는지는 모르겠지만, 아쿠아리움을 좀 더 즐겼으면 싶었다. 진심으로.

오늘은 데이트를 하는 것도 아니다. 그렇게 서두르지 말고 자기 페이스에 맞춰서 즐기면 될 텐데.

그런 생각이 들기도 했지만, 이 이상은 괜히 참견하지 않기로 했다.

어쨌거나 나는 승부에서 졌다. 이 세상에 돌고래 쇼를 싫어하는 사람은 없을 것이라 생각해서 그녀를 데리고 왔건만, 결국 그녀는 돌고래 쇼를 눈곱만큼도 즐기지 않았다.

강수 확률 0%라던 일기예보조차도 빗나가는 경우는 있겠지만, 그녀가 내 앞에서 즐거워할 확률은 확실하게 0%일 테지. 본인 입으로 나랑 같이 있으면 즐겁지 않다고 그랬으니까 말이다.

즐겁게 만드는 데 성공하면 나의 승리, 그런 소리를 입 밖에 내지 않아서 참 다행이지 않았나 싶다. 만약 이것이 정식 승부였다면 지금쯤 나는 다시 코마키에게 키스라도 당했을 게 뻔하다.

남들 보는 시선은 아랑곳하지 않고서 이 자리에서 키스할지도 모른다, 그녀에게서는 그런 두려움이 느껴졌다.

나는 자기도 모르게 한숨을 내쉬었다.

아쿠아리움을 즐기는 방법은 물론 사람마다 다 다르다. 하지만 아무래도 코마키는 진화하는 과정에서 수생 생물에 대한 애착을 완전히 잊은 모양이었다.

아치형 수조에서 돌고래가 헤엄치는 모습은 보기만 해도 즐겁다. 그걸 보고도 즐겁지 않다고 느끼는 건 무리다. 하지만 코마키는 마치 모든 감정을 어디에다 두고 온 사람처럼 무표정하게 돌고래를 바라보다가, 따분하다는 듯이 사진을 찍었다.

따분하게 여기고는 있지만 일단 오늘의 추억을 사진으로 남기려는 마음은 있구나 싶었다.

뭐, 아무래도 좋은 얘기지만.

한바탕 생물들을 둘러본 우리는 다시 한 번 아쿠아리움 내부를 한 바퀴 돌기 시작했다.

오전과 합하면 이번이 벌써 세 번째다. 그럼에도 아쿠아리움 내부는 넓었기에 몇 번을 둘러봐도 신선한 놀라움이 느껴지곤 했다. 헤엄치는 물고기들 또한 엄연히 살아 있는 만큼, 볼 때마다 다른 광경이 펼쳐지기도 하고 말이다.

하지만, 그건.

물고기뿐만 아니라 코마키 또한 마찬가지일지도 모른다. 아까 이곳에 왔던 코마키와, 지금 이곳에 있는 코마키는 또 다르다. 표정은 똑같아 보일지라도 분명 속마음은 다르지 않을까 싶었다. 나는 그 변화한 속마음을 알고 싶었다.

"그거 알아? 펭귄은——."

"마치 다리가 접힌 것처럼 골격이 신기한 구조로 되어 있다는 말이지? 나도 알아."

내가 하려던 말을 대체 무슨 수로 알았을까.

코마키가 싱긋 웃어 보였다.

"단순한 네가 무슨 말을 하려는지, 오히려 모르면 이상할걸?"

"아, 그러세요?"

짜증 나.

내 생각을 훤히 알고 있는 건 그렇다 쳐도, 그냥 잠자코 들어 주면 어디가 덧나나 싶었다. 코마키는 어쩌면 남과의 대화를 즐기는 방법을 잊었을까.

아니, 뭐.

코마키에겐 나랑은 대화를 즐길 마음 자체가 애초부터 없었겠지만 말이다. 아쿠아리움에 미운 털이 단단히 박혔다. 딱히 아쿠아리움이 잘못한 건 아니지만, 다음에 혹여 다른 사람과 데이트할 기회가 있더라도 아쿠아리움은 꼭 피하고 싶은 마음이었다.

"그럼 퀴즈라도 한번 내 볼까?"

"뭐?"

나는 이동하면서 그렇게 말했다. 펭귄을 뒤로하고 이번에는 거대한 수조로 향했다.

물고기를 보는 쪽은 나인데도, 거대한 수조가 마치 날 내려다보는 듯한 착각이 드는 이유는 내 키가 작은 탓일까.

나는 코마키를 힐끗 쳐다보았다. 그녀는 시시하다는 표정을 지으며 수조를 올려다보고 있었다.

코마키한테도 올려다봐야 하는 대상이 있구나 싶었다. 그야 당연한 얘기겠지만, 나는 그녀가 무언가를 올려다보는 모습을 처음으로 본 듯한 느낌이 들었다.

옛날에는 내 키가 더 커서 날 올려다보았을 텐데도.

"내가 지금 속으로 무슨 생각을 하고 있게?"

"뭐라는 거야?"

"만약 내가 무슨 말을 하려는지 알 수 있다면, 속으로 무슨 생각을 하는지도 알 수 있겠지? 한번 맞혀 봐."

나는 코마키가 무슨 말을 하고 싶은지도, 지금 무슨 생각을 하는지도 모른다.

어쩌면 나 자신이 무슨 생각을 하는지조차도 사실은 모르고 있을지도 모른다. 늘 느끼는 가슴속 답답함이나 아픔, 그리고 그 이유도 말이다.

정말로 알 수 있다면 내게도 가르쳐 주었으면 싶었다.

코마키는 나더러 아무것도 못 본다고 그랬었는데, 그렇다면 본인은 적어도 나보다는 훨씬 더 나를 잘 보고 있지 않을까.

"와카바, 너는."

그 가련한 입술이 자그맣게 벌어졌다.

나는 그녀의 일거수일투족에서 눈을 떼지 않았다.

"너는…… 지금, 배가 고파."

"……응?"

"지금 뭐라도 먹고 싶지? 아까부터 탐스러운 눈길로 물고기들을 보고 있었으니까."

전혀 뜻밖의 대답이었다. 아무래도 코마키의 눈에는 내가 먹보처럼 보이나 보다.

나는, 웃었다.

"정답이야! 슬슬 저녁 무렵이라 배가 고프던 차였거든. 집에 가기 전에 뭐라도 먹자."

사실 오답이다.

하지만 정답은 어차피 나도 모른다.

나를 꿰뚫어 봐 주었으면 싶었다. 알아주었으면 싶었다. 가르쳐 주었으면 싶었다. 사실 그런 무리한 것들을 코마키에게 바라면 안 되지만, 또 한편으로는 나의 그런 바람을 들어줄 사람이 있다면 코마키밖에 없지 않을까 싶기도 했다. 잘은 모르겠지만.

나는 미소 지어 보였다.

"아, 멜론 과자 파는 가게 어디 없으려나. 아직도 멜론이 제철이라면 제철이기는 한데."

"알 게 뭐야."

"아까 해파리랑 펭귄에 관해서는 잘 알면서. 다음에 시간 나거든 멜론의 여러 지식에 관해서도 한번 알아봐."

"싫어. 그건 네가 알아서 알아보면 되잖아."

"난 네 입으로 듣고 싶을 뿐이거든~. 대화는 중요하니까. 우정을 키우거나 애정을 키우는 데도 말이야."

"……흐~음?"

가벼운 말로도 척척 속내를 알아들으면 얼마나 좋을까.

표면적인 대화만 나눠서는 코마키의 진짜 감정을 알 수 없다. 하지만 깊게 파고들면 순식간에 여러 가지가 무너져 내릴 것만 같았다.

그녀의 마음속에 발을 들이기에는 너무나도 갈 길이 먼 것 같은 느낌도 들었다.

하지만 알고 싶었다. 나는 코마키의 진짜 감정을, 웃는 모습을 보고 싶었다. 그 이유는, 아무리 생각해 본들 과연 알 수나 있을까. 알고 나면 분명 뭔가 좋지 않은 일이 일어나지 않을까 싶기도 하지만.

"와카바."

서성이며 수조를 바라보는 와중에 문득 코마키가 내 손을 움켜쥐었다.

"네가 좋아하는 물고기가 뭐야?"

뜻밖의 질문이었다.

일부러 나를 붙잡으면서까지 할 거창한 질문은 아니지 않을까 싶지만, 그래도 방금까지 대화가 중요하다고 말한 사람은 바로 나다.

코마키와의 대화를 통해 무엇을 키워 나가야 할까. 그런 게 있기는 할까? 우정? 애정? 애초에 존재하지도 않는 것은 키울 수조차 없는데.

"먹는 쪽은 대체로 뭐든 좋아해. 보는 쪽은…… 돌고래나 물범 정도? 귀여우니까."

"그거 둘 다 포유류잖아."

"자잘한 건 신경 쓰지 마. 바다에 있으면 다들 물고기나 마찬가지거든. ……그래서, 너는?"

"나는, 딱히."

너무나도 예상 그대로의 대답에 나는 자기도 모르게 웃었다.

이럴 때 무슨 말을 할지는 분명히 알고 있었으면서.

"아하하, 너라면 그렇게 말할 줄 알았어. 너는, 데이트 때 말수가 너무 적어서 차여버리는 쪽이라고나 할까?"

"그러는 너는 억지로라도 화제를 줄줄이 끌어내는 쪽이고?"

"그럴지도."

나는 킥킥 웃으며 그녀의 손을 잡아끌었다.

실제로는 과연 어떨까. 코마키는 그렇다 쳐도, 나는 누군가랑 데이트한다고 가정했을 때 과연 좋은 분위기를 이룰 수 있을까.

제대로 된 데이트는 해 본 적이 없어서 잘 모르겠다. 신경 쓰이는 상대나 좋아하는 상대와 데이트를 하면 도대체 어떤 느낌이 들까.

코마키한테 물어봤자 어차피 알 수 없겠지만 말이다.

"줄줄이 끌어내는 쪽답게, 오늘은 정말 작정하고 마음껏 줄줄 끌어 볼까?"

"뭐, 실제로 지금 내 손을 잡아끌고는 있지만."

"너 좀 친다? 듣고 보니 그러네."

나는 코마키의 손을 잡아끌며 걸어 나갔다.

대체 언제까지 계속 이런 식으로 코마키의 손을 잡아끌 수 있을까? 내가 승부에서 이기고 나면 더 이상 코마키랑 엮일 일도 없을 텐데.

손을 잡아끌 때의 감촉이나 미묘한 저항 등, 그런 자잘한 것들은 언젠가 분명 희미해지겠지. 잊을 수 없는 기억만을 마음속에 남기고서 말이다.

딱히 아깝다고 생각하지는 않는다. 코마키랑 더 함께하고 싶다는 마음도 분명 들지 않겠지. 내가 정신이 나가지 않고서야 남의 존엄을 마구 짓밟는 그런 상대랑 함께하기를 바라겠어?

……아마도.

"돌고래 한 번 더 보러 가자. 이번엔 보고 나서 소감이 어떤지 좀 들어 볼까?"

"돌고래를 참 좋아하나 보네."

"그야 뭐, 이 세상에서 다섯 번째 정도로 좋아하려나?"

"순위가 참 미묘하지 않아? 그럼 첫 번째는?"

"글쎄?"

첫 번째로 좋아하는 것은 나도 모른다.

나의 첫 번째는 금세 휙휙 바뀌곤 하기에 믿을 수가 없다.

그렇기에 나는 애매하게 웃었다. 코마키는 그 이상 아무 말도 하지 않았다. 그저 내 손에 이끌리는 대로 돌고래 코너까지 걸음을 옮겼다.

이럴 때는 또 얌전해지네. 역시나 코마키는, 도무지 종잡을 수가 없다.

나는 또 돌고래를 감상하고 난 후, 아무 감흥도 없어 보이는 코마키의 얼굴을 쳐다보았다. 그녀가 알아차리지 못하게 살며시 말이다.

수조에서 쏟아지는 빛에 비친 그녀의 눈동자는 바다처럼 깊고 조용했다.

그렇다고 뭐 대수는 아니지만. 눈동자 안쪽에 감춰진 감정을 밝혀내고 싶다는 내 마음은 어제 오늘 든 것도 아니다. 그녀의 진심을 알고 싶긴 하지만, 그것을 알기란 어려운 일이다. 그렇기에 나는 아무 말 없이 그녀의 손을 쥐었다. 그 감촉을 확인하려는 듯이 말이다.

그녀의 감촉을 기억해서 뭐 어쩌겠다는 걸까. 언젠가 문득 그리워질 날이 오면 떠올리며 추억에 잠기려고?

아니면.

그 이후, 나는 그녀와 두세 차례 더 대화를 나누고 나서 밖으로 나왔다. 여기에 왔을 때는 오전이었지만, 벌써 날이 저물기 시작했다.

잠시 느긋하게 걷고 있는데, 건물 안에 뽑기 기계가 놓여 있는 어느 코너가 눈에 들어왔다.

"이런 건 왠지 모르게 한 번 돌려 보고 싶단 말이지."

"그럴지도."

코마키는 따분하다는 듯이 그렇게 말했다. 나는 그녀에게서 손을 떼고는 건물 안을 둘러보았다.

아마 뽑기 기계를 돌리다 보면 그것만으로 남은 하루가 다 지나가지 않을까 싶었다. 슬슬 출발하지 않으면 집에 늦게 도착하겠지.

내일도 어차피 코마키가 무언가를 할 게 뻔하다. 그 부분을 고려하자면 얼른 돌아가서 자고 싶었다. 오늘도 코마키와 함께 하루 종일 이래저래 시간을 보내다 보니 지쳤다.

옆에 선 것이 코마키가 아니라 다른 친구였다면 어땠을까 싶은 생각이 살짝 들었다. 하지만 이 피로감에 오히려 편안한 기분을 느껴버리고 마는 나 자신도 있었다.

이건 이것대로 또 괜찮았을지도. ……내가 뭐라는 거람.

"이왕 왔으니 한번 돌려 볼까?"

"네가 하고 싶은 대로 해. 난, 보기만 할게."

"……그래?"

지금의 내가 코마키에게 기대하는 것은 아무것도 없다. 없다고, 본다.

나는 자그맣게 한숨을 토해 낸 후, 가방에서 지갑을 꺼내며 말했다.

"조금 피곤하긴 하지만 오늘은 나쁘지 않았어."

"즐거웠다고는 안 하네?"

즐거웠다고 하면 또 말꼬리나 잡을 거잖아.

그런 생각이 들었지만 입 밖에 내지는 않았다.

게다가 오늘은 딱 잡아서 즐거웠다고 말하기도 좀 애매했다. 전에 데이트를 했을 적에도 그렇게 느꼈지만, 오늘도 여러모로 정신없는 하루가 아니었을까 싶다.

그렇다고 나쁘지는 않았다. 나쁘지는 않았지만.

“……딱히, 상관은 없지만.”

“그래? ……그나저나 전철 타고 집에 갈 때 많이 혼잡하려나? 오늘은 좀 피곤하니까 저번처럼 앉아서 집에 갈 수 있으면 좋을 텐데.”

“네가 집에 갈 수 있다고 생각해?”

코마키가 자그마한 목소리로 불쑥 그렇게 말했다. 나는 고개를 갸웃거렸다.

혹시 전철 운행이 중단되었거나 지연되었나?

아니, 만약 그렇다 쳐도 코마키가 이런 식으로 말하는 이유는, 설마…….

“그야 갈 수 있지. 넌 현대 일본을 뭐라고 생각해?”

“……승부하자.”

코마키는 그렇게 말하더니 내 옆에서 쭈그리고 앉았다.

“집에 가고 싶으면 나랑 승부해. 내가 이기면 오늘 넌 집에 못 갈 줄 알아.”

“아니, 아니, 아니. 뭐라는 거야. 그게 무슨 소린데?”

“싫으면 안 해도 돼. 그럼 강제로 데리고 가면 그만이니까.”

“아니…….”

코마키가 단호한 어조로 말하더니 내 팔을 움켜쥐었다.

진심이다. 코마키는 진심으로 나를 집으로 보내지 않을 작정이다.

나는 소름이 돋았다. 이 녀석, 설마 나를 어디에다 내다 팔기라도 할 생각인가?

코마키는 늘 종잡을 수 없는 짓들을 벌여 왔지만, 오늘은 한층 더 그 의미를 이해할 수 없었다. 대체 나에게 무슨 짓을 저지르려는 걸까.

"알았어! 승부할게. 하면 되잖아!"

"그러면 돼. 그럼 무엇으로 승부할까?"

그렇게 말한들…….

지금 이곳에서 벌일 수 있는 승부는 한정되어 있다.

"……그럼. 이 뽑기 기계에서 무엇이 나오는지 맞히는 걸로 승부하자. 둘 다 틀렸으면 무승부인 셈 치고 난 집에 갈 거야."

"응. 좋아. 그럼 난 이걸로 할게."

"어?"

코마키는 경품 목록에 나와 있는 '?' 캐릭터를 손가락으로 가리켰다. 그 밑에 시크릿이라고 적혀 있는 것으로 봤을 때, 좀처럼 나오기 힘든 캐릭터가 아닐까 싶은데.

나도 모르게 코마키 쪽을 쳐다보았다. 하지만 그녀는 방긋 웃고 있었다.

아니, 진짜로?

나는 잠시 고민하고 나서 나올 확률이 가장 높아 보이는 스탠다드 캐릭터를 손가락으로 가리켰다. 코마키는 아무 말도 하지 않고 자그맣게 고개를 끄덕였다.

요즘 인기 캐릭터가 나오는 뽑기 기계에는 경품이 거의 남아 있지 않다. 캡슐이 어느 정도 남아 있는지는 눈으로 어느 정도 가늠할 수 있지만, 어느 캐릭터가 나올지는 알 수 없다.

나는 돈을 넣고 핸들을 돌렸다.

쿵, 하는 소리가 났다.

솔직히 말해서 나는 차마 확인할 엄두가 나지 않았다. 마작이나 일기 예보 승부에서 코마키의 운이 정상이 아님은 신물이 날 만큼 잘 알고 있다. 그렇, 다면……. 여기서 내가 이길 확률은 거의 0에 수렴하겠지.

하지만 그렇다고 한들, 나는 절대 포기하지 않는 사람이다. 처음부터 질 것이라는 마음가짐으로 승부에 나서지 않는다. 지금껏 숱하게 패했어도 코마키에게 승부를 걸어온 나다. 그것도 어린 시절부터 줄곧 말이다. 그렇기에 비록 나는 패배에 익숙할지언정 절대로 포기하지 않는다.

내가 포기하지만 않으면 언젠간 반드시 이길 수 있다.

나는 커다랗게 숨을 깊이 들이쉬고서 캡슐을 쥐었다. 승리의 감촉이 느껴졌다.

"내가 이길 거야, 우메조노."

내가 싱긋 웃자, 코마키는 눈을 휘둥그레 떴다.

이 세상엔 끌어당김의 법칙이란 게 있거든.

간절히 바라면 이루어진다. 반드시.

나는 숨을 내쉬고서 캡슐을 열었다――.

"아~ 저녁 진짜 맛있었어. 역시 바다 근처에 있으니 물고기가

싱싱한가 봐."

나는 침대 위에서 뒹굴며 그렇게 말했다.

푹신푹신했다. 우리 집 침대 스프링과는 비교조차 되지 않을 만큼 푹신푹신했다. 게다가 좋은 냄새도 났다.

아니, 아니, 그렇다고 딱히 우리 집 침대에서 평소 무슨 이상한 냄새가 난다는 뜻은 아니지만. 뭐랄까, 살짝 가슴 두근거리는 냄새라고나 할까. 여행지라는 느낌이 물씬 풍기는 그런 냄새였다.

"와카바, 예의에 어긋나잖니. 먹자마자 바로 드러눕는 건 몸에도 안 좋아. 그리고 침대 위에서 뒹굴고 싶으면 먼저 씻고 나서 해."

"그래, 내가 잘못했어~."

코마키는 여전히 잔소리가 심했다. 침대에 뛰어드는 것이 여행의 묘미라는 사실을 모르나 보네.

그녀는 새침한 표정으로 의자에 앉아 있었다. 좀 더 즐기면 좋지 않을까 싶었다.

생각해 보니 수학여행 갔을 적에도 그랬었다. 나는 친구들과 함께 이불을 깔고 그 위에서 뒹굴었지만, 코마키는 자기도 하고 싶다는 티조차 내지 않았었다. 코마키는 여행의 정취를 모르는 걸까. 뭐, 이런 걸 두고 여행의 정취라고는 하지 않을 테지만.

"어라? 이게 뭐지? 우메조노, 잠시만 이리로 와 봐."

"뭔데?"

내 말을 듣고 코마키가 침대 쪽으로 다가왔다. 나는 그녀의 팔을 잡아끌며 곧장 침대로 끌어들였다.

풀썩, 하는 소리와 함께 코마키의 얼굴이 코앞으로 들이닥쳤다. 그녀는 웬일로 살짝 놀란 표정을 짓고 있었다.

나는, 웃었다.

"아하하, 이 표정 좀 봐! 왜 그래? 깜짝 놀랐나 봐~?"

코마키가 이런 표정도 다 지을 줄 알다니, 승부에서 진 보람이 있었다.

그렇다. 나는 승부에서 졌다. 여느 때처럼. 아니, 처참하게. 의기양양하게 캡슐을 열었는데 시크릿 캐릭터가 나왔을 땐 분위기가 장난 아니었다.

나더러 바보 아니냐고 웃었으면 차라리 나았을 텐데, 코마키는 '내가 이겼어.' 라는 말만 하고서 내 손을 잡아끌며 이 호텔까지 데리고 왔다. 결국 나는 패배감과 주체할 수 없는 부끄러움을 끌어안은 채 그녀와 함께 이곳에 숙박하기로 했다.

예상했던 대로 침대는 하나밖에 없었다. 제법 큰 사이즈였지만, 둘이서 자기에는 살짝 애매한 느낌이었다.

분하지만 침대는 코마키에게 양보하고 나는 의자에서 자야 할지도 모른다. 이런 곳에서 코마키랑 같이 잤다간 무슨 일이 일어날지 알 수 없으니까 말이다.

"너무 방심했어, 우메조노."

코마키는 눈을 휘둥그레 뜨더니, 이윽고 인상을 찌푸렸다.

코마키의 다양한 표정을 감상한 나는 살짝 만족스러웠다. 예나 지금이나 귀염성이라고는 눈곱만큼도 찾아볼 수 없는 표정이었지만, 그래도 그건 틀림없는 진심의 표정이었다.

"……와카바."

"왜애~?"

나에게 한 방 먹은 것이 어지간히도 거슬렸는지, 코마키가 내 손을 힘껏 잡아당겼다.

몸이 그녀 쪽으로 끌려 들어갔고, 그 직후에 우리는 서로 밀착한 상태가 되었다.

그녀가 하는 것치고는 웬일로 입술과 입술만 닿는 모양새의 키스였다. 그 부드러운 입술 감촉은 평소와 같았지만, 오늘은 좀처럼 떨어질 생각을 하지 않았다. 내 감촉을 확인하려는 듯이 그녀가 입술을 들이밀었다. 그러고 나서 살짝 떨어지는가 싶더니, 다시금 입술을 힘껏 밀착시켰다.

내 입술과 그녀의 입술 감촉이 점점 뒤섞이며 뒤죽박죽되기 시작했다.

이건 흥분일까, 아니면 전혀 다른 종류의 감정일까. 코마키의 숨결은 평소에 비해 더 뜨겁고 거칠었으며, 그걸 느끼기만 해도 어질어질했다. 숨 쉬는 소리가 너무나도 가까이에서 났다.

"너야말로 너무 방심했어, 와카바."

"이건 방심하고 말고의 문제가 아닌 것 같은데? 너무 막무가내잖아."

"그럼 막무가내가 아닌 짓이라면, 해도 돼?"

"아니, 그런 얘기가 아니라…… 윽."

코마키가 내 머리카락을 쥐고는 귀 뒤쪽부터 살며시 쓸어내렸다. 그 행위에 대체 무슨 의미가 있는지는 모르겠지만, 코마키는 왠지 모르게 만족스러워 보였다.

아까는 예의가 어쩌고저쩌고하더니, 정작 본인은 신경도 안 쓰나 보네.

내가 속으로 그런 생각을 하고 있으니, 평소처럼 그녀의 얼굴이 다가와 내 입 안으로 혀를 밀어 넣었다.

예나 지금이나 변함없는 그 감촉에 마음을 놓았다간 끝장이라는 생각이 드는 와중에도, 혀뿐만 아니라 마음마저 휘감겨 나가는 듯한 느낌이 들었다. 그 혀의 길이라든가, 내 혀에 닿을 때의 탄력이라든가, 열기라든가.

그러한 정보들이 나에게 새겨져 나갔다.

뒤섞인 호흡이 우리의 입술 사이로 새어 나왔다. 뇌가 흔들렸다. 끈적거리는 뜨거운 혀의 감촉이 계속 나를 휘감은 채 놓아주질 않았다. 내 마음은 점점 더 흐트러져 갔다.

"기분 좋다고 말하지 그래?"

코마키가 끈적한 목소리로 그렇게 말했다.

"보는 사람도, 듣는 사람도 없거든. ……그러니 말해도 문제없어."

문제가 없긴 왜 없어. 너무나도 많았다. 애초에 딱히 기분 좋지도 않았고 말이다. 저번엔 내가 어땠었는지 모르겠지만.

"그런 소리를 왜 내가 말해야 해?"

"그게 더, 좋으니까."

대체 뭐가 좋다는 걸까.

그런 생각이 들었지만, 코마키가 지그시 쳐다보고 있으니 마치 내가 틀렸다는 기분이 들기 시작했다. 계속 이런 식으로 문답을 주고받다 보면 또다시 승부가 벌어질지도 모른다.

거짓으로 기분 좋다고 말하는 것 정도는 문제없다. 그걸로 코마키가 멋대로 만족한다면 얼마든지 그렇게 할 수 있다.

나는 한숨을 내쉬고 나서 그녀의 입술을 살짝 깨물었다.

살짝 깨물었으니 썩 그렇게 아프진 않겠지. 하지만 그녀는 반사적으로 몸을 움찔거리더니 자그맣게 입을 벌렸다. 나는 살며시 그녀의 입 안에다 혀를 집어넣었다.

"……기분, 좋아."

마치 녹아내리는 듯한 느낌이 들었다.

달콤하고 부드러운 것이 녹아내리고 흐물흐물해지더니, 그대로 입 밖으로 새어 나오는 듯한 느낌이 들었다. 거짓말일 기분 좋다는 말에 달콤한 것이 뒤섞이더니, 이젠 뭐가 뭔지 알 수 없었다.

이대로 가다가는 코마키가 착각에 빠질지도 모른다. 키스하니 내가 정말로 기분 좋다고 느끼는 줄로 말이다.

아니.

자기 멋대로 그렇게 생각하고 싶으면 마음대로 하면 된다. 하지만 그런 착각에 빠지도록 내가 유도해서는 안 된다.

머릿속이 빙글빙글 돌았다.

"……나, 도."

내가 거짓말쟁이라면, 코마키 또한 거짓말쟁이가 아닐까 싶었다.

코마키의 목소리는 너무나도 달콤했다. 마치 귀에 찰싹 달라붙는 듯한 느낌이 들었다. 하지만 그것은 분명 거짓이자 가짜다. 진짜 감정은 그 어디에도 없다. 그 사실을 잘 알고 있는데도 그런 거짓말에 놀아난 나는 자기도 모르게 그녀를 더 깊숙이 원하고 말았다.

잠시 후, 겨우 제정신을 차린 나는 그녀에게서 떨어졌다.

감정으로 가득 차 있던 목소리와는 반대로, 그녀의 표정에는 역시나 아무런 감흥도 보이지 않았다.

이런 거짓말쟁이 같으니.

차마 목구멍 밖으로 내보내지 않았던 그 말은 그녀로부터 흘러 들어온 침과 함께 속으로 삼켰다. 대신에 한숨이 나왔다. 나는 몸을 뒹굴뒹굴 구르며 그녀에게서 떨어졌다.

침대에 던져두었던 스마트폰을 손에 들고 화면을 확인했다. 제법 늦은 시간이었지만 부모님으로부터는 아무 연락도 없었다. 우리 집은 비교적 방임주의에 속하지만, 아무리 그래도 자식 걱정은 안 드는 걸까. 나는 쓴웃음을 지었다.

"와카바, 뭐 해?"

"우리 엄마한테 연락할까 싶어서."

"안 해도 돼. 전에 내가 미리 말씀드렸거든."

"……어?"

코마키는 애초부터 나를 오늘 집에 돌려보낼 생각이 없었던 걸까. 용의주도하다고 해야 할지, 뭐라고 해야 할지. 아니, 애초에 말이다.

"그럼, 여기 예약은 혹시 예전부터 잡아 뒀던 거야?"

"글쎄?"

"……하아. 준비성 하나는 진짜 쓸데없이 좋네. 그 능력을 좀 더 다른 데다 써먹어 보는 건 어때?"

"다른 데라면, 예를 들어?"

"문화제 뒤풀이라든가."

"그런 데다 써먹어 봤자 무슨 소용일까 싶지만 말이지."

코마키는 그렇게 말하고 나서 침대에서 일어났다.

그러고는 그 쓸데없이 커다란 가방을 뒤적이기 시작했다. 대체 뭘 하나 싶어서 그쪽으로 고개를 돌리자, 자신이 갈아입을 옷을 꺼내는 모습이 눈에 들어왔다.

아하, 그렇단 말이지.

저렇게 큰 가방을 대체 왜 가지고 왔나 싶었는데, 하룻밤 묵으려고 그랬구나. 이제야 납득이 갔다.

목욕은 본인이 먼저 하려나.

아까 방을 둘러보다가 확인했는데, 욕실에는 다리를 쭉 뻗을 수 있을 만큼 생각보다 넓은 욕조가 딸려 있었다. 코마키가 먼저 들어가 준다면 목욕 중에 이상한 짓을 당할 걱정도 없을 테니, 꼭 좀 그렇게 해 줬으면 싶은 마음이었다.

하지만.

"자, 와카바."

"……이게 뭐야?"

"와카바, 혹시 옷이란 걸 처음 봐? 요즘 사람들은 다 입고 다니거든?"

"아니, 그야 나도 당연히 알고 있지."

누구는 옷을 안 입고 다니는 줄 아나. 척 보면 알 텐데 말이다. 왜 이렇게 말 한마디 한마디를 밉살스럽게 하는 거람?

"그게 아니라, 이걸 왜 나에게 주는지 물어보잖아."

"그야 보면 모르니? 이런 사이즈는 내가 못 입으니까."

그녀는 개켜진 상태의 잠옷처럼 생긴 옷을 펼쳐서 나에게 보여 주었다. 밝은 연분홍색 잠옷은 내가 좋아하는 색상을 띠고 있었다.

하지만.

"내 옷까지 들고 왔어? 아니, 산 거야?"

"주웠어."

줍기는 무슨.

아무리 봐도 길가에 떨어져 있었을 옷과는 거리가 멀었다. 하물며 코마키가 옛날에 입었던 옷도 아니겠지. 새것 느낌이 물씬 풍겼다.

오늘을 위해 일부러 사 온 걸까? 뭐랄까, 코마키는 정말로, 정말로, 종잡을 수가 없다.

"먼저 목욕하지 그래? 나는 좀 쉬고 있을게."

"그래도 돼? 왠지 너라면 자기가 첫 번째여야 꼭 직성이 풀릴 줄로만 알았는데."

"와카바, 난 너와는 달리 그렇게까지 남에게 지기 싫어하는 편이 아니야."
"말은 잘해요. 매사에 늘 남들 위에 서려고 그러면서."
나는 한숨을 내쉬고 나서 그녀로부터 갈아입을 옷을 건네받았다. 아무리 코마키라도 갈아입을 옷에다 데스 소스를 바른다거나 하는, 소심한 괴롭힘은 저지르지 않겠지.
오늘 내내 땀을 흘리기도 했으니, 지금은 코마키가 하자는 대로 어울려 주도록 하자. 아직 본인이 뭘 꾸미고 있을지는 모르겠지만.
"뭐, 저번처럼 같이 들어가 줄까? 이번엔 등도 밀어 줄 수 있는데."
나는 피식 웃으며 그렇게 말했다.
계속 이대로 코마키에게 농락만 당하면 짜증나니까 말이다. 어차피 코마키는 내 제안을 받아들이지 않을 테지만.
"……하, 됐어. 네가 날 씻겨 주면 오히려 더 더러워지기만 할 것 같거든."
"이래 봬도 난 깔끔한 걸 꽤나 좋아하는 편이라고. ……뭐, 정 싫으면 어쩔 수 없지만. 그럼 먼저 들어갈게."
"다녀와."
의외로 코마키는 더 이상 아무 말도 하지 않았다. 살짝 맥 빠지는 느낌도 없잖아 있었지만, 어쨌거나 나는 먼저 목욕을 하기로 했다.
여행지에서 하는 목욕은 왠지 모르게 특별한 느낌이 들었다. 행위 자체는 그냥 뜨거운 물에 몸을 담그기만 할 뿐이라 평소와 별반 다르지 않지만 말이다.

나는 몸을 씻고 나서 멍하니 욕조에 몸을 담갔다.

혹시라도 코마키가 들어오지 않을까 싶어 기다려 봤지만, 그럴 기미는 전혀 없었다. 평소의 코마키라면 이것저것 이상한 소리나 해 대며 돌격해 올 법도 한데 말이다. 역시 외박 중이라 그런 걸까.

"……하아."

노래라도 한 곡 부를까 싶었지만, 역시 지금은 그럴 기분이 아니었다.

나는 눈을 감고서 욕조에 얼굴까지 푹 담갔다. 기껏 머리를 묶었는데 이래선 아무 의미도 없다. 코마키가 이 광경을 봤다간 또 예의에 어긋나는 짓을 한다며 화를 낼 것 같지만, 없으면 상관없지 않을까 싶었다.

머리가 무거웠다. 이대로 물밑으로 가라앉으면 아쿠아리움 물고기의 심정을 알 수 있을까.

그런 생각도 참 바보 같긴 하지만 말이다.

나는 그대로 욕조 바닥으로 가라앉았다.

살짝 현기증이 나는지도 모르겠다. 나는 목욕을 마치고 나와 코마키가 마련해 준 옷을 쥐었다. 아무리 그녀라도 설마 속옷까지는 마련하지 않았을 줄 알았지만, 자세히 보니 속옷이 잠옷 사이에 끼워져 있었다.

사이즈도 딱 맞았다.

그러고 보니 저번에 내 속옷을 돌려주려 하지 않았던 적이 있었는데, 혹시 이럴 때를 위해서였을까. 일부러 내 사이즈를 알아보고 그에 딱 맞는 속옷을 산다라, 역시나 그건 좀 아니지 않을까 싶지만 말이다.

그럴 거면 차라리 나에게서 빼앗았던 속옷을 그대로 가져왔으면 좋았을 텐데. 내가 한 번 입었던 속옷은 건드리기도 싫다는 이유라면, 또 모르겠지만 말이다.

그녀가 마련해 준 옷을 입자니, 살짝, 아니, 무진장 싫었다. 하지만 이제 와서 그게 다 무슨 소용일까. 한 번 입었던 옷을 다시 입는 건 더 싫었기에 나는 얌전히 그녀가 마련해 준 옷을 입고 머리를 말렸다.

탈의실 밖으로 나오자, 코마키가 나에게 말을 걸었다.

"어서 와."

"다녀왔어."

그녀는 의자에 걸터앉은 채, 어째선지 내 가방을 그러안고 있었다.

"……뭘 훔쳤는데?"

"내가 무슨 거지도 아니고 네 물건을 왜 훔치겠니?"

"그럼 몰래 뭔가를 넣었나 보네?"

"안 넣었어. 네가 가방을 바닥에다 두었길래, 난 그냥 탁자 위에다 올려 두려고 했을 뿐이니까."

"우등생 납셨네? 이거 고마워서 어쩌나."

코마키는 가방을 탁자 위에 올려 두고는 곧장 자리에서 일어났다.

하지만 정작 그녀가 가져온 가방은 바닥에 그대로 놓여 있었다. 그건 괜찮은 걸까. 속으로 그런 의문이 들었지만 괜히 파고들면 귀찮은 일만 일어날 것 같았기에 그냥 모른 척하기로 했다.

"벗은 건 봉지에 넣어서 내 가방 안에다 넣어 둬."

그녀는 그렇게 말하고는 나에게 비닐봉지를 건넸다.

"그건 내 가방에 넣을 테니 됐어."

"그 사이즈가 다 들어가겠어? ……뭐, 직접 손에 들고 집까지 가지고 가겠다면 안 말리겠지만."

"……돌려줄 거지?"

"그건 네가 앞으로 어떻게 하느냐에 달렸으려나?"

"그건 또 뭔 소리야."

저번 경우처럼 또 돌려받지 못하면 곤란한데.

오늘 입고 온 옷은 제법 내 마음에 드는 편인데 말이지. 딱히 코마키와의 외출을 위해 특별히 공을 들였다는 얘기는 아니다. 그저 매너와 에티켓의 일환으로 마음에 드는 옷을 입고 왔을 뿐이다.

나는 자그맣게 한숨을 토해 냈다.

어차피 코마키가 하는 말에 일일이 토 달아 봤자 좋은 꼴은 못 본다. 게다가 옷을 그대로 집까지 들고 가기도 싫었다. 나는 개킨 옷을 비닐봉지에다 쑤셔 넣었다.

"목욕하고 올게. 넌 그냥 거기 가만히 있어."

"혼자 알아서 시간 보내고 있을 테니, 넌 얼른 들어갔다 나오기나 해."

코마키는 발끈한 표정을 짓더니, 갈아입을 옷을 들고 탈의실 안으로 들어갔다.

나는 느릿느릿 자리에서 일어나 그녀의 가방 안에 내 옷을 넣고자 했다.

그 커다란 가방 안에는 화장품 파우치나 구급 세트 비슷한 것 등, 여러 가지가 들어 있었다.

갈아입을 옷은 하루치만 가져온 모양이었다. 나는 살짝 가슴을 쓸어내린 뒤, 가방 안에 공간을 만들고 내 옷을 넣었다. 바로 그때였다. 가방에서 무언가가 떨어졌다.

원래 가방 옆 주머니에 들어 있었을 것으로 보이는 그것은 샤프였다. 그것도 일반 샤프가 아니었다.

"……이건."

애니메이션 캐릭터가 그려진, 본 적이 있는 샤프였다.

예전에 내가 코마키랑 깔맞춤으로 샀던 것이다. 내 것은 분홍색이지만, 코마키의 것은 파란색이다.

나는 심장이 두방망이질 치는 것을 느꼈다. 코마키는 이걸 벌써 옛날에 버린 줄로만 알았다. 왜냐하면 내가 학교에 깔맞춤 샤프를 들고 갔을 때 그녀는 싫어하는 눈치였기 때문이다.

이걸 어째서 아직도 들고 있을까. 그것도 굳이 이 가방에 넣어서 가지고 다니다니, 대체 어째서?

나는 내 가방을 들었다.

아까 뽑기 기계에서 뽑은 시크릿 캐릭터가 눈에 들어왔다. 코마키가 억지로 내 가방에다 달아 놓았기에 떼고 싶어도 뗄 수가 없었다.

하지만 지금 중요한 건 그게 아니다.

나는 내 가방 밑바닥에서 다른 샤프를 꺼냈다. 여름 방학이 시작된 이후, 학교 가방에서 외출용 가방에 옮겨 담았던 분홍색 샤프였다.

코마키의 것과 비교해 보니, 역시나 깔맞춤으로 샀던 그 샤프가 맞았다.

욕실 쪽에서 물소리가 들려왔다. 나는 정신이 번쩍 들었다. 계속 이렇게 쳐다보는 와중에 코마키가 욕실 밖으로 나오면 난감해진다.

나는 깔맞춤 샤프를 각각 원래 위치에 돌려놓았다.

"역시나 모르겠어."

코마키의 생각은 좀처럼 알 수가 없다.

싫어하는 상대와 깔맞춤으로 산 샤프를 지금껏 버리지 않고 가방 안에 넣어 두었다니, 대체 무슨 이유 때문일까.

원한을 잊지 않으려고?

언젠가는 내가 보는 앞에서 부수려고?

아니면……. 잠깐, 그럼 정작 내가 샤프를 버리지 않고 굳이 가지고 다니고 있는 이유는 도대체 무엇이란 말인가. 코마키가 시키는 대로 따르는 것이 싫었다는 이유도 분명 있지만, 정말 그게 전부일까.

나 스스로도 잘 모르겠지만 말이다.

가슴이 답답했다.

나는 한숨을 깊숙이 토해 내고는 탁자 위에 엎드렸다. 자세히 보니 탁자 위에는 불과 조금 전까지만 해도 없었던 유성 펜이 놓여 있었다. 딱히 이렇다 할 것 없는 지극히 평범한 펜이었다.

나도 모르게 고개를 갸웃거렸다. 코마키는 이런 걸 탁자 위에 올려놓고 대체 무엇을 하고 있었을까. 혹시 내 가방에 낙서라도 했나 싶어서 가방을 빙글빙글 돌려가며 살펴보았지만, 낙서는 전혀 없었다.

생각이 자꾸 꼬리에 꼬리를 물자 싫증이 난 나는 침대 위에 드러누웠다.

목욕을 마치고 바로 침대에 누웠을 때 느껴지는 이 상쾌한 기분은 대체 정체가 뭘까. 몸이 물에 불어서 그럴까.

여기에 멜론 소다만 있으면 더할 나위 없겠지. 하지만 안타깝게도 여기에는 없다. 그렇다고 사러 나가기도 귀찮았다.

나는 눈을 감고 잠시 졸음에 빠졌다.

졸음은 코마키의 존재를 잠시나마 잊게 해 주었다. 안타깝지만 그것도 그리 오래가지 않았지만 말이다. 어느새 물소리가 멎더니 코마키가 목욕을 마치고 나왔기 때문이다. 나는 천천히 몸을 일으켜 세웠다.

"우메조노, 어서 와——."

코마키 쪽을 본 나는 말문이 막혔다.

그녀가 속옷 바람으로 머리도 말리지 않은 채 탈의실에서 나왔기 때문이다. 저렇게 칠칠맞지 못한 모습도 본인의 집에서라면 보여도 이해할 수 있지만…….

가능하면 코마키의 칠칠맞지 못한 모습을 보고 싶다, 라는 생각을 저번에 했던 적은 있었는데.

하지만 이건 좀 아니지 않을까.

"여긴 너네 집이 아닌데?"

"알아."

"그럼 옷 좀 똑바로 입고 머리도 말려. 그러고 있으면 머릿결도 상하고 감기 걸릴걸?"

"알 게 뭐야."

"예의에도 어긋나잖아. 정 직접 하기 귀찮다면, 내가——."

"와카바."

단 한마디.

이름을 불렀을 뿐인데 마치 꿀 먹은 벙어리처럼 내가 입을 다무는 이유는 대체 뭘까? 나는 말문이 막힌 채 더 이상 아무 말도 하지 못했다.

아까와는 또 다른 기묘한 분위기가 흘렀다. 코마키는 천천히 이쪽으로 걸어오더니 침대 위에 무릎을 올렸다.

침대 시트가 스치는 소리와 함께 매트리스가 푹 꺼졌다. 내 몸도 아주 살짝 그녀 쪽으로 쏠렸다. 마치 개미지옥 같았다.

"눈 돌리지 마."

"애초에 그런 모습을 쳐다보는 쪽이 이상하잖아. 얼른 옷이나 입어."

순간적으로 눈을 돌린 나는 그대로 침대 위에서 뒷걸음질 치려고 했다. 하지만 그러지 못했다. 축축한 코마키의 손이 내 손목을 붙잡았기 때문이다.

그녀의 보들보들한 손이 그대로 내 팔을 타고 뺨까지 올라왔다. 그 뜨뜻미지근한 감촉이 불쾌했다. 하지만 그 안쪽에서 코마키의 존재가 느껴졌다.

어느새 반대쪽 손도 내 뺨을 건드리나 싶더니, 그 직후에 내 얼굴의 방향이 멋대로 움직여졌다. 이러다 자신의 목뼈가 부러지지는 않을까 싶었지만 그렇지는 않았다. 하지만 차라리 그렇게 되는 편이 나았는지도 모른다.

나는 코마키를 정면에서 바라보는 신세가 되었다.

"뭐, 뭐 하는 건데! 옷도 안 입었지, 보란 듯이 대놓고 속옷이나 드러내지! 역시 변태잖아!"

"와카바, 넌 해 본 적 있어?"

무엇을, 이라고는 묻지 못했다.

다만 그녀가 무엇을 묻고 있는지는 지금 상황이 모든 것을 말해 주고 있었다. 나는 잠시 망설였다가, 이윽고 조용히 입을 열었다.

"있을 리가, 없잖아. 키스도 너랑 하기 전까지는 해 본 적도 없었는데. 그러는 넌 어차피……."

키스도 익숙하게 잘하는 데다 다른 사람의 몸도 거리낌 없이 만지는, 그런 코마키라면 틀림없이…….

하지만 그런 건 아무래도 좋다. 코마키가 뭘 하든 나랑은 상관없다. 상관없는 일이다. 정말로.

"나도 그래. 해 본 적 없어. 키스도 너랑 처음으로 해 봤고."

"거짓말쟁이."

"거짓말이 아니야. 왜 그렇게 생각해?"

"그야……."

처음부터 키스를 능숙하게 잘했으니까. 하지만 차마 그렇게 말하지는 못했다. 왜냐하면 첫 키스 때 마치 내가 기분 좋았었다는 듯이 들릴 테니까.

그래서 나는 자그맣게 고개를 저었다.

"넌 인기가 많잖아. 키스 정도는 매일 하는 줄 알았거든."

"안 해."

그녀는 그렇게 말하더니 내 잠옷 단추에 손을 댔다.

코마키도 그게 첫 키스였구나. 하지만 그렇게 생각하고 보니 그녀의 비정상적인 면모가 한층 더 두드러지는 것 같았다. 평생 동안 단 한 번밖에 할 수 없는 그 특별한 키스를, 싫어하는 나에게 오직 상처 입힐 목적 하나만으로 하다니, 도저히 제정신이라 보기 힘들었다.

아니.

어쩌면 나 또한 마찬가지로 제정신이 아닐지도 모른다.

속옷 차림의 코마키가 내 옷을 벗기고 있는데도 저항할 마음이 들지 않았다. 분명 싫어했을 텐데 말이다. 뭐, 무표정으로 내 옷을 벗기려 드는 코마키가 살짝 무서웠던 나머지 스스로 벗은 적이야 있었지만.

그런데 지금은 어째서 저항할 마음이 들지 않을까.

코마키의 첫 키스 상대가 나였다는 사실을 알았기 때문에?

하지만, 그런 건…….

"와카바, 속옷은 제대로 입고 있네?"

"그야, 난 너랑은 달리 변태가 아니니까."

싫어하는 상대로부터 받은 옷을 입었으니, 이미 그 시점에서 충분히 변태일지도 모르지만 말이다. 단추가 전부 풀리고 나니 역시나 침착함을 유지하기가 조금 힘들었다.

코마키는 다른 사람의 단추를 푸는 데도 참 능숙하구나 싶었다. 아무래도 좋은 얘기지만, 나는 자기도 모르게 한숨을 내쉬었다.

오늘은 참으로 툭하면 한숨이 나오는 날이다.

……아니, 늘 그랬던가?

"잘 어울려. 역시 넌 밝은색이 잘 어울린다니까. 너랑 어울릴 만한 걸로 골라서 산 보람이 있었어."

그녀는 내 가슴을 보면서 속삭이듯 말했다.

잠옷과 같은 색을 띠는 연분홍색 속옷은 물론 귀엽긴 하지만, 막상 그게 나랑 어울린다는 말을 들으니 뭔가 낯부끄럽고 속이 울렁거렸다.

코마키가 그대로 내 어깨에 손을 올렸다.

맨살을 맞댈 뿐인 이런 행위에 대체 무슨 의미가 있다고. 평소에 비해 조금 더 촉촉한 피부끼리 맞닿으면 그 부분만 유독 열기를 머금은 것처럼 느껴지기도 한다. 하지만 그뿐이다. 평소에 비해 더 뜨겁게 느껴진다고 해서 무언가가 바뀌지도 않는다.

몸이 살짝 움찔거리는 것도 그냥 반사적인 반응에 불과하다.

"이 변태. 싫어하는 상대랑 잘 어울릴 속옷을 사서 주다니, 대체 무슨 생각으로 그랬는데?"

"이런 생각으로."

그녀의 목소리가 바로 코앞에서 느껴졌다.

그러는가 싶더니 내 귀에 무언가가 닿았다. 그녀의 입술이었다. 내 귓불이 그녀의 입술 사이에 끼워져 있음을 뒤늦게 알아차렸다.

몸이 튀어 올랐다.

평소라면 이 이상 나가지는 않을 것이었다. 하지만 오늘은 단둘이서, 그것도 한 방에 있으니 이러는 걸까. 그녀의 혀가 내 귀를 핥았다.

귀의 굴곡을 따라가듯 천천히 말이다. 그녀의 혀가 움직일 때마다 뜨거운 숨결이 귀에 닿았다. 마치 그것이 뇌까지 스며들며 내 몸을 좀먹는 것 같았다.

모든 게, 새삼스럽긴 하지만. 역시나 코마키는 정상이 아니라고 본다. 일반적인 사람은 남의 귀를 핥지도 않고, 싫어하는 상대에게 이런 시간을 할애하지도 않는다. 이건 그저 시간 낭비일 뿐이다.

뭐든 다 잘하는 코마키라면 원하는대로 인생을 얼마든지 즐길 수 있을 텐데. 고등학생 시절은 청춘의 절정기에 있으니 더더욱 말이다.

"그만, 해."

"여기서 그만할 수도 있어. ……네가, 날 만져 준다면."

"이해를, 못 하겠다고."

그녀의 머리카락에 어깨에 닿으니 간지러웠다. 하지만 가장 간지러운 곳은 귀였다. 그 끈적한 혀 움직임은, 마치…….

나는 살며시 그녀의 어깨에 손을 올렸다.

"……이러면 돼?"

"안 돼. 좀 더, 내 온몸을 만져 줘."

변태다. 무조건, 틀림없이.

싫어하는 상대에게 자기 몸을 만져 달라고 하는 녀석이 세상천지 어디에 있겠는가.

"자, 와카바. 더 만져 봐. 네가 장차 누구 몸을 만지든 간에 나를 떠올릴 수 있도록 말이야."

코마키가 나에게서 얼굴을 떼고는 그렇게 말했다.

정면에서 나를 똑바로 쳐다보는 그 눈동자에는 절실한 감정이 깃든 것처럼 보였다. 눈동자를 가득 채우고 있는 그 감정의 정체가 무엇인지 알면, 나는 코마키랑 좀 더 가까워질 수 있을까.

나는 그런 의문을 가슴속에 품은 채 그녀를 마주했다.

코마키가 내 목에 손을 대더니 손가락을 곧장 아래쪽으로 움직여 나갔다. 손가락이 가슴에 닿았다. 이번에는 배에 닿았다. 속옷에 닿았다.

"잠깐……."

"와카바, 서두르지 않으면 내가 무슨 짓을 할지 몰라."

"뭐라는 거야. 진짜 하나도 이해 못 하겠어."

귀가 뜨거웠다. 그녀가 손댄 곳이 모조리 다 뜨거워서 내가 내 정신이 아니었다.

몸 표면에 한 줄기 선이 그어졌고, 그 부분이 너무나 뜨거워서 견딜 수 없었다. 이 감각은 아마 절대 잊을 수 없겠지.

이것이 코마키의 바람일까.

내가 훗날 몸을 맞댈 상대가 누구든 간에, 오늘 이 순간에 코마키가 내 몸을 만지고 내가 코마키의 몸을 만진 사실을 나로 하여금 떠올리게 하도록, 불쾌감을 느끼게 하도록 말이다.

누구와 키스하든, 누구와 이어지든, 누구에게 반지를 받든.

그건 더 이상 나에겐 신선한 경험이 아니게 되었다. 그 모든 것에 코마키의 흔적이 남아 있다. 그러니 신선한 경험에 기뻐하거나 가슴 두근거릴 일은 이제 다시는 없겠지.

이미 늦었다. 모든 것이, 전부.

코마키와 엮이고 만 시점에서, 코마키와 다시 한번 관계를 시작한 시점에서.

하지만 그건 분명 코마키 또한 마찬가지다. 코마키가 나를 완전히 잊을 날은 오지 않겠지. 나약함과는 거리가 먼 그녀가 나를 떠올린다고 한들 불쾌함을 느끼거나 하지는 않겠지만, 그럼에도 분명 나는 코마키의 마음속에 계속 남아 있을 터.

그러나 나로서는 그걸 기뻐할 마음은 없다.

코마키의 마음속에 남고 싶다든가, 나라는 존재를 새기고 싶다든가, 내가 바라는 건 그런 쓸데없는 마음이 아니다.

"……알았어. 만지면, 되지?"

만지고 싶지 않다. 내가 줄곧 가슴속에 품어 왔던 바람은 그저 코마키의 진짜 감정을 보고 싶다는 마음뿐이다.

코마키의 다양한 표정을 보고 싶다. 사소한 분노도 좋고, 별자리 운세가 꼴찌를 기록했다는 시시한 슬픔도 좋다. 어쨌거나 나는 그 무표정 안쪽에 숨겨진 진짜 그녀를 알고 싶다.

하지만 본인이 가르쳐 줄 리 없다는 사실을 나는 잘 알고 있다. 그렇기에 스스로 어떻게든 그것을 찾아낼 수밖에 없다.

나는 살짝 망설이다가 그녀의 목에 손을 댔다. 따뜻하고 보들보들한 목이었다.

하얗고 가느다란 그 목 끝에 쇄골이 있었다. 눈에 익을 만큼 평소 자주 접했음에도 불구하고 웬 진귀한 것이라도 눈에 띈 듯한 기분이 드는 건 어째서일까. 그냥 옷만 걸치지 않았을 뿐인데.

나는 내 몸 표면에 새겨진 손가락의 흔적을 더듬어 가듯 그녀의 몸을 손가락으로 어루만졌다.

손끝이 새겨 넣는 감촉은 첫눈을 힘껏 밟았을 때의 그 느낌과 비슷하지 않을까 싶었다.

"어떤데?"

"어떻기는 뭐가?"

"너랑은 성장 정도가 참 다르지?"

쓸데없는 소리는 됐거든?

애당초 코마키가 내 몸에 관해 뭘 그렇게 잘 안다고. 이래 봬도 옛날에 비하면 키도 더 커졌고 여러모로 성장했는데 말이지. 비록 코마키만큼은 아니겠지만, 어쨌든 성장기를 우습게 여기지 말았으면 싶었다.

나는 그녀의 가슴을 손바닥으로 꽉 눌렀다.

심장 박동이 확실하게 느껴졌다. 그 사실을 알았다고 새삼 가슴을 쓸어내리지는 않지만, 그래도 그녀가 역시나 사람임을 다시 한 번 확인할 수 있었다.

나는 조용히 그녀의 손을 내 가슴으로 이끌었다.

"……뭐 하는 거야?"

"심장 박동 교환 놀이."

"뭐라는 거야. 바보 아니야?"

나는 사람이고 코마키 또한 사람이다. 심장 박동은 서로가 빨랐지만, 아마 내가 그녀보다 더 빠르지 않을까 싶었다. 어차피 이런 걸로 이겨 봤자 아무 소용도 없지만.

그녀의 몸을 만지고 나서야 새삼 알아차렸다.

머리는 마비된 상태지만 나는 이 상황에 적잖이 가슴이 뛰고 있었다. 그것이 달콤한 감정에서 비롯되지는 않았지만, 내가 아직 이러한 상황에 익숙지 않다는 사실은 분명했다. 그건 새침한 표정을 짓고 있는 코마키도 마찬가지고 말이다.

이럴 때는 심장 박동이 확실하게 빨라지는구나 싶었다. 코마키도 역시 틀림없는 사람이었다. 그러한 느낌을 코마키에게 전달하기란 어려울 테지만.

하지만 나는, 나만은 이제 알고 있다. 코마키는 결코 완벽한 초인이 아니라는 사실을 말이다.

"와카바, 왜 웃고 그래?"

이런.

나도 모르는 사이에 웃고 있었나 보다.

나는 고개를 저었다.

“아니, 그냥. 우메조노는, 우메조노구나 싶어서.”

나는 가슴에서 손을 떼고 그녀의 배에다 손을 댔다.

손가락으로 살짝 집어 봤지만 살집이 전혀 없었다. 코마키의 몸이 탄탄하다는 사실은 저번에 수영복 차림을 봤을 때부터 알았지만, 이번에 직접 손으로 만져 보니 더욱 자세하게 알 수 있었다.

“……와카바.”

코마키가 언짢은 기색으로 인상을 찌푸렸다.

역시 코마키도 다른 사람이 자기 배를 손가락으로 집는 건 부끄러운 모양이다.

“아하하, 미안. 사과의 뜻으로 내 배도 만지게 해 줄게.”

“……딱히, 그건 됐어.”

그녀는 그렇게 말하고는 고개를 홱 돌렸다. 나에게는 눈 돌리지 말라고 해 놓고선 자기는 그래도 되나 보네.

뭐, 그녀의 경우에는 내 몸을 자기 머릿속에다 새겨야 할 이유가 전혀 없으니 당연하겠지만.

나는 자그맣게 한숨을 토해 내고서 그녀를 쳐다보았다.

정말 많이 성장했구나 싶었다. 옛날에 같이 목욕했을 적에 코마키가 어떤 인상이었는지는 기억나지 않지만, 그래도 그때보다 많이 성장했음은 확실하다.

팔다리는 길쭉해졌고, 얼굴도 동글동글한 느낌이 사라졌다.

옛날의 몸과 지금의 몸이 몰라보게 변할 만큼의 긴 시간을 그녀와 함께 보내 왔다. 그렇게 생각하니 가슴속에서 살짝 이상한 느낌이 들었다.

따스해지는 것 같기도 하고 쑤시는 것 같은 그런 느낌이었다. 어느 쪽일까, 나는 속으로 그렇게 생각하면서 그녀에게 미소를 지어 보였다.

"만져 봤어, 우메조노."

"……아직이야. 아직, 만져 보지 않은 곳이, 있잖아?"

"……아, 맞네."

나는 그녀의 다리를 만졌다.

옛날에는 못미더운 느낌이 들던 그 다리도 지금은 그 누구의 도움도 없이 한없이 걸어갈 수 있을 것 같았다. 내가 속으로 그렇게 생각하는 와중에 코마키가 내 손목을 움켜쥐었다.

"거기가, 아니야."

"……그럼, 어딘데?"

"……그건."

그녀의 손이 희미하게 떨리고 있었다.

아직 내가 만지지 않은 곳. 그건 분명 그녀조차 만지지 않은 곳이겠지. 하지만 선뜻 만져 보라고 요구하는 것도, 혹은 상대가 원한다면 만질 수 있게 허락하는 것도, 어느 쪽이든 이상하지 않을까 싶었다.

"이만하면 충분해. 이젠 널 잊으려야 잊을 수 없게 됐으니까."

“단순히 잊지 않는 것만으로는 부족해. 넌 1분 1초라도 더 많이, 나를 떠올려야 하니까.”

코마키는 어째선지 여유가 없어 보이는 표정을 짓고 있었다.

그건 내 착각일지도 모르지만, 내가 코마키의 이런 표정을 잘못 볼 리는 없지 않을까 싶었다. 코마키가 대체 나에게 무엇을 바라고, 또 나에게 무엇을 하려고 하는지는 모르겠다. 아무리 머리를 싸매 봤자 어차피 해답은 나오지 않겠지.

나는 그녀를 꼬옥 껴안았다.

그녀의 감촉이 평소에 비해 훨씬 선명하게 전해져 왔다. 나랑 같은 바디 워시 냄새와 샴푸 냄새가 풍겼다. 하지만 완전히 똑같지는 않았다. 역시 코마키는 그 어떤 상황에서도 코마키였다. 나도, 마찬가지겠지만.

잊으려야 잊을 수 없다면, 직성이 풀릴 때까지 그녀를 느끼면 되지 않을까 싶었다.

이미 되돌아갈 수 없는 곳까지 왔다. 여기까지 왔다면 뭘 하든 마찬가지다. 그렇기에 나는 오후에 그랬을 때보다 그녀를 훨씬 힘껏 껴안았다.

“와카바?”

아주 살짝, 평소와는 다른 목소리 톤이었다.

당황한 모양일까. 살짝 흥미가 동했다.

코마키가 날 알몸으로 벗기고 처음 껴안았을 때 나도 그랬으니까 말이다. 이로써 똑같이 되갚아 준 셈이다. 좀 더 동요했으면 싶었다. 그리고 그때의 얼굴 표정을 나에게 보여 줬으면 싶었다.

"저번이랑 달리 이번엔 똑같네."

"무슨 얘기야?

"오늘은 서로 알몸 상태에서 껴안고 있다~ 라는 얘기."

"넌 상반신만 그랬잖아."

"잠옷 정도는 벗어 줄 수 있는데? 속옷까지는 좀 그렇지만."

"딱히……."

코마키가 내 등에다 손톱을 박았다.

살짝 아팠지만, 그래도 피가 나올 정도는 아니겠지. 나는 코마키에게 아픈 기억을 남기기 싫었기에 그녀의 등에다 손가락을 대고 빙글빙글 돌릴 뿐이었다.

"……역시나, 역시나, 벗어."

코마키가 몹시 작은 목소리로 그렇게 속삭였다. 나는 웃었다.

"좋아. 네가 산 속옷을 위쪽뿐만 아니라 아래쪽도 보여 줄게."

"뭐라는 거야. ……변태."

"그게 네가 할 소리야……?"

나는 일단 코마키로부터 떨어지고 나서 잠옷 하의를 벗었다. 그리고 벗는 김에 위쪽도 벗었다. 어차피 단추가 풀려 있었어서 입으나 벗으나 마찬가지였으니까 말이다.

코마키가 나를 지그시 쳐다보고 있었지만 지금은 딱히 아무렇지도 않았다. 마음이 마비되었을 때는 뭘 하든 대수롭지 않은 모양이었다.

이런 상황에 익숙해지는 것도 좀 아니지 않을까 싶었지만.

왜 난 벗어 줄 수 있다고 말했을까. 아무리 속옷을 입고 있어도 옷을 벗는다는 사실은 변함없는데 말이다. 나 스스로도 영문을 알 수 없는 상태에서 나는 잠옷을 벗고 다시금 코마키와 서로의 몸을 껴안았다.

아까와는 또 다른 감촉이 느껴졌다.

따스함이나 부드러움 등, 나로서는 처음 겪는 경험이었다. 아마 그건 코마키 또한 마찬가지겠지.

다리와 다리를 엮자 체온이 스며들었다.

다른 사람과 껴안고 있으면 행복 호르몬 같은 무언가가 분비된다는 얘길 들은 적이 있다. 지금은 과연 어떨까 싶었다. 적어도 행복하지는 않았으니까. 오히려 평소와는 달리 왠지 모르게 달콤하게도 느껴지는 아픔이 가슴에서 일었다.

지금 코마키가 어떤 표정을 짓고 있는지 보고 싶었다.

하지만 서로 껴안은 상태에서는 상대방의 얼굴을 볼 수 없다. 그렇다고 몸을 떼면 코마키가 지금 짓고 있을 그 얼굴 표정을 볼 수 없다. 결국엔 영영 알 수 없는 셈이다.

설령 코마키의 얼굴을 보았다고 한들, 그녀가 어떤 얼굴 표정을 지어야 내가 만족할 수 있는지는 나 스스로도 알 수 없었지만 말이다.

속이 울렁거렸다. 달콤하고, 아프고, 따뜻해서, 어째선지 울음이 나올 것만 같았다.

왜 이런 기분이 드나 싶었다. 나는 가슴속이 먹먹해지는 것을 느꼈다.

"있지, 와카바."

"응."

"……와카바."

"듣고 있어."

"와카바, 와카바, 와카바."

"뭔데, 뭔데. 나는 어디 안 가니까 그렇게까지 내 이름 안 불러도 돼."

정말로 그럴까.

마음도 거리감도 멀찍이 떨어져 있고, 서로가 다른 방향을 보고 있다. 제각각인 우리는 정말로 같은 장소에 있을까 싶은 생각이 들었다.

하지만 그녀로부터 전해져 오는 열기는 거짓이 아니었다.

그렇기에 왠지 모르게 울음이 나올 것 같은 기분이 드는지도 모른다. 하지만 나는 그런 나 자신이 싫었기에 여느 때처럼 웃어 보였다.

"어째서, 와카바는……."

그녀는 무언가를 말하려다가 나를 끌어안은 채 그대로 침대에 드러누웠다.

내 체중이 코마키의 몸에 실렸지만, 그녀는 조금도 신경 쓰는 기색이 없었다. 나는 그 부드러움 때문에 다시금 심장이 두방망이질 치고 있음을 느꼈다.

몸을 한 차례 뒹굴자, 아주 살짝 거리가 벌어졌다.

그제야 마침내 그녀와 눈이 마주쳤다.

이미 그 눈은 내가 보고 싶었던, 아까 서로 껴안고 있을 때가 아닌 다른 색을 띠고 있겠지. 하지만 잔재만은 남아 있는지, 그녀의 눈동자는 아주 조금 평소와는 다른 광채를 머금고 있었다.

"……왜 그래? 우메조노."

"……아무것도 아니야. 넌 예나 지금이나 참 쪼끄맣다는 생각이 들었을 뿐이니까."

"분위기 망치게 또 그런 소리나 하네."

"처음부터 썩 그렇게 좋은 분위기는 아니었잖아?"

"글쎄? 스스로 벗어도 되겠다 싶은 생각도 들 정도였으니, 나름대로 분위기 좋지 않았을까 싶은데."

"뭐라는 거야."

킥킥거리며 웃고 있으니 코마키가 내 뺨을 잡아당겼다.

그녀는 늘 거침없었다. 좀 더 다정한 손길로 만져 주었으면 싶었지만, 어차피 그래 봤자 그게 다 무슨 소용일까 싶었다.

결국 우리는 딱히 무언가를 하지도 않은 채 서로를 가만히 껴안고만 있었다.

먼저 곯아떨어진 쪽은 코마키였다. 나는 그녀가 자는 모습을 바로 코앞에서 바라보았다.

"누가 업어 가도 모르겠네. 평소의 완벽하다는 말이 무색해질 정도잖아, 코마키."

나는 그녀의 입술에다 살짝 키스했다.

반응은, 없었다.

하긴, 그렇겠지. 나는 천천히 몸을 일으켜 세웠다. 내가 자리를 비운다고 깨지는 않나 보다. 베개가 바뀌면 잠자리가 불편하다는 소리는 하지만, 일단 잠들고 나면 상관없는 모양이었다.

하아, 숨을 토해 냈다.

나는 탁자 쪽으로 걸어가 유성 펜을 손에 쥐었다.

딱히 코마키에게 짓궂은 짓을 저지를 마음은 없다. 다만 소소한 장난기와, 처리할 수 있는 감정이 가슴속에 있을 뿐이다.

그렇기에 나는 다시 침대로 돌아와 펜 뚜껑을 열었다.

잠시 망설이고 나서 코마키의 왼손을 잡고 펜을 움직였다

『와카바.』

그녀의 흔적이 내 왼손에만 남아 있자니 불공평했다. 그녀에게도 나를 떠오르게 하는 요소가 없으면 균형이 맞지 않는다. 그건 왠지 싫었다.

그러니. ……내가 뭐라는 거람.

"이런 건 그냥 변명이겠지."

나는 자그맣게 한숨을 토해 내고는, 감기에 걸리지 않도록 그녀에게 이불을 덮어 주었다.

그러고는 잠시 망설이다가 나도 이불 안으로 들어가 코마키를 살짝 껴안았다. 코마키는 이미 잠들었기에 분명 아무 일도 일어나지 않겠지.

내일 코마키가 낙서를 알아차렸을 때 과연 어떤 표정을 지을까. 생각하고 보니 살짝 우스웠다. 내가 모르는 표정을 지어 주었으면 좋겠지만, 아마 평소대로의 그 무표정으로 일관하지 않을까 싶었다.

그것도 왠지 코마키답다는 느낌이 들어서 싫지는 않았지만.

"정말 질색이야."

나는 공허한 말을 툭 던지고 나서 눈을 감았다.

코마키와 함께 있으면 마음 편한 순간은 없을 줄로만 알았는데, 오늘은 어째선지 푹 잠들 수 있었다.

"와카바, 이게 뭐야?"

"글쎄, 뭐지? 저주일까? 소름 돋네."

"……이거 유성인데, 내 펜으로 쓴 거 맞지?"

"알코올로 지울 수 있어."

"그런 거 안 들고 다니거든?"

"어? 하지만 가방 안에……."

"없다고 하잖아. 이거 어떻게 책임질 거야?"

"그걸 나한테 물어봤자……."

"……너한테도, 쓸 거야."

"뭐?"

"손, 이리 내."

"어? 싫어. 이미 잇자국도 남겼으면서. 치사하지 않아?"

"전혀. 넌 내 거잖아? 이참에 이름을 확실하게 써 놔야겠어."

"잠깐, 우메조노……?"

4 엄청 좋아했던 그 아이와, 엄청 싫어하는 그녀

"와카바~. 여기야, 여기~."

나긋나긋한 마츠리의 목소리에 이끌려 나는 그녀 쪽으로 걸음을 옮겼다.

오후 5시 50분. 서서히 날이 저물고 하늘이 군청색으로 물들기 시작했을 무렵, 우리는 축제 행사장 근처에 모여 있었다.

마츠리는 연한 분홍색 유카타를 입었고, 긴 밤색 머리를 머리 뒤에서 묶었다. 이걸 운치가 있다고 해야 할지는 모르겠지만, 아무튼 예뻤다.

"일찍 왔네. 유카타가 잘 어울려. 예뻐."

"정말? 다행이야~. 너도 잘 어울려, 와카바."

"난 평소 차림 그대론데 뭘……."

"평소 차림이랑 잘 어울리는 게 최고거든~."

마츠리는 작년에도 유카타를 입고 있었다. 왠지 그때도 비슷한 대화를 나누지 않았었나 싶다. 어릴 적에는 나도 유카타를 입고 나왔었지만, 움직이기 불편하고 귀찮아서 어느 순간부터는 더 이상 입지를 않았다.

그러고 보니 코마키는 어땠더라? 그녀는 무슨 옷을 입든 잘 소화하는 편이다 보니, 오히려 어떤 옷을 입어도 별다른 인상을 주지 못했다.

"그럴지도. ……카오리랑 우메조노는 아직 안 왔나 봐?"

"응."

코마키에게 일정을 비워 놓으라는 얘기를 들은 지 7일이 지났다. 오늘이 그녀에게 내 일정을 바치는 마지막 날인데, 마츠리로부터 연락이 와서 축제에 가기로 했다.

코마키는 당연히 거절하라고 할 줄 알았는데, 의외로 '나도 갈래.' 라고 말했다. 그 결과, 이와 같이 다 같이 축제에 가기로 일정이 잡혔다.

일단은 카오리한테도 같이 가자고 말은 해 봤는데, 그녀는 내키면 오겠다고 말하며 애매한 반응을 보였다. 사는 곳도 다르다 보니 이 무더운 날에 전철을 타고 이런 곳까지 오기 싫다는 그 마음도 이해는 갔다.

뭐, 코마키도 온다고 말을 덧붙여 두었으니 아마도 오겠지만.

"마츠리, 넌 항상 일찍 오네."

"난 기다리는 걸 좋아하거든."

한때는 마츠리보다 더 일찍 오려고 하다 보니, 어느 쪽이 먼저 오느냐로 승부를 벌이는 듯한 분위기가 형성된 적이 있었다. 결국에는 약속 시간 두 시간 전에 모이는 식이 되다 보니, 이건 역시나 좀 심하다는 생각이 들어서 그만둔 기억이 있다.

내가 10분 전에 오고, 마츠리가 그보다 약간 더 일찍 온다. 우리에겐 그러한 관계가 잘 맞지 않을까 싶었다.

"기다리는 동안에 뭐 하면서 시간 보내?"

"네 생각을 하면서 시간 보내."

"어? 그게 다야?"

"그게 다야."

어떻게 받아들여야 할지 알 수 없는 말이었다. 마츠리는 살짝 별난 구석이 있다. 그렇지만 언제나 말을 솔직하게 얘기해 주는 그 부분이 나는 좋았다.

"나에 관해 생각할 거리가 그렇게나 있어?"

"그야 있지. 오늘은 어떤 옷을 입고 올지~ 어떤 표정을 지으며 올지~ 그런 것들."

뜬구름 잡는 듯한 대화가 이어졌다. 역시나 오늘은 축제를 즐기러 온 인파가 많은 모양인지 사람들이 들뜬 기색으로 우리 앞을 지나가곤 했다.

한동안 대화를 나누고 있으니, 이윽고 저 멀리서 카오리와 코마키의 모습이 눈에 들어왔다. 아무래도 중간에 합류한 모양이었다. 아니나 다를까, 카오리는 오늘도 몸이 바짝 굳어 있었다.

"많이 기다렸지?"

코마키의 말을 마츠리가 받았다.

"아니야. 별로 오래 안 기다렸는걸~. 그럼, 가 볼까?"

카오리와 코마키는 평소와 같은 옷차림이었다. 역시나 코마키도 유카타는 입지 않는 모양이었다.

우리는 두 줄을 지어 걸음을 옮기기 시작했다. 저번과 마찬가지로 자연스럽게 나와 마츠리, 코마키와 카오리로 짝을 지었다.

코마키랑 나란히 걷지 않아도 되어서 참 다행이 아닐까 싶었다. 코마키랑 둘이서 나란히 걷다 보면 분위기가 묘해질지도 모르고, 이상한 짓을 당할지도 모르니까 말이다.

우리는 축제 음악이 울려 퍼지는 한복판을 걷다가 노점에서 빙수를 샀다. 여기서 파는 빙수는 시럽을 원하는 만큼 넣을 수 있는 구조였다. 나는 이때다 싶어 바보처럼 멜론 시럽을 듬뿍 뿌렸다.

녹색 빙수는 요즘 유행하는 포슬포슬한 부류가 아니라 아삭아삭한 부류였다. 이건 이것대로 또 괜찮았지만.

넷이서 인도 가장자리에 앉아 빙수를 먹는 와중에 갑자기 마츠리가 혀를 쑥 내밀었다.

혀가 파랬다.

블루 하와이 색이었다. 나는 싱긋 웃으며 혀를 살짝 내밀었다.

"외계인이다."

"이런 짓은 나이 먹어서도 또 하게 되네."

우리는 무심코 나란히 웃음을 터뜨렸다.

"…여름 방학인데 요즘 뭐 해~?"

"음~. 그냥 빈둥거리면서?"

"그렇구나~. 혹시 우메 짱이랑 같이 놀러 나가지는 않았고?"

참 예리하구나 싶었다. 나는 애매하게 웃었다.

"뭐, 조금은? 그나저나 난 너랑 같이 놀고 싶은데~."

"나도 그래~. 요즘 통 못 만났더니 와카바 성분이 부족해진 차였거든~."

"뭐야 그게?"

나는 시럽인지 얼음인지 분간이 가지 않을 만큼 녹색으로 물든 것을 입에다 넣었다. 코마키와는 달리 나와 마츠리는 서로 속을 터놓고 지내는 사이이다. 우리는 빙수를 먹으며 평소처럼 잡담을 이어 나갔다.

그러는 와중에 때때로 코마키의 시선이 느껴졌다.

참 걱정도 팔자네. 마츠리에게 괜한 얘기는 안 한다고.

나는 그러한 뜻을 담아 그녀에게 눈길을 주었지만, 정작 본인은 내 눈길을 피했다.

뭐, 딱히 상관은 없지만.

"아, 그러고 보니. 요즘 학교 근처에 맛있는 빙수 가게가 새로 생겼거든. 같이 한번 가 볼래?"

"그래? 가자! 가자! 어떤 곳이야?"

"그게 말이지~……."

마츠리와의 대화는 화기애애한 편이다. 괜히 서로 부딪칠 일도 없는 데다, 얘기를 나누다 보면 마음이 편해진다.

코마키와 카오리는 어쩌고 있는지 궁금했다. 여전히 카오리는 횡설수설했고, 코마키는 워낙에 내숭을 떨고 있다 보니 뭐가 뭔지 알 수 없었다.

무슨 가면무도회도 아니고 말이지.

"와카바."

다시 마츠리 쪽으로 눈길을 돌렸다. 그녀의 얼굴이 바로 코앞까지 다가와 있었다.

서로 간에 거리가 가까운 것이야 늘 있는 일이지만, 나는 살짝 놀랐다.

"뭐, 뭔데?"

"카오리 짱한테 들었는데, 저번에 셋이서 모여 같이 놀았다면서~?"

"아~ 그랬지. 우연히 만났거든."

"그랬구나~. 부럽네~. 난 너랑 우연히 만난 적이 없는데."

"우리야 우연 없이도 만날 수 있으니 오히려 더 좋지 않아?"

"좋지 않아~. 우연히 만나는 그게 좋거든. 다음에 일정 맞춰서 우연히 한번 만나 보자~. 와카바."

"일정을 맞추면 우연이 아니지 않아……?"

우리는 빙수를 먹고 나서 불꽃놀이가 시작될 행사장을 향해 천천히 걸음을 옮겼다. 그때, 옆에서 누가 내 손을 움켜잡았다. 낯익은 감촉이었다.

코마키의 손과는 다른, 따뜻하고 작은 손이었다. 그것은 마츠리의 손이었다.

"따로 떨어지지 않도록 조심해야지~."

마츠리가 생긋생긋 웃고 있었다. 나는 그녀의 손을 마주 잡으며 살짝 웃었다.

하긴, 사람이 이렇게나 많으면 서로 손을 꼭 잡고 있어야 할지도 모른다.

얼굴도 모르는 사람이 온 사방팔방을 둘러싸고 있는 와중에 자칫 인파에 잘못 휩쓸리기라도 하면 아는 얼굴도 못 알아보게 되지 않을까 싶었다.

그렇기에 나는 마츠리의 손을 조금 세게 쥐고서 앞을 보았다.

우리 앞을 걷고 있었을 카오리와 코마키의 모습이 온데간데없었다. 주위를 둘러보았지만 코빼기도 보이지 않았다.

"카오리랑 우메조노는……."

입 밖으로 꺼내려던 말이, 쿵, 하는 커다란 소리에 휩쓸려 사라졌다. 아무래도 불꽃놀이를 시작하는 시간이 된 모양이다.

마치 먹물을 쏟은 것처럼 까맣게 물들어 있던 하늘에 밝은 주황색이 떠올랐다. 주위에서 나는 소리를 지워 버릴 정도의 굉음이 울려 퍼지고, 수많은 불꽃이 하늘을 가득 메웠다. 바로 그때였다. 누가 내 손을 꾹 잡아당겼다.

"와카바, 이쪽이야. 이쪽."

마츠리의 손에 이끌린 나는 인파로부터 멀어졌다. 불꽃놀이가 시작할 시간이라 그런지 아까보다 사람이 더 많이 몰려들었다. 이쯤 되니 걸음 떼기도 힘들 것 같았다.

"잠시 쉬자. 조금만 있으면 인파도 잠잠해질 거야~."

"……그러네."

우리는 손을 맞잡은 채 노점으로부터 떨어진 구석진 자리에서 하늘을 올려다보았다.

이번 불꽃놀이의 경우, 시골치고는 쏘아 올리는 불꽃의 수가 제법 많다. 그렇기에 우리가 올려다본 지 제법 시간이 지났음에도 불꽃이 떨어질 기미는 없었다.

쏘아 올린 폭죽이 터지는 소리가 들려왔다. 작년에도 저 소리를 들으며 밤하늘에 펼쳐진 불꽃들을 감상했었는데, 올해 불꽃놀이는 마치 불꽃놀이를 처음 보는 듯한 신선한 느낌으로 즐길 수 있는 이유가 대체 무엇일지 궁금했다. 내 옆에 있는 사람이 마츠리라서 그럴까.

"와~ 멋지네~."

마츠리가 자그맣게 소리를 냈다.

어두운 밤하늘을 수놓듯 퍼져 나가는 빛줄기는 눈이 부실 정도로 아름다웠다.

"불꽃이 참 아름다워~."

"그러네. 오길 잘했어."

"응, 응. 내년에도 내후년에도 이번처럼 구경할 수 있으면 좋겠는데~."

마츠리와의 관계는 내년에도 내후년에도 계속 이어지겠지. 마츠리는 내 소중한 친구이기에 가급적 사이좋게 지내고 싶은 마음이었다.

코마키는, 어떨까.

나는 그녀와의 인연을 끊고 싶어 한다. 원래 나와 코마키의 인연은 옛날에 끊어졌어야 마땅하다. 나와 코마키는 서로 살아가는 세계 자체가 다른 데다, 무엇보다도 우리는 서로를 거의 이해하지 못하고 있다.

얼른 그녀와의 승부에서 이겨 그 관계에 종지부를 찍고 싶었다. 그렇게, 하고 싶지만. 그럼에도 나는 그녀를 알고 싶었다. 어찌할 도리가 없을 만큼 말이다.

모르겠다. 나는 코마키와의 관계를 어떻게 해야 마땅할까.

내가 속으로 그런 생각을 하고 있으니, 내 얼굴을 들여다보는 마츠리와 눈이 마주쳤다.

“불꽃놀이, 잘 보고 있어?”

“보고 있어. 지금은 네 얼굴을 보고 있지만.”

“소감은?”

“아름다워.”

“그건, 어느 쪽이?”

“둘 다.”

나는 하늘을 올려다보았다. 다양한 형태와 빛을 띤 불꽃이 하늘을 수놓았다. 이 빛을 코마키도 보고 있을까. 그녀는 그걸 보면서 무슨 생각을 하고 있을까.

왠지 불꽃놀이를 보러 온 사람들을 바보 취급하고 있을 것 같은데 말이지.

과연 코마키가 운치나 정취 같은 것들을 이해할 수 있을까. 축제에 오는 사람이든 참가하는 단체든, 모조리 다 깔보고 있을 것 같아 불안했다.

“와카바.”

의식이 다시 현실로 되돌아왔다. 마츠리는 마치 손가락 마디 하나하나를 확인하듯 내 손을 쥐고 있었다.

“아까부터 계속 다른 사람 생각하고 있었지?”

커다란 눈동자가 나를 쳐다보았다.

“모처럼 불꽃놀이 보러 왔는데, 그러면 아깝잖아?”

그녀는 그렇게 말하고는 양손으로 내 손을 감쌌다. 손에서 느껴지는 그 부드러운 감촉에 절로 웃음이 나왔다.

"응, 미안."

"괜찮아. ……그래도 이왕 그럴 거면 날 생각해 줘. 봐, 이 유카타는 오늘을 위해 일부러 새로 한 벌 장만한 거라구~? 소감을 좀 더 얘기해 주면 좋겠는데~."

"그랬구나. 어쩐지 처음 본다 싶더라. ……너다운 느낌이 들어서 좋다고 봐."

"아하하, 고마워~. 왠지 엎드려 절 받은 꼴이 된 것 같지만."

그녀는 피식 웃으며 하늘을 올려다보았다.

불꽃에 비친 그녀의 옆모습은 눈부시고 아름다웠다.

"와카바. ……넌 지금, 좋아하는 사람 있니?"

그녀의 목소리는 가까우면서도 멀었다. 폭죽 소리에 섞여서 그런지, 아니면 사람들 목소리 때문에 그런지는 알 수 없었지만. 나는 그녀의 손을 꽉 쥐었다.

"음~. 너?"

"어머, 고마워라~. ……유우키 선배 일은, 이제 괜찮아?"

"응, 괜찮아. 이젠 포기했으니까."

그건 포기와는 살짝 다르다. 하지만 굳이 자세히 말할 필요 또한 없겠지.

마츠리가 눈을 가늘게 떴다.

"그렇구나~. 나도 널 좋아하는데. 이러면 앞으로 데이트를 더 많이 해야겠는걸~."

"그러네. 조만간 그러자."

"약속이야?"

나는 고개를 끄덕였다.

마츠리와 함께 있으면 여러모로 신경을 덜 써도 되고 마음이 편안해진다. 상대가 어떻게 생각하고 있는지, 나는 상대를 어떻게 하고 싶은지, 등등.

머릿속에 온통 그런 생각밖에 없으면 어깨가 뻐근해진다.

나는 마츠리와 함께 한동안 불꽃놀이를 감상했다. 좋아한다는 말을 언제까지나 계속 주고받을 수 있는 상대와 함께 감상하는 불꽃놀이는 역시나 아름답게 보였다.

그러고 나서 우리는 다시 천천히 발걸음을 옮겼다.

스마트폰을 확인했더니 코마키로부터 연락이 와 있었다. 행사장에서 기다리고 있으니 얼른 오라는 내용이었다. 코마키는 참 여전하구나 싶었다. 우리는 행사장으로 향했다.

행사장에 도착하니 이미 그곳은 사람들로 붐비고 있었다. 자리 쟁탈전은 이미 옛날 옛적에 다 정리된 모양인지, 불꽃놀이를 멋지게 감상할 수 있을 만한 장소는 이미 사람들로 꽉 차 있었다. 우리는 노점에서 먹을거리를 사서 코마키와 카오리가 있는 곳으로 향했다.

"와카바, 마츠리~! 뭐 하다 이제 와~!"

카오리가 커다랗게 손을 흔들며 소리를 질렀다. 밤중에도 변함없이 활기 넘치는 그녀의 모습은 참 놀랍다고 해야 할지, 감탄스럽다고 해야 할지.

"다시 만나서 다행이야. 둘 다 무사했구나~?"

"그럼 무사하고말고. 이쪽엔 코마키가 든든하게 붙어 있으니까! 그치? 코마키!"

"응. 의지해 줘서 기뻐, 카오리."

"아, 아니야, 아니야! 난 아무것도 한 게 없어서 오히려 미안한걸!"

아니, 누가 보면 무슨 정치인들 모임 하는 줄 알겠네.

뭐랄까, 카오리가 코마키를 따르는 태도를 보면 마치 똘마니 내지는 개와 다를 바가 없었다. 어파치 코마키를 동경해 봤자 그다지 좋은 꼴은 못 보지 않을까 싶은데.

"너희는 별일 없었어? 혹시 누가 과자 준다는 말에 솔깃해서 졸졸 따라가진 않았고? 주로 와카바가."

"이게 지금 누굴 낮춰 보나. 카오리, 그래도 내가 너보다는 훨씬 똑 부러지거든?"

"와카바, 너 혹시 도토리 키 재기라는 말 알아……?"

"지금 누구더러 도토리라는 거야."

"아, 도토리라기보다는 땅콩이라고 해야 하나? 넌 쪼끄마하니까."

"넌 나랑 키 차이도 별로 안 나잖아."

"15센티미터 차이면 꽤 많이 나는 걸 텐데……? 자 하나 차이잖아."

나는 카오리랑 시답잖은 말다툼을 벌이며 땅바닥에 쪼그리고 앉았다. 바닥은 잔디밭이었기에 많이 더럽지는 않을 것 같아서 그대로 땅바닥에 엉덩이를 대고 앉았다.

아무리 불꽃놀이라도 계속 그것만 보다 보면 질리기 마련이다. 우리는 각자 저마다 노점에서 산 음식거리를 서로와 나누기 시작했다.

즐거움과 불편함의 딱 중간쯤 위치에 자리한, 그런 기분이 들었다.

마츠리와 카오리만 있다면 또 모를까, 코마키가 있으니 평소와 같을 수는 없었다. 대외용 얼굴과 살짝 톤이 높은 목소리가 내 일상을 비일상으로 만들었다.

이 느낌은, 대체 뭘까.

친구가 연인 앞에서 사근사근한 표정을 지으며 간드러지는 목소리를 내는 모습을 목격한 듯한, 그런 거북함이라고나 할까. 나는 딱히 코마키와 친구 사이도 아니지만 말이다. 가족도 친구도, 심지어 연인도 아니지만 함께 있다. 이렇게 놓고 보니 소꿉친구는 참 신기한 관계가 아닐까 싶었다.

"카오리, 양은 안 부족해?"

"어, 아니야. 괜찮아! 완전!"

"아하하, 사양하지 않아도 돼. 나도 입이 심심해서 그러니 먹을거리 좀 더 사 올게. ……와카바."

코마키가 이쪽을 흘끗 쳐다보았다. 나는 손을 흔들었다.

"다녀와."

"나 혼자서 다 못 들 것 같은데, 좀 도와줄래?"

생긋생긋.

복장 터진다고 해야 할지, 이쯤 되니 시원시원함마저 느껴질 정도의 저 미소에 나는 살짝 소름이 돋았다. 코마키의 내숭도 이미 익숙해졌을 텐데 말이다.

역시나 꺼림칙했다.

"너라면 다 들고 올 수 있을 것 같은데……."

"같이 가 줘, 와카바. 난 카오리 짱이 음식 먹다가 목에 걸리지 않도록 돌보고 있을 테니까."

"내가 무슨 아기야?"

카오리가 불만스러운 기색으로 그렇게 말했다. 마츠리는 코마키보다 훨씬 자연스러운 미소를 지어 보였다.

"농담이야. 농담. 자, 와카바."

마츠리가 내 등을 가볍게 톡 쳤다. 나는 코마키 쪽으로 한 발짝 내디뎠다.

코마키는 내가 따라오는 것이 자못 당연하다는 기색으로 걸음을 옮겼다. 이런 마당에 같이 가지 않으면 다른 애들이 이상하게 여기겠지. 나는 한 발짝 뒤에서 그녀를 따라갔다.

불꽃놀이는 아직도 이어졌다.

길을 가다 멈춰 서서 불꽃을 올려다보는 사람들의 옆을 지나쳐 정적과 소란이 번갈아 이어지는 밤거리를 나아갔다. 노점들이 늘어선 거리로 나오자, 조금 전까지 어두웠던 길은 언제 그랬냐는 듯이 확 밝아지기 시작했다.

그제야 나는 비로소 코마키의 모습을 제대로 인식한 듯한 느낌이 들었다.

“우메조노, 뭐 사게?”

“……저거.”

“타코야키? 의외로 무난한 선택이네.”

“그럼 무난하지 않은 선택은 뭔데? 축제 노점에서 파는 거야 대체로 무난하잖아.”

“치즈 핫도그라든가?”

우리는 타코야키 가게에서 줄을 섰다.

굳이 구태여 나를 불렀으니 무슨 이상한 짓이라도 저지를 줄 알았지만, 의외로 코마키는 나에게 아무 짓도 하지 않았다. 평소처럼 내 손을 잡으려고도 하지 않았다. 그렇다고 해서 손이 허전하다는 느낌은 전혀 들지 않았지만.

나는 살며시 주먹을 쥐었다.

“손, 안 잡아도 괜찮나 보네?”

“……잡고 싶어?”

“아니. 평소엔 네 마음대로 잡으면서 오늘은 대체 무슨 바람이 불었나~ 싶어서. 이러다 또 떨어져도 난 모른다?”

“마치 내가 길을 잃었다는 투로 말하는데. ……멋대로 사라진 사람은 너였어.”

“네가 뒤쪽을 제대로 확인만 했어도 안 떨어졌을걸?”

“알 게 뭐야. ……네 얼굴은 쳐다보기도 싫은데.”

그럴 거면 대체 왜 나랑 같이 축제에 왔을까.

코마키는 이상하리만큼 축제(마츠리)에 적개심을 불태우고 있다. 그래서 어차피 불러 봤자 본인은 오지 않겠다고 할 줄 알았는데 말이다.

이왕 본인이 오겠다고 했으면 좀 즐길 줄도 알아야 할 텐데.

최근 며칠 동안 줄곧 들었던 생각이다.

나는 한숨을 내쉬었다.

"빙수 먹을 때는 흘끗흘끗 쳐다봤으면서."

"안 쳐다봤거든? 난 네가 아니라 마츠리 쪽을 쳐다봤어."

"미리 말해 두겠는데, 혹시 마츠리에게 무슨 짓 저지르면 가만히 안 있을 줄 알아."

"뭐라는 거야. ……건방지게."

대기 줄이 줄어들고 우리 차례가 왔다.

우리는 타코야키 두 팩을 사서 그중 한 팩은 지금 바로 먹기로 했다. 중간에 다른 노점에 들러 라무네도 산 다음, 인적이 뜸한 길가에 자리를 잡고 앉았다.

나는 왼손을 들어 하늘을 밝히는 불꽃에다 비추어 보았다. 오늘은 코마키가 넷째손가락을 깨물지 않았기에 그녀의 흔적은 엄청 희미해져 있었다. 손등에 적혀 있던 그녀의 이름도 거의 사라져 있었다. 일상생활을 보내다 보면 유성 펜 자국이라도 알게 모르게 저절로 사라지는 모양이었다.

뭐, 영원히 남으리라 생각한 적은 없지만 말이다.

장난칠 때 유성 펜으로 하지 말라는 말을 곧잘 듣곤 했는데, 그런 것치곤 생각보단 별것 없지 않나 싶었다. 한 일주일쯤 지워지지 않고 남아 있으면 재미있을 텐데 말이다. 뭐, 보나 마나 코마키는 알코올이라도 묻혀서 냉큼 지웠을 테지만.

그때 왜 자기 가방에 알코올이 없다고 그랬을까. 살짝 의문이 들었다. 역시나 그건 나에게 똑같이 이름을 써서 앙갚음하기 위한 거짓말이었을까.

굳이 그러지 않아도 어차피 내 존엄은 코마키 것이다.

내가 뭘 당하든 애당초 거절할 수가 없는데.

"우메조노, 뭐 해?"

"식히고 있어."

코마키가 젓가락으로 집은 타코야키에 입김을 불고 있었다.

원래 저렇게 뜨거운 걸 잘 못 먹는 편이었나? 나는 멍하니 그 모습을 바라보다가 타코야키를 젓가락으로 집었다.

뭐랄까, 축제 같다는 느낌이 들었다.

축제는 어릴 적부터 매년 왔기에 이미 익숙할 텐데도 매년 가슴이 두근거리는 이유는 내가 바보라서 그럴까.

"……자."

"자?"

코마키가 내 쪽으로 젓가락을 내밀었다. 자기도 모르게 고개를 갸웃거리고 있으니, 어둠 속에서 코마키가 언짢은 표정을 짓고 있었다.

"먹지 그래?"

"아니, 아니, 보면 알겠지만 아직 내 것도 다 안 먹었는데?"

"……와카바."

젓가락이 점점 나를 향해 다가왔다. 계속 거부했다간 내 얼굴에다 붙일 듯한 기세였다. 나는 어쩔 수 없이 입을 벌리고 타코야키를 먹었다.

미묘하게 미지근했다.

본디 타코야키란 불지옥과도 같은 그 열기를 즐겨야 마땅한 음식이다. 식으면 그 매력도 반감하기 마련이지만, 코마키가 뚫어져라 쳐다보고 있는 바람에 뭐라 토 달지도 못했다.

"다음은 나야."

"……왜 굳이 서로 먹여 주려 하는데?"

"딱히."

코마키도 본인 나름대로 축제를 즐기려는 모양일까. 타코야키를 번갈아 먹여 주는 행위에 대체 무슨 의미가 있는지는 모르겠지만, 나는 군말 없이 젓가락을 코마키 쪽으로 내밀었다.

바로 그때였다. 한층 더 큰 소리가 울려 퍼졌다.

나도 모르게 하늘을 올려다보니, 초대형 불꽃이 쏘아 올려졌다. 노란색을 띤 흰색 선이 밤하늘에 수도 없이 흩어지며 온 사방을 마치 대낮처럼 환하게 밝혔다. 그 빛 때문에 코마키의 얼굴이 잘 보였다.

인형처럼 예쁘장한 얼굴. 감긴 눈에는 길쭉한 속눈썹이 드리워 있고, 마치 꽃잎과도 같은 입술이 나를 기다리고 있었다.

아무리 그래도 결국 인간인 주제에.

이런 얼굴을 보면 꼭 인간과 동떨어진 듯한 생각이 드니 신기했다. 그녀를 바라보고 있으면 가슴이 점점 더 답답해졌다

평소처럼 키스라도 해 줄까 싶었지만, 아마 지금 할 일은 아니겠지. 익숙한 표정을 무너뜨리려면 분명 키스로는 안 된다. 그

러니 나는 잠자코 그녀의 입으로 타코야키를 날랐다.

조용히 움직이는 입가를 이렇게 차분히 보는 건 처음이 아닐까 싶었다.

거짓 표정을 지을 때와도, 내 손가락을 깨물었을 때와도 다른 표정이었다. 사소한 차이에 지나지 않을지도 모르지만, 그래도 나는 이런 표정을 볼 수 있어서 살짝 기뻤다.

내가 속으로 그런 생각을 하고 있을 때였다. 코마키가 의아한 표정을 지었다. 이런 표정 또한 그다지 본 적 없는지도 모른다.

"……없어."

"어?"

"안에 문어가 없어."

나는 눈을 휘둥그레 뜨며 자기도 모르게 웃었다.

평소에는 말도 안 될 만큼 운이 좋으면서 이럴 때는 또 전혀 아닌가 보네.

게다가 안에 문어가 없다고 이런 불쾌한 표정을 짓고 있으니 너무 웃겼다.

코마키는 역시나 의외로 어린아이 같은 구석이 있다.

"왜 웃는데, 와카바."

"아하하. 미안. 진짜…… 후후. 웃을 생각은 없었는데."

"다른 사람의 불행이 그렇게나 즐거워?"

딱히 불행이라 할 정도는 아닐 텐데.

평소에는 내 실수나 실패를 비웃는 코마키가 그런 식으로 말하는구나, 싶은 생각이 살짝 들었다. 하지만 그보다도.

“타코야키에 문어가 안 들어 있으면 너도 역시나 싫어하는구나~ 싶은 생각이 들었더니 조금 웃겨서.”

“뭐라는 거야. 타코야키에 문어가 안 들어 있으면 그냥 밀가루 반죽 덩어리잖아. 이건 웃을 일이 아니잖아.”

“그럴지도. ……자, 하나 더 줄게~. 이번엔 들어 있을 거야. 아마도.”

나는 그렇게 말하며 타코야키를 하나 더 젓가락으로 집어 입김을 불었다.

코마키는 미묘한 표정을 지으며 내가 내민 타코야키를 입에 들였다.

그녀의 다양한 표정을 찾는 건 즐겁다. 거의 변화라고 부를 수도 없는 사소한 변화를 발견하기만 해도 아주 살짝 홀가분한 기분이 들었다. 그녀랑 같이 있는 것도 나쁘지 않겠다는 생각이 들었다.

나는 역시나 단순한 편일지도 모른다.

타코야키를 서로 먹여 준 우리는 방금 산 라무네를 들었다. 거의 모든 일은 완벽하게 해내는 우리 코마키 님께서는 한 방울도 흘리지 않고 라무네 병을 땄다.

푸른색 병 속에서 자잘한 기포가 소리를 내기 시작했다.

마치 바람에 흔들리는 나뭇잎 소리 같기도 했지만, 그것과는 살짝 다른 청량한 느낌이 드는 소리였다. 여름 같다는 느낌이 들었다.

“있잖아, 코마키. 내년엔 깔맞춤 유카타라도 사서 함께 입고 올까?"

코마키는 라무네를 마시며 내 쪽을 쳐다보았다.

아까는 날 쳐다보기도 싫다고 했으면서 말이다.

역시나 코마키는 거짓말쟁이다.

"내년에도 오게?"

"그야 물론이지. 어차피 동아리 활동 같은 것도 안 하니까 시간도 많고."

"……흐~음."

그녀는 심드렁한 투로 말하고 나서 라무네를 꼴깍 삼켰다.

그 새하얀 목이 움직이는 모습을 보고 새삼 무슨 생각이 들지는 않았다. 하지만 생각해 보니 그녀의 목에 손가락을 댔을 적의 감촉을 아는 사람은 나밖에 없다. 그게 뭐 대수라는 말은 아니지만, 나는 자기도 모르게 그녀의 목에 손끝을 댔다.

지난번과 변함없는 감촉이 느껴졌다.

하지만 뭔가가 똑같지는 않다는 느낌이 들었다. 확인해 보려는 듯이 손가락을 미끄러뜨리자 그녀의 턱에 닿았다.

"오~ 그래, 착하지? 골골이 소리라도 한번 내 보련~?"

"뭐 하는데?"

"네 목에서 골골이 소리가 나는지 확인해 보려는 중이야."

"날 리가 없잖아. 내가 무슨 고양이도 아닌데."

그녀는 어이가 없다는 듯이 말하며 내 목에다 손을 댔다.

나보다 더 길쭉한 손가락이 자아내는 그 섬세한 손길은 닿기만 했는데도 간지러운 느낌이 들었다. 나는 몸을 흠칫거렸지만, 그녀가 날 놓아주지 않으리라는 사실은 잘 알고 있다.

"그럼 넌 울음소리 좀 내 봐. 너라면 낼 수 있잖아?"

혹시 날 무슨 개로 여기는 걸까.

이쯤 되니 목과는 아무 상관도 없지 않을까 싶지만.

정 그렇게 듣고 싶으면 한번 들려줄까 싶었다.

"……멍."

나는 자그맣게 웅얼거리듯이 소리 냈다.

멀리서 폭죽 소리가 들려왔다. 불꽃의 불빛에 비친 코마키가 살짝 눈을 크게 떴다. 왠지 모르게 금색으로 빛나는 것처럼 보이기도 하는 그 눈동자는 여느 때처럼 나를 비추고 있었다.

"……변태."

"너한테 그런 소리 듣긴 싫거든?"

"이왕 울음소리 내 본 김에 손도 한번 내밀어 보지 그래?"

그녀는 그렇게 말하며 나에게 손을 내밀었다.

"자, 와카바."

재촉하는 그 목소리에 이끌리듯 나는 그녀의 왼손에 내 손을 포갰다.

그러고는 그대로 손바닥을 빙글 뒤집어 그녀의 손등을 확인해 보았다. 역시나 내 이름은 이미 지워져 있었다.

나는 자그맣게 숨을 토해 내고 나서 그녀의 손을 들어 올렸다. 그러고는 그대로 그 손등에다 입술을 대고 혀를 내밀었다.

다른 사람의 살을 핥는 감촉은 의외로 별것 없었다.

시각적인 변화도 거의 없는 것이나 마찬가지인 데다, 더군다

나 코마키는 별 부끄러워하는 기색도 보이지 않았다. 나는 나 스스로가 엄청 바보 같은 짓을 저지르는 중임을 자각하면서도 그녀의 손등에다 대고 혀를 날름거렸다.

듣고 보니 변태일지도 모르겠다.

이런 짓을 하고 싶은 마음은 추호도 없었을 텐데 말이다. 어쩌면 나는 이 새하얗고 때 묻지 않은 손등이 싫었는지도 모른다.

모든 흔적이 쥐도 새도 없이 사라지고 다시 원래대로 돌아온, 그 손이 말이다.

마치 내일이면 사라져 없어져 버릴지도 모르는 우리의 관계와 같지 아닐까 싶은 생각이 들어 가슴이 쓰라렸다. ……하지만, 그건.

바보 같은 일이 아닐까 싶었다. 기껏해야 유성 펜 자국 하나 때문에 이런 고민에 빠지는 나는 의외로 감성에 젖기 쉬운 편일지도 모른다. 남의 일이라 치부해 보려고 애썼지만, 그럼에도 불안감은 좀처럼 가시지 않았다.

모르겠다.

코마키와의 추억이라든가, 그녀에게 당한 짓이라든가, 사라져 버렸으면 싶은 생각이 들었다. 얼른 인연을 끊고 자유로워지고 싶었다. 하지만, 나는.

아직 코마키의 진짜 모습을 보지 못했다. 코마키에 관해 전혀 알지 못했다. 온통 모르는 것투성이다. 그녀에 관해 무엇 하나 알지 못하는 지금 상황이 싫었다. 그래서 조금만 더, 내년 불꽃놀이를 함께 볼 때까지는.

그때까지는 그녀와 관계를 이어 나가고 싶다는 생각이, 분명하게 있었다.

"……이제 다 했어?"

그녀가 평소와 같은 표정으로 그렇게 말했다. 나는 천천히 그녀에게서 손을 뗐다.

이럴 때 정도는 내가 지금껏 보지 못한 표정이라도 좀 보여 주었으면 싶었다.

그것만 볼 수 있다면, 이후의 나는 분명 그녀와 인연을 끊는 데 좀 더 적극적으로 나설 수 있을 텐데.

나는 그녀의 넷째손가락을 쳐다보았다.

이 손가락에 자국을 남긴다면 어떨까. 설령 그것이 내일 사라질지도 모른다 한들, 어느 정도의 만족감은 얻을 수 있을지도 모른다.

하지만 코마키가 아픈 일을 겪는 건 역시나 싫었다. 그렇기에 깨물기도 싫고, 자국을 남기기도 싫었다.

내가 조금만 더 과감했더라면 무언가가 바뀌었을까. 나는 속으로 그런 생각을 하면서 웃었다.

"……응, 다 했어. 다른 사람의 몸을 핥아 봤는데 난 뭐가 그리도 좋은지 모르겠는걸? 역시나 넌 참 이상한 애야."

"뭐라는 거야."

"그야, 툭하면 내 몸을 핥고 그러잖아?"

나는 그렇게 말하고는 아까 그녀가 하던 동작을 따라하며 라무네 병을 땄다.

그 순간, 라무네가 병에서 뿜어져 나오며 내 손을 적셨다.

병을 쥐고 있던 왼손이 끈적끈적해졌다. 나는 가방에서 티슈를 꺼내려고 했지만 금세 손을 멈출 수밖에 없었다.

코마키가 내 손을 움켜잡았기 때문이다.

"움직이지 마. 아까 당한 걸, 되갚아 줄 테니까."

"어?"

코마키는 그렇게 말하고는 내 손에다 대고 혀를 날름거리기 시작했다.

아까 내가 핥을 때와는 달리 불쾌한 느낌이 드는 혀 놀림이었다. 마치 내 기색을 살피려는 듯, 내 손을 통해 온몸을 저릿저릿하게 만들려는 듯. 세게, 약하게, 느슨하게, 격렬하게. 심지어는 손가락 사이마저 핥아 대니, 몸에 소름이 쫙 돋았다.

나는 내 몸이 떨리고 있음을 느끼며 코마키에게 무슨 말을 꺼내야 할지 고민했다. 변태라고 했다간 평소와 별반 다를 바 없는 반응이 돌아오지 않을까 싶었다.

하지만 필사적으로 내 손가락을 핥아 대는 코마키의 모습을 보고는 마음이 바뀌었다.

"내 손가락이 그리도 맛있어?"

"맛은 없어. 작달막한 데다 굵직한걸."

"……윽."

지금 누구 손가락더러 작달막하고 굵직하다는 거야?

비록 코마키만큼은 아니더라도, 나 또한 손가락 길이나 손톱 모양을 칭찬받은 적 정도는 있다. 늘 그렇듯 칭찬해 주는 사람은 마츠리밖에 없지만.

"……이걸로 끝. 너, 기분 좋아 보이더라?"

"다른 사람이 손가락 좀 핥아 줬다고 기분 좋다고 느낄 사람이 대체 어디에 있는데?"

기분 좋다거나 나쁘다거나, 그런 차원의 문제는 아닐 텐데.

다만 서로가 서로의 왼손을 핥아 줌으로써 아주 조금은 마음 속 술렁임이 가라앉은 듯한 느낌이 들었다. 끊어질 뻔했던 실이 다시 한 번 이어진 듯한 느낌이랄까. 나 스스로도 바보 같다고 생각하지만.

이 감촉 또한 금세 사라질 텐데 말이다.

그럼에도 나는 싱긋 웃으며 라무네를 단번에 쭉 들이켰다.

여름 맛이 목구멍을 타고 지나자 마음마저 여름답게 상쾌해진 듯한 느낌이 들었다. 코마키의 마음 또한 그랬으면 좋겠는데.

"……가자, 우메조노. 이만 다른 것들도 사서 다시 행사장으로 돌아가야지."

"……그러든가."

나는 자리에서 일어나 그녀에게 손을 내밀었다.

허공에 떠 있던 내 오른손은 그녀를 버팀목 삼고는 살짝 안정을 되찾은 듯한 느낌이 들었다.

나는 살며시 그녀의 손을 쥐었다.

그녀는 내 손을 마주 잡아 주지도 않았을 뿐더러 나에게 새로운 표정을 보여 주지도 않았지만, 그래도 서로 이어진 손에서 나는 아주 살짝 만족감을 느끼며 걸음을 내디뎠다.

폭죽 소리는 멀면서도 가까웠다.

지금 듣고 싶은 것은 쏘아 올리는 폭죽 소리가 아니었다. 감정이 적잖이 담겨 있을 코마키의 숨소리였다. 나는 그것에 귀를 기울이며 밤거리를 나아갔다.

하지만 내가 애써 들어 보려 해도 그녀의 소리는 거의 들리지 않았다. 그럼에도 서로 이어진 손에서 느껴지는 온기는 결코 거짓이 아니었다.

"……아."

한동안 걷고 있는 와중에 코마키가 가면 파는 노점을 보고는 느닷없이 소리를 냈다. 그녀의 시선 끝에는 그 샤프에 그려져 있던 것과 똑같은 캐릭터 가면이 있었다.

우리가 어릴 적에 한창 유행했던 애니메이션으로, 주인공은 마법사 여자아이였다. 나도 그 모습을 보고는 동경하여 마법사가 되고 싶다고 생각한 적이 있었다.

그리운 느낌이 든 나는 가면 파는 노점 쪽으로 살짝 다가갔다.

"어서 옵쇼. 뭐 줄까?"

그냥 잠시 구경만 할 생각이었지만, 씩씩한 목소리가 날아드니 왠지 사야만 할 것 같은 느낌이 들기 시작했다.

그리 비싸지도 않으니, 괜찮겠지.

"혹시 사고 싶은 거 있어? 내가 특별히 하나 사 줄게. 같이 깔맞춤으로 머리에 쓰고 다니면 왠지 재미있을 것 같기도 한데."

"딱히, 없어."

코마키는 심드렁한 기색으로 그렇게 말했다. 고등학생 나이에 가면 하나로 왁자지껄 기뻐하는 모습도 민망하긴 하지만, 그래도 사람이 이렇게나 귀염성이 없는 것도 좀 그렇지 않을까.

어쩔 수 없이 나는 그 애니메이션 캐릭터 가면을 사서 머리에 썼다. 왠지 옆에서 보기에는 엄청 들떠 보이지 않을까 싶기도 하지만, 그것도 축제의 묘미라고 여기기로 했다.

"자, 이것 좀 봐. 꼭 주인공 같지?"

"주인공은 무슨, 얼굴이 바보 같은데. 넌 아이스크림을 칠칠 흘렸다가 왕왕 우는 어린애 역할이 더 잘 어울려 보여."

"이 자식이 못 하는 소리가 없네?"

"이미 그 말투부터가 주인공답지 않은걸. 이참에 그냥 양아치로 전직하는 건 어때?"

그녀는 평소와 다를 바 없는 말투로 그렇게 말했다. 이런 대화를 나누다 보면 살짝 마음이 편안해졌다. 지금의 나와 코마키에게 가장 잘 어울리는 거리감이라 해야 할지, 관계가 바로 이러한 느낌이 아닐까 싶다.

글쎄, 과연 어떨까.

서로 으르렁대고, 괴롭힘 당하기도 하고, 가끔은 아무렇지 않게 대화를 주고받기도 하고. 여러모로 밉살스러운 말을 들을 때도 있지만, 결국 나는 이 시간을 진심으로 싫어하지는 않았다.

아니, 오히려.

지금과 같이 그녀랑 시시껄렁한 잡담을 나누는 행위에 편안함마저 느끼고 있겠지. 그렇기에 나는 아직 그녀랑 함께 있고 싶었다.

"옛날에는 말이야. 마법사가 되고 싶었어. 귀엽고, 멋있고. 뭐, 그렇게 될 수 없다는 걸 알고는 내 나름대로 살아가자고 마음먹었지만."

어슬렁어슬렁 걷고 있자 불꽃이 내뿜는 빛이 눈에 들어왔다. 슬슬 클라이맥스로 접어들었는지 쏘아 올리는 폭죽의 양이 아까보다 훨씬 더 많아졌다.

"내가 만약 마법사였다면, 누구에게나 웃음을 선사해 줄 수 있었으려나?"

코마키는 아무 말도 하지 않았다. 그저 무표정하게 나를 바라볼 뿐이었다.

나는 그녀에게 미소 지어 보였다.

"우메조노, 넌 혹시 마법사가 되고 싶다고 생각한 적 있어?"

코마키는 눈을 가늘게 떴다.

"없어."

"으엑~. 꿈이 없는 아이였구나. 아니, 한 번도 없었어? 진짜로?"

"없다고 했잖아."

코마키는 성가시다는 듯이 인상을 찌푸렸다.

"그럼 왜 나랑 같이 봤었는데?"

나는 머리에 쓴 가면을 손가락으로 가리켰다. 코마키는 나를 내려다보고 있었다.

"그건 그냥 네가 보여 준 거잖아. 나는 별로 재미도 없던데."

"아, 그랬구나."

듣고 보니 그 깔맞춤 샤프를 사자고 제안한 사람도 아마 나였지 않았을까.

별로 좋아하지도 않는 애니메이션을 추천받고 샤프까지 사고, 그러한 것들이 쌓이고 쌓이다가 코마키의 가슴속에서 싫다는 감정이 커져 갔는지도 모른다.

그 샤프를 코마키가 아직도 가지고 있음은 분명하다.

하지만 그것만이 확실할 뿐, 왜 가지고 있는지조차 알 수 없기에 결국엔 아무 말도 할 수 없었지만 말이다.

나는 어슬렁어슬렁 걸으며 그녀의 옆모습을 쳐다보았다.

무슨 대화를 나누든 간에 그 표정은 거의 변화가 없었다. 나는 그 옆모습에서 차이점을 찾아내고 싶었다.

"요즘 축제는 옛날에 비해 노점 종류가 참 다양해졌어."

"그래 봤자 유치한 것들밖에 없지만."

"뭐 어때. 모처럼의 축제인데 즐길 줄도 알아야지."

"넌 당첨 제비는 들어 있지도 않는데 제비뽑기하는, 그런 부류 맞지?"

"거기에 로망이 있다면 말이지."

"뭐라는 거야."

하늘을 가득 메운 불꽃의 양이 많아지고 있었다.

길을 가다 멈춰 서는 사람의 수도 늘어났고, 축제의 끝도 가까워져 오고 있음을 느꼈다. 기껏해야 몇 시간 만에 끝나는 축제는 아쉬움과 즐거움이 한 세트였다.

이와 같이 불꽃놀이를 보고 있으면 즐겁지만, 머잖아 끝이 오고 있음을 알고 있기에 또 한편으로는 아쉬웠다.

내가 코마키를 대하고 있을 때 가슴속이 욱신거리거나 울렁거리는 이유는 어쩌면 그와 같을지도 모른다. 대체 언제 끝날지 알 수 없는 이 관계에 일종의 모순된 감정을 동시에 느끼고 있는 셈이다.

아직 함께 있고 싶다. 하지만 얼른 그녀와의 인연에 종지부를 찍고 싶다. 승부를 벌여 보란 듯이 이겨서 말이다.

그것이 언제가 될지는 모르겠지만.

계속 함께 있을 수도 없는 노릇인 데다, 그러고 싶은 마음도 없다. 그건 코마키도 마찬가지겠지. 뭐, 나랑은 달리 코마키는 아쉬워하지 않겠지만.

우리는 손을 맞잡은 채 밤거리를 나아갔다.

행사장까지 돌아가는 데 그리 오래 걸리지는 않았다. 딱히 단둘이서 시간을 보내려던 의도는 없었다. 다만 마츠리와 카오리가 있는 곳으로 돌아가면 코마키는 또 내숭이나 떨겠지. 그게 살짝 못마땅했던 나는 자기도 모르게 한숨을 내쉬었다.

"둘 다 어서 와. 좀 늦었네~?"

"미안, 고르는 데 시간이 좀 걸렸거든. 자, 이거."

"고마워!"

"많이 먹고 무럭무럭 자라렴."

"와카바, 그럼 너도 같이 먹지 그래?"

"음~……. 뭐, 하긴. 이왕 이렇게 됐으니 먹어 볼까?"

나는 카오리 옆에 앉아 노점에서 사 온 야키소바를 함께 먹기 시작했다. 카오리는 하늘에서 터지는 불꽃보다 먹는 쪽이 더 중요한 모양이었다. 하늘 쪽에는 눈길도 주지 않은 채 야키소바를 흡입하는 데 여념이 없었다.

지금이야 이런 모습을 보이는 카오리도 코마키 앞에서는 내숭을 떨기도 하니, 의외로 연인이라도 생기면 식욕을 억제하는 모습도 보이지 않을까 싶기도 했다.

멍하니 카오리를 보고 있는 와중에 내 옆에 마츠리가 앉았다. 그쪽을 흘끗 쳐다보니, 어스름한 빛에 비친 유카타의 아름다운 모습이 눈에 들어왔다.

“그 유카타는 어디서 샀어?”

“궁금해? 다음에 데려다 줄게~.”

“용돈만으론 유카타를 못 사지 않을까 싶지만――.”

바로 그때였다. 불꽃의 빛이 하늘을 가득 메웠다.

금색 위에 붉은색과 흰색, 녹색이 겹쳐지면서 하늘이 삽시간에 다른 세계로 변했다. 아무래도 이제 클라이맥스에 접어든 모양이었다.

아마 내년에도 불꽃놀이는 개최될 테지만 올해는 이만 막을 내렸다. 그런 생각이 들자 역시나 살짝 아쉬웠다. 밝아진 밤하늘을 멍하니 바라보고 있는데 뒤쪽에서 누가 내 손을 잡아끌었다. 자리에서 일어나 고개를 뒤로 돌리자, 코마키가 내 손을 잡아끌고 있음을 알 수 있었다.

아득한 밤하늘이 굽어보는 그 밝은색 머리가 마치 천사처럼 빛나고 있었다.

하지만 그 얼굴은 언짢은 표정을 짓고 있는 인간 그 자체였다. 천사라면 분명 좀 더 온화한 미소를 짓고 있을 텐데. 나는 그녀의 뺨을 잡아당겨 억지로라도 웃게 만들어 볼까 싶었다.

싶었지만, 아무것도 할 수 없었다.

내가 무언가를 하려 하기 전에 코마키가 나에게 키스했기 때문이다.

오늘따라 유독 코마키가 내 행동을 앞서 방해하는 경우가 많다는 느낌이 들었다. 속으로 그런 생각을 하는 와중에 혀가 휘감겼다.

호흡이 멎는 것을 느꼈다.

바로 근처에 마츠리와 카오리가 있는데도 코마키는 평소보다 훨씬 더 끈적한 키스를 오랫동안 이어 나갔다. 마치 천천히 소화하는 듯이 혀를 얽어 대자, 내 허리가 점점 뒤로 빠졌다. 하지만 코마키는 내 허리를 손으로 붙잡아 달아나지 못하게 했다.

연속해서 터지는 폭죽 소리에 묻어가려는 듯이 코마키가 커다란 소리를 내며 키스해 왔다. 입술소리와 물소리, 마치 뇌를 침식하는 듯한 그 소리가 나에게는 폭죽 소리보다 훨씬 더 크게 들렸다.

축축한 소리 너머에서 코마키의 숨결이 느껴졌다. 여유가 없는 듯하면서도 자못 기분 좋다는 듯이 느껴지는 거친 숨결이었다. 나는 바로 그 소리를 듣고 싶었다. 얼굴 표정에는 배어 나오지 않는, 숨겨진 감정이 섞인 숨소리를 말이다.

나는 조용히 그녀의 키스에 응했다.

마찬가지로 혀를 얽고 그녀의 허리 언저리를 손으로 잡았다.

아무리 모든 이가 불꽃에 이목이 쏠렸다고 해도 그렇지, 밖에서 이렇게 대놓고 키스하면 안 된다는 사실이야 알고 있기는 하지만.

어차피 말려 봤자 소용없다는 사실 또한 잘 알고 있다.

뭐, 내가 키스에 응한 이유는 비단 그뿐만은 아니긴 하지만 말이다.

"하…… 우메, 조노."

"왜? 와카바."

"불꽃놀이 이제 곧 끝나니까, 그만해."

"불꽃놀이가 끝나더라도 쟤네한테 안 들키면 되잖아?"

그녀는 그렇게 말하며 내 입술을 쪼아 댔다.

멀리서 들려오던 폭죽 소리가 멎었다.

그녀는 그에 맞춰 나를 놓아주었다.

"……농담이야. 너한테 키스하는 모습을 누가 보기라도 하면 내 이미지가 말이 아닐 테니까."

"이 자식이 지금 사람을 뭘로 보고?"

툭, 그녀가 내 가슴을 밀쳤다.

나는 그녀의 얼굴을 올려다보았다. 여전히 무표정했지만 평소보다 뺨이 달아오른 듯한 느낌이 들었다. 불꽃놀이를 계속 보다 보니 그냥 내 눈이 삐었는지도 모르지만.

나는 자그맣게 한숨을 토해 내고 나서 코마키의 손을 있는 힘껏 잡아당겼다.

그러고 나서 내 쪽으로 몸이 기울어진 그녀의 입술에다 대고 키스했다.

입술소리 울릴 정도로 여러 차례 말이다.

"뭐 하는, 거야?"

"안 들키면 된다며?"

"바보 아니야?"

코마키가 인상을 찌푸리며 그렇게 말했다.

코마키를 조금이나마 깜짝 놀라게 만들었다면 나는 만족한다. 나는 싱긋 웃음 짓고 나서 코마키로부터 떨어졌다. 마츠리와 카오리가 있는 곳으로 돌아가 거의 다 꺼져 가는 불꽃을 바라보았다. 그러는 동안 뒤쪽에서 시선이 느껴지기는 했지만, 더 이상 무슨 짓을 당하지는 않았다.

즐거운 시간은 눈 깜짝할 사이에 지나간다고들 하지만.

정말로 그렇게까지 즐거웠는지는 알 수 없는 시간 또한 눈 깜짝할 사이에 지나갔다.

우리는 행사장을 나와 밤거리를 걸었다. 축제는 끝난 뒤에도 한동안 사람들의 마음속에 열기를 남겼다. 그 열기에 들뜬 우리 인간은 실없는 대화에 즐거워하거나 축제를 되돌아보는 정도밖에 할 수 없지만.

"아~ 즐거웠어~."

"그러게. 불꽃놀이도 꽤나 볼 만했고 오늘은 만족스러웠어."

마츠리의 말에 내가 그렇게 답했다.

"진짜, 진짜! 아름다웠어!"

"카오리 짱, 정말 불꽃놀이를 보기는 했어? 마지막엔 야키소바에만 눈 돌아간 모습이던데~."

"마음의 눈으로 잘 보고 있었어!"

"아니, 그걸 봤다고 하지는 않잖아."

"뭐 어때. 불꽃놀이를 즐기는 방식이야 사람마다 다 다르니까. 코마키, 넌 즐겁게 잘 즐겼어? ……코마키?"

어째선지 코마키는 자신의 하얀 토트백을 뒤적이고 있었다. 아까부터 계속 가방 안에만 정신이 팔린 모습인데 괜찮을까 모르겠네. 혹여나 균형을 잃고 넘어지지는 않을까 싶어 내가 내 정신이 아니었다.

뭐, 코마키라면 그런다고 넘어지지는 않겠지만.

"우메조노."

"응, 어."

내가 이름을 부르자, 그녀는 대답인지 아닌지 모를 미묘한 소리를 냈다. 대체 무슨 일일까? 딱 봐도 이상한 눈치였다.

고개를 돌려 나를 쳐다보는 그녀의 표정은 왠지 모르게 창백해 보였다.

가방을 보고 안색이 창백해질 일이라. 불꽃의 잔해가 떨어져 가방이 불에 탔기라도 했을까? 아니면 아까 내가 타코야키에다 입김을 너무 심하게 분 나머지 가다랑어포나 소스가 가방에 튀기라도 했을까?

"즐거웠어?"

"……응. 즐거웠어."

"다행이야! 내년에도 같이 또 오자!"

"……이번에는 내키면 오겠다고 하더니, 갑자기 무슨 바람이 불었대?"

"그야, 코마키가 온다고 그래서."

"설령 우메조노가 오지 않더라도 난 오니까 와."

"와카바, 네가? ……픕."

"왜 웃고 그래?"

코마키는 미소를 짓고는 있지만, 눈 안쪽은 전혀 웃고 있지 않았다. 나는 그 모습을 보고 코마키가 무언가를 잃어버렸음을 알아차렸다.

코마키가 자기 물건을 잃어버린 경우도 참 보기 드물지만, 아마도 본인 입으로는 말하지 않겠지. 그녀라면 보나 마나 자존심 때문에라도 다른 애들과 헤어지고 나서야 찾으러 갈 게 뻔하다.

이럴 때 솔직하게 하고 싶은 말을 입에 담을 수 있다면, 울고 싶을 때 울지 못하는 사람이 되지는 않았을 텐데.

나는 한숨을 내쉬었다.

"……아."

나는 갑자기 무언가 떠오른 척을 하며 소리를 냈다. 세 사람의 시선이 나에게 쏠렸다.

"미안, 깜빡하고 뭘 두고 왔어. 가지고 올게."

"같이 가 줄까?"

카오리가 그렇게 물었다. 나는 고개를 저었다.

“아니야, 괜찮아. 먼저 가고들 있어. 배가 살살 아프기도 하고, 시간이 좀 걸릴 것 같거든.”

나는 말이 끝나자마자 걸음을 내디뎠다.

코마키가 뭘 잃어버렸는지는 모르는 데다 알 수도 없다. 키 케이스나 지갑 등, 그런 류의 물건은 왠지 아닐 것 같지만 말이다.

아쿠아리움에 갔을 적에 가방 안에서 발견한 그 샤프가 떠올랐다. 코마키는 오늘 그 가방을 가지고 오지 않았다. 설마 그 샤프를 일부러 토트백에 옮겨 담아 가지고 오지는 않았겠지. 그럼, 대체 뭘까.

어쩌면 무언가를 잃어버렸다고 단순히 내가 착각했는지도 모른다.

하지만 1%라도 그럴 가능성이 있다면 나 역시 찾아야 한다. 이러는 동안에도 잃어버린 물건을 찾을 확률은 점점 더 줄어들 테니까.

나는 분실물을 보관하고 있을 운영 본부로 가 보았지만 코마키의 물건은 찾을 수 없었다. 타코야키 노점과 가면 노점 근처도 찾아봤지만 쓰레기 정도밖에 없었다. 나는 그것을 주워 옆에 있는 쓰레기통에 버리고 나서 행사장으로 향했다.

우리가 앉아 있던 근처를 찾다 보니 떨어져 있는 무언가가 눈에 들어왔다.

그것은 샤프였다. 거의 산산조각 박살 난 상태였지만 그건 코마키가 가지고 있던 그 파란색 샤프가 틀림없었다. 나는 그걸 주워 주머니 속에 넣었다.

어째서 코마키는 굳이 오늘 이 샤프를 가지고 왔을까. 그리고 나는 이 박살 난 샤프를 어떻게 해야 좋을까.

박살 난 샤프를 보이면 코마키는 어떤 반응을 보일까. 슬퍼할까, 아니면 평소대로 무표정으로 일관할까. 궁금하기는 했지만, 왠지 보여 주기 싫다는 생각이 들었다.

"와카바!"

다급한 목소리가 들려왔다. 목소리가 난 쪽으로 고개를 돌리니, 코마키가 숨을 헐떡이며 이쪽으로 달려오는 모습이 눈에 들어왔다.

나는 자기도 모르게 주머니 속에 손을 넣었다.

"아, 우메조노? 혹시 내가 깜빡한 물건 같이 찾으려고 와 준 거야?"

"……물건 깜빡했다는 거 거짓말이잖아. 왜 그런 거짓말을 한 거야?"

"거짓말 아닌데? 실제로 지갑을 떨어뜨렸거든."

적당히 얼렁뚱땅 넘기려고 했지만 아무래도 어려워 보였다.

코마키는 내 말이 거짓임을 간파한 모양이었다. 나를 내려다보는 그 눈동자는 평소보다 살짝 험악해 보였다.

틀렸구나 싶었다.

코마키에게 샤프를 보이면 보나 마나 좋은 꼴은 못 볼 텐데. 어쩌면 사실 그건 그냥 내 쓸데없는 걱정에 불과할 뿐, 박살 난 샤프를 봐도 코마키는 평소처럼 무표정으로 일관할지도 모르지만 말이다.

하지만 만약에, 울고 싶어도 울 수 없는 표정을 짓는다면 그건 싫지 않을까 싶었다. 코마키가 슬픈 표정을 짓는 모습을 이제 더 이상 보기 싫으니까.

"……그것 외에 뭐 다른 건 없었고?"

"쓰레기가 떨어져 있긴 했지만 주워서 쓰레기통에다 버렸지. 이래 봬도 난 환경을 생각하거든."

"그게 아니라!"

코마키는 여느 때와는 달리 언성을 높이며 내 팔을 꽉 움켜쥐었다.

"아프잖아. 손 좀 놔."

나는 그녀의 손을 뿌리치며 걸음을 내디디려 했다. 바로 그때였다. 그녀가 내 팔을 있는 힘껏 잡아당기는 바람에 내 손이 주머니 밖으로 빠져나왔다.

그 바람에 박살 난 샤프도 함께 말이다.

파편들이 바삭거리는 소리를 내며 잔디밭 위에 떨어졌다. 나는 아무 말 없이 눈을 감았다.

"……아."

갈라진 목소리가 내 고막을 울렸다.

귀가 따가웠다. 이젠 굳이 보지 않더라도 코마키가 어떤 표정을 짓고 있을지 눈에 선했다. 나는 조용히 눈을 떴다.

웅크리고 앉은 코마키가 박살 난 샤프를 손에 들고 있었다.

"……누가, 밟았나 봐."

내 말은 들리지 않는지 그녀는 등을 구부린 채 샤프를 쳐다보고 있었다.

“울지 마, 우메조노.”

“왜 그렇게 되는데? 이런 일로 내가, 울 리 없잖아.”

그녀는 샤프를 가방 안에 넣었다. 손이 살짝 떨리고 있었다.

“그럼, 상관없지만.”

침묵이 찾아왔다. 불꽃놀이가 끝나고 삼삼오오 흩어지는 사람들은 우리에게 눈길도 주지 않고서 옆을 지나쳐 갔다.

“정 필요하면, 내 걸 줄게. ……아직, 안 버렸거든.”

“필요 없어.”

“……그래?”

코마키에게 나와의 추억은 과연 어떠한 것일까. 잊고 싶은 오점일까, 아니면 소중히 여기고 싶은 것일까.

별로 좋아하지도 않는 애니메이션의 캐릭터가 그려진 샤프가 박살 났다고 이렇게까지 동요하는 모습을 보이다니, 어쩌면 그녀 또한 나와의 추억을 적잖이 소중하게 여기고 싶어 한다는 뜻이 아닐까.

그러나 그녀는 나를 싫어하는 데다, 나에게 상처를 입히려고 한다.

그렇지만, 하지만, 그렇다면.

모르겠다. 어차피 생각해 봤자 해답은 알 수 없다. 아무리 이해하려고 해도 코마키의 복잡한 마음을 이해하기란 불가능하니까.

그런데도 알고 싶었다. 하지만 알려고 하면 할수록 멀어지는 느낌이 들었다. 이어지지 않았다. 코마키의 행동은 모순된 부분이 너무 많아서 그녀와 엮이면 엮일수록 그 윤곽이 흐릿해져 갔다.

"어떻게, 알았는데?"

이제 와서 시치미 떼 봤자 분명 소용없겠지.

"그야 알 수밖에 없잖아. 그렇게나 이상한 눈치였는데. ……딱 봐도 어떤 소중한 무언가를 잃어버렸구나 싶었거든."

"……어째서."

코마키가 떨리는 목소리로 그렇게 말했다. 그녀의 이런 목소리는 처음 들었다.

"어째서 넌, 나한테 다정하게 대해 주는데?"

"다정하게 대한 적 없어."

"다정하잖아. 늘 다정하다고. 네가 주는 건, 전부 다."

코마키가 그렇게 느끼고 있을 줄은 생각지도 못했다. 나는 평소와 다른 모습을 보이는 코마키를 앞에 두고서 아무 말도 할 수 없었다.

"모르겠어. 너에 관해, 아무것도. 내가 네 입장이었다면 절대로 나한테 그리 다정하게 대해 주지 않았을 텐데. 넌 대체, 뭔데? 나는……."

내가 무엇인지는, 나 자신도 모른다.

내가 코마키를 상처 입히고 싶지 않은 이유는 그녀가 슬퍼하는 모습이나 아파하는 모습을 보기 싫기 때문이다. 그것은 내가 그녀를 싫어하게 된 이후로도 줄곧 변치 않았다.

나는 그저 코마키가 웃는 모습을 보고 싶을 뿐이다. 코마키가 행복해진다면 그걸로 만족한다. 내가 그런 식으로 생각하는 이유는 어째서일까. 뭐, 어차피 생각해 봤자 알 도리가 없지만 말이다.

……정말로?

코마키가 완벽하지 않았더라도 친구가 되었을 것이다.

내가 했던 말이 다시금 떠올랐다.

자신은 사람이 아닐지도 모른다며 고민하던, 모든 것이 완벽에 가까운 코마키와 나는 서로 친구가 되었다. 그런 그녀였기에 웃음 지었으면 싶었다.

하지만 설령 그녀가 평범한 사람이었다 해도 나는 그녀가 웃음 짓기를 바랐겠지.

왜냐하면, 그 이유는.

코마키는. 코마키는, 내――.

"코마키는 내, 소중한 친구였으니까."

"……어?"

코마키는 내 소중한 친구니까.

분명 그때 내가 입에 담은 말은 그런 말이었을 터. 지금에 이르러서야 마침내 떠올랐다.

그렇다. 그렇다. 그 무렵의 나는 코마키를 좋아했다. 우정을 느꼈고, 언제나 함께 있어도 질릴 새가 없었다. 그렇기에 설령 코마키가 지금과는 다른 사람이었다 해도 분명 친구가 되었으리라 생각해 왔다.

코마키가 코마키고, 내가 나라면.

나는 어떤 코마키라도 좋아했을 테고, 코마키 또한 분명 그러했을 것이다. 과거의 나는 그렇게 믿고 있었다.

"그러니까. ……그러니까 나는 네가 울지 않았으면 싶고, 슬픈 일은 겪지 않았으면 싶어."

"뭐라는, 거야. 무슨 말인지, 하나도 모르겠거든?"

"응. 아마 나도 모를 거야. ……하지만 나는 네가 웃었으면 싶고 행복해졌으면 싶어. 싫어하지만, 너무 비뚤어져서 이해도 안 되지만, 넌 저질스러운 짓만 골라서 하지만, 정말로 완전히 질색이지만. ……그래도."

내가 지금 무슨 말을 하는 거람.

축제 분위기에 물들어 정신이 나갔는지도 모른다. 하지만 그 의문은 내 입을 닫지 못했고, 결국 나는 계속해서 입을 열었다.

"그럼에도, 너는 줄곧 내 친구였으니까."

"……크, 싫어."

코마키가 내 가슴을 밀치며 그렇게 말했다.

아팠다. 평소에 비해 훨씬.

"싫어. 완전 싫어. 나는 너의 그런 점이…… 정말로, 싫다고."

알고 있다.

코마키가 나를 싫어한다는 사실쯤은 이미 오래 전부터 알고 있었다. 그럼에도 나는 코마키를 두 번 다시 상처 입히기 싫었다. 하지만 코마키는 나를 상처 입히고 싶어 한다.

그렇게 서로가 서로를 싫어하는데도 우리는 지금과 같은 관계를 이어 오고 있다.

우리는 답이 없을 만큼 모순되었고, 이제는 뭐가 뭔지 알 수 없는 지경에 이르렀다. 이 얽히고설킨 실뭉치와 같은 관계를 하나씩 풀어 나가며 모순을 없앨 수 있으면 좋으련만. 그런 생각이 들었지만 아마도 힘들지 않을까 싶었다.

"……난 이만 갈 거야. 넌 계속 거기에 있든가."

코마키는 그렇게 말하고 나서 나에게 등을 돌렸다.

어차피 집 가는 길은 같으니 그냥 같이 가면 되지 않을까 싶은데. 하지만 지금 상태의 코마키와 함께 있으면 안 된다는 사실은 잘 알고 있다.

그렇기에 나는 손을 흔들었다.

"그럼 잘 가. …… 내일 또 봐."

코마키는 답하지 않았다.

그러고는 곧장 발걸음을 옮기는 바람에 나는 어쩔 수 없이 다른 방향으로 천천히 발걸음을 옮겼다.

옛날의 선배가 그러했던 것처럼 만약에 코마키가 손을 마주 흔들어 주었다면 어땠을까. 그런 생각이 들었지만, 아마도 가슴이 두근거리는 등의 일은 없지 않을까 싶었다. 코마키는 코마키고, 선배는 선배다. 닮으려야 전혀 닮지도 않았으니, 같은 짓을 당하더라도 느껴지는 감정은 다르다.

다른 사람에게 들으면 그냥 그런가 보다 싶은 말도 그 사람에게 들으면 기쁘다.

저번에 코마키는 그렇게 말했었는데, 만약 코마키에게 좋아한다는 말을 들으면 나는 그때 과연 어떤 생각이 들까.

어둠이 깔린 밤거리를 나아가는 와중에 문득 스마트폰이 진동하기 시작했다.

화면을 확인해 보니 코마키가 보낸 문자가 와 있었다.

『내일 또 봐.』

이모티콘이나 스탬프는 전혀 없는 무뚝뚝한 문자였다.

나는 자기도 모르게 웃으며 답장을 보냈다.

『응, 내일 또 봐.』

나는 스마트폰을 가방에 넣고 하늘을 우러러보았다.

조금 전까지 온 하늘을 수놓던 그 빛은 온데간데없었고, 밤하늘은 어둠에 잠겨 있었다. 지금 머릿속에 떠오르는 것은 클라이맥스의 화려한 불꽃이 아니었다. 코마키의 키스였다.

그렇다고 그게 기분 좋았다거나, 또 하고 싶다는 생각은 들지 않았지만 말이다. 나는 내 입술에 손을 댔다.

코마키와의 추억이 늘어나면 늘어날수록 마음이 짓눌리며 나 자신이 사라져 갔다. 그렇기에 그녀를 멀리해야 마땅하지 않을까 싶지만, 그럼에도 나는 아직 그녀랑 함께 있고 싶었다.

저질에다, 종잡을 수 없고, 비뚤어진 그녀와 말이다.

그녀와 같은 시간을 더 많이 보내고 그녀에 관해 알고 싶었다.

반드시 그렇게 해야만 할 것 같았다.

만약 내일이 되면 내 마음은 변할지도 모르지만, 그럼에도 우리는 내일 또 보자는 말을 주고받았다. 그럼 분명 우리는 내일도 얼굴을 마주하며 같은 시간을 보내겠지.

그러면, 된다.

나는 내 가슴에 손을 얹었다. 이 가슴속에 있는 감정이 언젠가는 사라질지언정, 그것은 분명 오늘도 아니고 내일도 아닐 터. 그렇기에 지금은. 그녀를 생각하고 싶었다.

나는 일부러 먼 길을 돌아 집으로 향하는 길을 걸었다.

당연할지도 모르지만, 축제가 끝난 직후의 거리는 평소에 비해 왠지 모르게 어수선한 분위기에 감싸여 있었다.

다들 축제의 여운이 아직 가슴속에 남아 있는 모양이었다. 길을 오가는 행인들의 발걸음도 왠지 모르게 들떠 보였다.

"와카바."

문득.

귀에 익은 목소리가 평소와는 다른 어감으로 내 고막을 두드렸다.

지금 어디에 있는지조차 알 수 없는 코마키만 비추고 있던 눈동자가 마침내 현실을 비추기 시작한 듯한 느낌이 들었다.

저절로 고개를 들어 올리니, 그곳에 마츠리가 서 있었다.

"마츠리? 먼저 돌아간 거 아니었어……?"

"응. 그러니까 우연이네, 와카바."

마츠리가 평소처럼 포근하게 웃었다.

우연이라기보다는 나를 기다리던 것처럼 보이는데 말이지. 하지만 다시 생각해 보니 어느 쪽이든 상관없지 않을까 싶었다.

마츠리가 내 쪽으로 달려오더니 곧바로 나랑 팔짱을 꼈다.

"이왕 이렇게 됐으니 같이 가자. ……속은 좀 괜찮고?"

"응. 조금 많이 먹었을 뿐이니까."

"그렇구나. 잃어버린 물건은 찾았니?"

깜빡한 물건이 아니라 잃어버린 물건이라 말하는 이유는 대체 무엇일까.

혹시 마츠리는 코마키가 어떤 물건을 잃어버렸다는 사실을 짐작하고 있을까. 아니, 설령 그렇다 한들.

"찾았어. 그러니 괜찮아."

"음~. 그렇구나."

마츠리는 무언가를 생각하는 듯한 표정을 지으며 부드러운 미소를 드러냈다.

평소와 다름없는 그 웃음은 무거워진 내 마음을 살짝 덜어 주었다. 나에게 걸어 주는 말도, 지어 주는 표정도 마츠리는 예전부터 변함없었다. 그렇기에 나는 그녀 앞에서만큼은 예전과 변함없는 모습으로 있을 수 있지 않을까 싶었다.

"……너도 내년에는 유카타 어때~? 분명 잘 어울릴 거야."

"괜찮네. 그때는 네가 좋은 것 좀 추천해 줄래?"

"좋아~. 내년에도 다른 애들이랑 같이 오자~."

왠지 모르게 현실을 제대로 포착하지 못한 듯한 실체 없는 대화가 이어졌다. 그럼에도 마츠리는 즐거운 기색으로 싱긋싱긋 웃고 있었다.

다정하다고 해야 할지, 부드럽다고 해야 할지.

역시나 마츠리의 미소에는 다른 사람을 치유하는 효과가 있지 않을까 싶었다. 코마키가 다른 사람에게 보이는 짐짓 꾸며낸 그 미소와는 하늘과 땅 차이였다.

하지만 그녀라도 진심을 담아 웃는다면, 분명, 더욱더…….

“있잖아, 와카바?”

“왜? 마츠리.”

“와카바~?”

“……마츠리? 왜 그래?”

“에헤헤~. 그냥 한번 불러 봤어~.”

마츠리는 그렇게 말하더니 내 팔을 부드럽게 끌어당겼다. 팔짱 끼면서 팔이 서로 맞닿으며 살짝 땀에 젖은 축축한 감촉이 느껴졌다.

코마키와는 다른 감촉이었다.

부드러움, 체온, 느껴지는 방식 등, 당연하게도 그 모든 것이 달랐지만 그래도 마음은 편안했다.

확실히 덥기는 했지만.

“와카바라는 이름은, 참 귀엽게 들려~.”

“그런가? 그렇게 치면 네 이름이야말로 귀여운 것 같은데.”

“그래~? 후후, 그럼 다행이야.”

한여름의 밤, 나는 몸에 끈적하게 달라붙는 더위를 느끼며 마츠리와 팔짱을 낀 채 걸음을 옮겼다. 그 부드러움과, 과자와도 같은 달콤한 냄새가 내 곁에 마츠리가 있음을 분명하게 상기시켜 주었다.

친구와 잡담을 나누며 걷는 건 역시나 즐겁다. 어느새 나는 저절로 웃음을 지으며 마츠리와 대화를 주고받고 있었다.

즐거웠는지 알 수 없는 애매한 시간도 결국에는 빠르게 지나가기 마련이지만.

즐거운 시간은 더더욱 눈 깜짝할 사이에 지나간다고 한다. 어느새 나는 마츠리의 집 앞에 도착해 있었다.

코마키와 헤어지고 나서 이미 10분도 더 지나 있었다. 내가 마지막으로 보낸 문자에 혹시 무슨 답장이라도 왔을까.

확인해 보려고 주머니 속에 손을 넣으려던 바로 그때였다. 마츠리가 얼굴을 바로 코앞까지 들이댔다.

숨결이 닿을 만큼 가까운 거리였다.

그 커다란 눈동자가 나를 비추었다. 의외라고 느껴질 만큼 강렬한 그 박력은 마치 그녀의 강인한 의지를 드러내는 듯했다.

그 눈동자에 눈길을 빼앗긴 동안에 그녀의 손이 스마트폰을 쥔 내 손을 꽈악 움켜쥐었다.

손가락과 손가락이 깍지를 끼자 떼려야 뗄 수 없는 지경이 되었다. 작지만 보드랍고 말랑말랑한 손가락 감촉이었다. 아까 손을 맞잡고 있을 때와는 또 다른 다정한 느낌이 그 손끝에서 느껴져 왔다.

"그러면 못써, 와카바. 오늘은 주의가 너무 산만하잖니~. 다른 사람 생각은 나중에라도 할 수 있잖아?"

조용한 목소리였다. 나는 자그맣게 한숨을 토해 내고 나서 그녀의 손을 마주 잡았다.

"……네 말이 맞아. 너한테 집중할게."

"응, 고마워~! 조금만 더 얘기 좀 나눠 보자. 모처럼 우연히 만났는데~."

마츠리는 그렇게 말하고는 내 양손을 쥐었다.

그리고 갑자기 그녀의 시선이 내 왼손에 머물렀다.

가슴이 철렁했다.

"왼손이 살짝 까매졌네?"

"어? 몰랐는데."

내 이름을 적기도 하고, 코마키의 이름이 적히기도 하고.

그랬던 사실을 마츠리한테 들키면 곤란하지 않을까 싶었다. 코마키와의 관계는 숨겨야 마땅하다. 누군가에게 들키기라도 하면 그 시점에서 내 학교생활은 끝장이다. 더군다나 친구인 마츠리에게만큼은 무슨 일이 있어도 들키고 싶지 않았다.

마츠리와는 앞으로도 계속 좋은 친구로 남고 싶기 때문이다.

"……우리 와카바도 악녀는 못 되는 성격이란 말이지~."

"어?"

"……하지만 그러한 점이 좋아."

마츠리가 눈을 가늘게 뜨고는 마치 아기 고양이처럼 웃었다.

악녀가 되지 못한다니, 그게 무슨 소리일까. 거짓말이 서투르다는 뜻일까. 확실히 나는 기본적으로 옛날부터 단순하게 살아왔던 터라 거짓말은 잘 못하는 편이다.

내 감정에게는 얼마든지 거짓말을 할 수 있을 텐데.

나는 살며시 눈을 내리깔았다. 마츠리에게는 오직 사실만을 말하고 싶은데.

"……어라? 와카바, 고개 좀 살짝 들어 볼래?"

마츠리가 눈을 끔뻑거렸다. 내 얼굴에 뭐라도 묻어 있을까. 그런 의문이 들었지만, 다시 생각해 보니 코마키가 아닌 마츠리가 하는 말이니까 의심할 필요는 없겠구나 싶었다.

나는 가만히 고개를 들어 올렸다.

그 순간, 그녀가 오른손을 내 얼굴로 뻗더니 그대로 엄지손가락을 내 입술에다 대고 오른쪽에서 왼쪽으로 미끄러뜨렸다.

"역시나. 와카바, 입술이 살짝 텄네."

"진짜?"

"그럼, 진짜지~. 자기 전에 립밤은 잘 바르고 있어?"

"여름이라서 딱히 안 바르는데……."

"그럼 못써~. 겨울만 건조한 게 아니거든. 에휴~ 가만히 있어야 해~?"

그녀는 그렇게 말하더니 파우치에서 립밤을 꺼내 내 입술에다 발랐다. 가장자리 부분이 살짝 닳은 립밤에서는 과일 냄새가 풍겼다.

립밤을 바르는 동안, 나는 가만히 서서 그저 마츠리만 쳐다볼 뿐이었다.

마츠리는 진지한 표정을 지으며 내 입술에 립밤을 발랐다. 그렇게까지 진지할 필요는 없지 않을까 싶었지만 말이다. 하지만 평소 미용에 공을 들이는 기색의 마츠리에게는 친구의 입술이 텄다는 사실은 그냥 두고 볼 수 없는 일이었는지도 모른다.

살짝 간지러웠다.

하지만 마츠리가 나를 위해 진지하게 임해 주고 있었기에 기

뺐다.

"자, 다 발랐어."

"고마워. 나도 이참에 립밤 하나 제대로 장만해야겠는걸."

"가진 게 없어~? 하여간 못 말려요오. 이거 줄게."

마츠리는 그렇게 말하고는 방금 나에게 발라 준 립밤을 내 손에 쥐어 주었다.

나는 눈을 깜빡였다.

"어? 이래도 돼?"

"응. 이건 내가 나름대로 추천하는 건데, 나중에 상품 페이지 링크도 따로 보내 줄게~."

"하나부터 열까지 미안한걸."

"우리 사이에 뭘~. ……후후."

마츠리는 평소와는 다른 미소를 짓고는 나에게서 손을 뗐다.

그리고 잠깐의 침묵이 찾아왔다. 그녀는 집 현관문 앞까지 걸어가더니 나에게 손짓했다. 그러고는 그대로 현관문 옆에 앉고는 나에게도 앉으라고 재촉했다.

나는 마츠리의 옆에 앉았다.

"이렇게 둘이서 나란히 땅바닥에 엉덩이 깔고 앉아 있으니 왠지 청춘 같다는 느낌이 다 드네~."

"그럴지도. 여기에다 반짝이는 별들도 눈에 들어왔다면 최고였을 텐데."

"아하하, 그러게~. 아까 불꽃놀이는 봤지만 별은 하나도 안 보이네."

나는 마츠리와 두런두런 대화를 나누었다.

내일만 되어도 잊을 만한 실없는 얘기부터 저번에 여러 차례 얘기한 적 있는 화제까지, 나는 한동안 마츠리와 대화를 나누고 나서 천천히 일어났다.

친구랑 함께 있으면 나도 모르게 흐르는 시간을 잊곤 한다.

너무 늦으면 부모님한테 혼난다. 물론 혼 좀 났다고 옛날처럼 엉엉 울고 그러진 않지만.

나는 아쉬움을 느끼면서도 자리에서 일어났다.

어차피 내일 또 만날 수 있으니 이별을 과도하게 아쉬워할 필요는 없지 않을까 싶었다.

"이제 그만 가 봐야겠어."

"……그렇구나."

마츠리는 눈을 가늘게 뜨며 내 오른손을 꼬옥 쥐었다. 그러고 나서 서서히 힘을 풀고는 끝으로 포근한 미소를 지었다.

"와카바. 나는 네 편이거든. 무슨 힘든 일 있거든 언제든 나한테 얘기해 줘."

그 미소는.

마치 나의 모든 것을 꿰뚫어 보고 있는 것 같았다.

나는 살짝 숨이 막혔다.

"고마워. 그럼 내일 또 봐."

"……응. 또 봐~."

나의 고민거리 대부분은 코마키와 엮여 있다. 코마키와의 관계를 밝힐 수 없는 이상 마츠리에게 사정을 털어놓을 수도 없는 노릇이다.

하지만 그녀의 마음 씀씀이는 순수하게 기뻤다.

그렇기에 나는 그녀에게 웃음으로 화답하고 나서 헤어질 때 하는 말을 입에 담았다.

돌아오는 길에 스마트폰을 확인해 보니 알림이 한 건 들어와 있었다. 마츠리가 보낸 문자로, 립밤 상품 페이지 ULR이 링크되어 있었다. 나는 스탬프로 답장하고 나서 코마키에게 보낸 문자를 확인했다.

코마키로부터는 아무런 답장도 없었다.

하지만 내가 보낸 문자에 읽음 표시는 떠 있었다. 답장은 없더라도 제대로 확인했다면 그걸로 족했다.

나는 집으로 돌아오고 나서 여러모로 고민해 보다가, 결국 추가로 코마키에게 『잘 자.』라고 짤막하게 문자를 보냈다.

코마키와의 관계는 미래가 보이지 않았지만.

어쨌든 간에 그녀가 울거나 슬퍼할 만한 일은 없었으면 싶었다.

나는 속으로 그렇게 생각하면서 잠자리에 들 준비를 했다.

교복을 입고 나니 이제야 새 학기가 시작되는구나 싶은 느낌이 들었다.

9월 1일, 여름 방학이 끝나고 학교생활이 시작된다. 결국 나는 여름 방학 중에 코마키와 여러 차례 만나야 했는데, 후반에 접어들고 나서부터는 이상한 짓도 거의 당하지 않았다.

왼손은 이제 완전히 원래의 모습을 되찾았다. 그녀의 흔적은 조금도 남아 있지 않았다. 하지만 그녀에게 당한 짓이 마음속에서 사라져 없어지지는 않았다. 그게 좋은 일인지 나쁜 일인지는 모르겠지만.

나는 평소보다 일찍 집을 나섰다. 익숙한 통학로를 나아가다가 문득 어느 공원이 눈에 들어왔다

여름 방학 초반에 아이들에게 철봉 거꾸로 오르기를 가르쳤던 그 공원이었다. 그리고 이 공원은 내가 옛날에 거꾸로 오르기를 수도 없이 연습하던 곳이기도 했다.

아직 이른 시간이니 잠시 들렀다 가기로 하자.

그렇게 생각하고 나서 공원 안으로 들어서자 낯익은 뒷모습이 눈에 들어왔다.

"우메조노?"

아직 더위의 열기가 남아 있는 이 계절 속에서, 화상을 입을 정도로 달궈져 있을 철봉을 코마키가 움켜쥐고 있는 모습이 눈에 들어왔다.

코마키는 내 목소리를 들었는지 뒤돌아보았다.

"안녕, 와카바. 오늘은 일찍 집을 나왔네?"

"안녕. 그러는 너도 일찍 나왔나 봐. 이런 데서 뭐 하고 있어?"

"철봉을 잡고 있지."

"그야 보면 알지만……."

나는 땅바닥에 가방을 놓고 코마키가 쥐고 있는 철봉보다 더 낮은 위치에 자리한 철봉을 손으로 쥐었다.

뜨거울 줄 알았지만 생각보다 그렇지도 않았다. 아침이라서 그럴까.

"이참에 거꾸로 오르기라도 한번 하고 가 볼까?"

"난 안 해."

참 맥 빠지는 반응이 아닐까 싶었다. 뭐, 그렇다고 적극적으로 막 나서는 것도 난처하다면 난처하지만. 나는 철봉을 쥔 채로 힘껏 땅바닥을 박찼다.

스커트가 살며시 흩날리며 시점이 뒤집혔다.

그 시절과는 달리 이젠 별반 힘을 들이지 않고도 거꾸로 오르기 정도는 거뜬히 해낼 수 있었다. 역시나 나 또한 제법 성장하지 않았을까 싶었다. 코마키에게 이기고자 피나는 노력을 해 온 무수히 많은 과거가 지금의 나로 이어진 셈이다.

뭐, 거꾸로 오르기 좀 했다고 그런 생각이 드는 것도 바보 같을지 모르지만.

"어때? 방금 건 제법 괜찮았는데."

"그래도 나보단 못해."

"……읏."

코마키는 여전했다.

결국 코마키는 깔맞춤 샤프가 박살 난 이후로 달라진 기색을 보이지 않았다. 그렇다고 막 풀죽은 모습을 보고 싶은 마음도 없지만 말이다. 소중히 여기는 기색이었는데 이렇게까지 변화가 없으면 맥 빠진다고 해야 할지, 뭐라고 해야 할지.
살짝 찜찜했다.
그 샤프를 대체 왜 가방 안에 넣고 있었는지는 아직도 물어보지 못했다. 나와의 추억을 소중히 여기고 있다는 말을 그녀의 입으로 듣는다고 한들 믿을 수 없고, 언젠가는 나를 찌르기 위해서였다는 말이라도 들으면 무서우니까 말이다.
그렇기에 묻지 않는 편이 상책이겠지.
우리의 뒤틀린 관계 속에서는 말이 때때로 아무런 힘도 지니지 못하곤 했다. 그럼에도 말해 주었으면 싶은 것, 듣고 싶은 것, 알고 싶은 것이야 있기는 하지만.
나는 땅바닥에 내려섰다.
코마키에 관해 아는 것이 하나 새로 생길 때마다 모르는 것도 셋 가량 새로 생겼다. 그렇기에 그녀를 진정한 의미로 이해할 수 있는 날은 오지 않을지도 모른다.
하지만.
"그럼, 가르쳐 줘."
"뭐?"
"저번에는 마치 가르쳐 줄 것처럼 얘기했었잖아? 이참에 너한테 한 수 지도나 받아 볼까 싶은데."
"거꾸로 오르기는 이제 완벽하게 해낼 수 있다면서?"
"글쎄? 내가 그렇게 말한 적 있었나?"
코마키는 한숨을 내쉬며 내 손에 자기 손을 포갰다.
설마 응할 줄은 몰랐지만 이건 이것대로 나쁘지 않다. 나는 코마키에게 거꾸로 오르기의 요령을 배우며 그녀의 얼굴을 쳐다보았다.

여전히 무표정이었다.

하지만 그녀의 눈을 계속 쳐다보고 있으면 그 안쪽에 자리한 감정을 이해할 수 있을 것 같았다. 문제는 그걸 미처 알기도 전에 그녀가 내 시선을 피한다는 데 있지만.

"자꾸 그렇게 빤히 쳐다보니까 기분 나빠."

"뭐 어때. 다른 사람과 대화할 땐 눈을 보면서 말하는 게 기본이잖아."

"거꾸로 오르기나 마저 해."

"그래, 알았어."

그때 괜히 고집 부리지 말고 코마키에게 거꾸로 오르기를 배웠더라면 좀 더 일찍 해낼 수 있었을 텐데.

하지만 당시의 나는, 스스로의 힘으로 해낼 수 있어야 비로소 가슴을 펴고 그녀에게 승부를 걸 수 있다, 라고 생각했던가.

뭐, 아무리 노력했어도 가슴을 펴고 코마키 앞에 설 날은 결국 오지 않았지만 말이다. 만약 내가 코마키를 웃음 짓게 만들 수 있는 마법이라도 쓸 수 있었다면 좀 더 당당하게 살아왔을지도 모른다. 실제로는 내가 그녀에게 잘못된 말을 건넸었고, 지금까지도 그 부분을 후회하는 중이지만 말이다.

"있잖아, 우메조노. 기억나?"

"뭐가?"

"옛날에도 이렇게 같이 이 공원에 왔었잖아."

코마키는 대답하지 않았다. 나는 코마키의 옆에서 거꾸로 오르기를 했다.

"넌 그 시절부터 꼭 남들 위에 서려고 그러더라? 내가 낑낑대고 있으면 넌 옆에서, 나는 거꾸로 오르기 정도는 손쉽게 해낼 수 있는데~ 라고 하면서 말이지."

피식 웃어 보았지만 코마키는 아무 말 없이 나를 쳐다보기만 할 뿐이었다. 어차피 시선이 마주치면 눈길을 돌리고 말 테니 나는 그녀를 보지 않는 척했지만 말이다.

"그래도 말은 그렇게 하면서도 결국 내가 연습하는 데 함께 해주었잖아."

나는 다시 땅바닥에 내려서고 나서 이번에는 그녀를 똑바로 쳐다보았다. 아직 그녀는 눈길을 돌리지 않았다.

"넌, 그 무렵부터 날 싫어했어?"

"……그 무렵이 어느 무렵을 말하는지는 모르겠지만. 나는 처음부터 줄곧, 널 싫어했어. 처음 만났던 그 순간부터."

"아하하, 그랬구나."

처음부터.

그렇게 대놓고 말하면 역시나 조금 상처받지만 말이지. 그렇다고 이제 와서 상처받는 티를 내기도 싫었기에 나는 웃었다.

하지만 그토록 싫어하는 상대에게 고민거리를 털어놓는 모습을 보면 코마키는 꽤나 변하지 않았을까 싶었다. 어쩌면 그 고민거리 또한 거짓말이었을지도 모르지만, 아무리 그래도 그렇지는 않을, 터.

코마키는 자신이 싫어하는 상대와 지금까지 어떤 심정으로 함께해 왔을까. 어떤 심정으로 내 이름을 불러 주었을까.

그리고 그 무렵의 코마키는 내 눈에 어떻게 보였을까. 떠올릴 수 없었기에 알 수 없었다.

"……그래도 그렇게 치자면, 너도 다정한 면이 있네."

코마키가 인상을 찌푸렸다. 내 말이 그렇게나 뜻밖이었을까.

"그야, 그렇게나 싫어하는 나랑 매일같이 어울리고 있는걸."

"그건…… 다정함과는, 아무런 상관도 없어."

"그런데도 함께한 건 사실이잖아?"

알고 있다. 코마키가 다정해서 나랑 함께했던 것은 아니라는 사실쯤은 말이다.

"그래서 내가 그때 그런 말을 했었나?"

"그런 말이라니, 뭔데?"

나는 철봉을 이용해 몸을 빙글빙글 돌렸다.

그러고는 그대로 손을 확 놓았다.

한순간의 부유감이 이어지고 나서 다리에 충격이 느껴졌다. 나는 땅바닥에 놓아두었던 가방을 주워 들고 코마키 쪽으로 몸을 돌렸다.

"글쎄, 뭘까! 나도 잊었어!"

"뭐라는 거야. 그거 거짓말이지? 말해."

"잊은 건 말할 수 없는걸. 자, 이만 슬슬 학교에 가야지. 이러다 늦겠어!"

"잠깐, 와카바!"

나는 그녀 쪽으로 달려가 그 손을 잡아당겼다.

만약 이 자리에서 그녀를 끌어안으면 그날 있었던 일을 떠올려 줄까, 그런 생각이 들었다. 물론 그 꿈이 가짜일 가능성도 있다. 하지만 무엇보다도.

코마키의 이런 표정을 보고 싶었으니까.

내 생각이나 하며 열심히 머리를 싸매었으면 싶었다. 기억력이 나보다 뛰어난 코마키라면 나보다 훨씬 더 오래 전 일을 잘 기억하고 있을 테니, 그 기억 속에서 내가 무슨 말을 했었는지 열심히 찾아보라지.

나는 속으로 그렇게 생각하면서 그녀의 손을 계속 잡아끌었다.

고개를 돌리고 보니, 언짢은 기색으로 골똘히 생각에 잠긴 코마키의 얼굴이 눈에 들어왔다.

그 무렵의 코마키는 분명 내 친구였다. 내 승부에 늘 어울려 주었고, 늦은 시간까지 거꾸로 오르기 연습을 하던 당시에도 내 곁에 있어 주었다.

속마음이야 어떻든 간에 그런 그녀의 행동에 나는 우정을 느꼈을 테지.

그렇기에 나는 완벽하지 않더라도 코마키와 친구가 되었을 것이라고 말했었다. 그리고 그런 그녀를 나는 분명 좋아했겠지.

좋아한다는 감정이 원망으로 덧칠되었다가, 그 원망조차 사라진 지금에 이르러 내 마음속에 남은 감정이 있는지 없는지는 알 수 없다.

하지만 그녀를 좋아했던 시절이 있던 건 거짓이 아니다.

"……와카바, 넌 정말 바보 맞지?"

"부정은 못 하겠네."

"……싫어."

나는 곧장 역으로 향했다.

코마키는 내 손을 잡은 채 내 뒤를 따라왔다. 더 이상 과거로는 되돌아갈 수 없지만, 아주 조금 옛날 감각을 떠올린 듯한 느낌이 들었다.

내가 웃자, 코마키는 언짢은 표정을 지었다.

그런 코마키가, 지금은 조금. 아주 조금 좋을지도 모르겠다는 느낌이 들었다.

5 그녀의 마음에 남는 방법

나, 우메조노 코마키가 유소년기가 지난 이후로 와카바와의 추억을 잊은 적은 단 한 번도 없었다.

초등학교 3학년 시절, 와카바를 따라 자주 근처 공원에 놀러갔던 것. 초등학교 5학년 시절, 와카바에게 키스하려고 했다가 키스는 좋아하는 사람이랑 해야 한다는 말을 들었던 것. 초등학교 6학년 시절, 수학여행에서 와카바랑 같은 조가 되려고 애썼던 것.

와카바는 잊었을지 몰라도 나는 단 하나도 잊지 않았다.

그렇기에 초등학교 3학년 시절의 그 공원에서 그녀에게 무슨 말을 들었는지도 모두 다 기억하고 있다. 설마 그녀가 기억하고 있을 줄은 몰랐지만 말이다.

"……와카바."

기뻐해야 할지, 슬퍼해야 할지.

나는 요즘 들어 와카바와의 관계에 관해 고민하는 중이었다.

나만의 특별함을 유지하기 위해 나는 와카바의 존엄을 빼앗았다. 그녀에게 미움받기 위해 결코 지워지지 않는 상처가 되고자 했다.

하지만.

요즘 들어 와카바가 나를 싫어하는 감정이 많이 옅어지지 않았나 싶었다. 예전부터 들었던 생각이지만 와카바는 나에게 다정하다.

그녀가 나를 다정하게 대해 주는 것 자체는 기쁘다. 그녀가 나를 위해 무언가를 해 주는 것만으로도 마음이 들뜬다. 하지만 그렇다고 해서 마냥 기뻐할 수만도 없다. 왜냐하면 나를 다정하게 대해 준다는 것은, 그만큼 나를 싫어하는 감정이 서서히 옅어졌기 때문이라는 느낌이 들기 때문이다.

아무리 와카바라고 해도 자신이 싫어하는 상대까지는 그렇게까지 다정하게 대하지 않겠지. ……아니, 와카바의 다정함은 타고난 천성인지라 자신이 싫어하는 상대에게도 다정하게 대할지 모른다.

하지만 어쨌든 간에 미움받아야 한다. 그녀가 나를 더욱 싫어하게 만들어야 한다.

그렇게, 생각은 하지만.

"……하아, 좋아해. 좋아하니까, 어쩔 수 없어…… 그럴 리도, 없겠지만."

최근의 나는 답이 없었다. 철저하게 미움받겠노라 마음먹었을 텐데도 좀처럼 뜻대로 하지 못했다.

수영장에 갔을 적엔 와카바가 너무나도 귀여웠던 바람에 거의 괴롭히지도 못했다. 데이트를 하러 갔을 적에도 아쿠아리움에 갔을 적에도, 그녀를 즐겁게 만들어야겠다는 생각이 들어 헛돌

기만 하다가 결국 죽도 밥도 안 되었다.

그렇게 내가 헛돌 때마다 와카바의 다정함이 내 마음에 스며들었다.

기뻤다. 옷을 깔맞춤으로 입고서 데이트할 수 있었던 것도, 그녀가 후후 불어서 식혀 준 타코야키를 먹을 수 있었던 것도 말이다.

하지만 이대로 가면 안 된다는 사실 또한 잘 알고 있다. 나는 좀 더 미움받아야 한다. 다정하게 대해 주기를 바란다거나, 좋아해 주길 바란다거나, 이제 와서 그런 생각은 꿈도 꾸지 말아야 한다.

스스로를 타일러 봤지만 멈출 수 없었다.

그런 저질스러운 짓을 벌인 이상, 그녀가 날 좋아해 주기란 힘들다는 사실은 알고 있지만. 그럼에도.

알고 싶었다. 알아주었으면 싶었다. 다정하게 대하고 싶었다. 다정하게 대해 주었으면 싶었다. 좋아해 주었으면 싶었다. 사랑해 주었으면 싶었다. 그녀를 힘껏 끌어안고서 좋아한다고 속삭일 수 있다면 얼마나 행복할까.

나는 한숨을 내쉬고 나서 자리에서 일어났다.

방 안에 있는 전신 거울을 보니 머리가 엉망이었다. 누운 채 그녀에 관해 계속 생각했던 탓일 테지.

그녀와 언제 어느 때 또 마주칠지 알 수 없으니 제대로 세팅해 둬야지.

나는 느릿느릿 자리에서 일어나 나갈 채비를 마쳤다. 집을 나오니 여름의 잔재가 느껴졌지만, 그것도 걷다 보니 더 이상 신경 쓰이지 않게 되었다.

내 발걸음은 자연스럽게 근처 쇼핑몰로 향했다.

그 샤프는 어릴 시절 추억의 상징이었다.

와카바와 함께 오락실에서 뽑은 인형도 분명 추억의 물건이지만, 그건 들고 다닐 수 없기에 밤에만 침대에 올려놓고서 잠자리에 들곤 한다.

와카바를 우리 집으로 부르는 경우도 있기에 낮에는 옷장 안에다 숨겨 두고 있다. 와카바와의 추억이 깃든 물건을 하나도 빠짐없이 간직하고 있다는 사실을 들킬 수는 없는 노릇이니까 말이다.

나는 그 샤프를 늘 가지고 다니다가 때때로 감상하곤 했다.

그건 와카바와 깔맞춤을 한 유일한 물건이었으니까 말이다.

하지만 박살 나고 말았다. 어릴 적 나와의 추억을 다른 누군가에게 보이기 싫어서 와카바에게는 샤프를 학교에 가지고 오지 말라고 일러두었는데.

나도 가급적 들고 다니지 말았어야 했는지도 모른다.

박살 난 그 샤프는 일단 주머니에 넣어 보관하고는 있지만, 마치 나와 와카바의 미래를 암시하는 것 같아 애써 외면하는 중이었다.

나는 쇼핑몰 잡화점에 들러 샤프를 구경했다.

깔맞춤 샤프를 그녀에게 선물할 수 있으면 얼마나 좋을까. 그런 생각이 들었지만 마땅히 건넬 구실이 없었다. 그렇기에 지금 처럼 한숨을 내쉬며 샤프를 구경만 할 수밖에 없는 처지인데.

“어라, 코마키!”

갑자기 통로 쪽에서 목소리가 들려왔다.

그쪽으로 고개를 돌리니, 카오리가 서 있었다.

“우연이네, 카오리. 오늘은 평소보다 예쁘게 차려입고 나왔구나?”

“응! 좀 실험을 했거든.”

“실험?”

“뭐, 아무튼 그건 됐고! 근데 넌 뭐 하고 있었어?”

“난…… 그냥 좀. 가끔은 혼자서 여기저기 돌아다녀 보고 싶었거든.”

문득 좋은 생각이 떠오른 나는 그녀에게 웃음 지어 보였다.

“아, 맞다. 혹시 시간 괜찮으면 나랑 같이 다닐래?”

“앗……! 그래도 돼? 너만 괜찮다면 나야 좋지!”

카오리가 생긋생긋 웃으며 그렇게 말했다.

예나 지금이나 카오리는 겉과 속이 같아 보였다. 나에게 드러내는 이 태도가 속마음에서 비롯되었는지는 모르겠지만, 적어도 그 안에 모종의 감정을 숨기고 있지는 않아 보였다.

나는 그 단순함이 싫지 않았다.

얼마 전의 그 데이트 때 맞닥뜨렸을 적에는 역시나 조금 마음에 들지 않았지만 말이다. 와카바가 카오리를 끌어들이는 바람에 같이 전망대에서 야경을 볼 계획이 엉망진창이 되었으니까.

와카바의 말마따나 그런 상황에서는 끌어들이지 않는 것도 이상했겠지만, 그래도 그 데이트는 전망대에서 마무리를 지을 예정이었다. 분명 그러는 편이 와카바가 더 만족했을 터.

"잘됐네. 그럼, 가 볼까?"

"응! 지구 끝까지 따라갈게!"

호들갑스럽기는.

나는 피식 웃고 나서 카오리와 나란히 걷기 시작했다.

와카바와 데이트할 때와는 달리 다른 사람과 놀 적에는 늘 평소처럼 굴 수 있어서 편하다. 상대방을 어떻게 대해야 호감을 살지는 최근 몇 년에 걸쳐서 이미 숙지한 상태다.

하지만 그것이 와카바에게는 통하지 않으니 난처한 참이지만 말이다.

"그러고 보니 넌 와카바랑 사이가 좋더라?"

그녀와 함께 가게를 어느 정도 둘러보고 나서 우리는 카페에서 잠시 쉬기로 했다.

나는 별것 아닌 잡담을 늘어놓는 척하며 본론으로 들어갔다. 마츠리에게 섣불리 질문을 건넸다간 내 속마음이 훤히 드러날 것 같지만, 카오리라면 그럴 걱정도 없다.

마츠리는 위험하다. 여러 가지 의미에서 말이다.

자칫 방심했다간 와카바를 빼앗길 것 같은 느낌이 드는 데다, 무엇보다도 그녀는 다른 사람의 미묘한 감정 변화를 예리하게 잘 알아차리는 것 같았다. 그렇기에 그녀 앞에서는 말을 신중하게 골라서 해야 한다.

"하긴, 왠지 모르게 서로 죽이 맞는다고 해야 할지, 아직 알고 지낸 지 얼마 되지 않았지만 꼭 오래 전부터 친구였다는 느낌이 든다고 해야 할지."

"그런 거 좋네. 살짝 부러워."

"그러는 넌 와카바랑 오래 알고 지냈지?"

"응. 어린 시절부터 줄곧 함께였어."

"소꿉친구는 대체 어떤 느낌이야?"

일반적인 소꿉친구가 어떤지는 잘 모르겠지만, 우리는 제법 사이가 좋은 축이 아니었을까 싶다. 와카바는 곧잘 나에게 승부를 걸곤 했으니, 그 부분도 포함해서 함께 시간을 보낸 적이 많았다.

물론 그렇다고 해서 내가 세상 그 누구보다 그녀에 관해 잘 알고 있다는 얘기는 아니지만 말이다.

나는 와카바에 관해 그다지 알지 못한다. 그렇기에 좀 더 많이 알고 싶은 바람이었다. 설령 그것 때문에 동요하여 내 행동에 모순이 발생하더라도 말이다. 와카바를 좋아하기에 모든 걸 알고 싶었다. 그녀에 관해 가장 많이 알아야 하는 사람은 바로 나여야 하지 않을까 싶었다. 하지만 그녀에 관해 알기란 쉬운 일이 아니었다.

이제야 감을 좀 잡았나 싶다가도 여전히 종잡을 수 없었기에 그녀의 행동 원리를 파헤치기도 하고.

그녀의 다정함에 설레는 가슴을 부여잡고서, 나를 좋아하기 때문에 다정하게 대해 주는 것이 아닐까 혼자 망상에 빠졌다가,

그럴 리 없다며 침울해지기도 했다.

내 입맛에 맞는 망상이 얼마나 부질없는지는 오래 전부터 잘 알고 있었다. 그러기에 나는 그녀가 나를 사랑해 줄지도 모른다는, 그런 말도 안 되는 가능성을 버리고서 존엄을 빼앗기로 했으니까 말이다.

그것이 정답이었는지는 지금도 여전히 잘 모르겠지만.

"으~음…… 가족 같은 느낌이라고나 할까? 가끔 싸우기도 하지만, 같이 놀기도 하고, 서로 편하게 상대방의 집에 놀러가기도 하고."

"그거 좋네~. 난 남자 소꿉친구가 있었으면 싶었거든. 가족처럼 지내다가 그대로…… 대충 그런 느낌이랄까? 넌 이런 거 꿈꿔 본 적 없어?"

"후후, 그러네. 나도 꿈꿔 본 적은 있어. 굳이 말을 하지 않더라도 서로가 서로를 잘 아는 사이, 그런 거 말이야."

"그거 완전 공감! 으~음, 지금부터라도 소꿉친구를 사귈 수 있으려나?"

"소꿉친구는 무리일지도 모르지만, 너라면 분명 좋은 남자 친구를 사귈 수 있을 거야. 너랑 같이 있으면 즐겁기도 하고."

"네가 그렇게까지 얘기해 주다니……. 더욱 분발할게! 남자 친구 두셋 정도 만들어서 날 떠받들게 만들 거라고!"

"아, 아하하……."

와카바 외에 다른 소꿉친구가 있었으면 싶은 생각은 해 본 적도 없었다. 어떤 남자 친구가 이상향인지, 그런 얘기도 친구들과 몇 차례 나눠 본 적이 있다. 하지만 상상이 가질 않았다.

어느새 내 눈에는 와카바만 들어올 뿐이었다.

내 마음속에 완전히 자리 잡은 그녀는 무슨 짓을 해도 내쫓을 수 없고, 애초에 내쫓을 생각도 없다.

설령 와카바가 나 같은 건 안중에도 없이 언젠가 내가 모르는 곳에서 가정을 꾸린다고 하더라도.

그럼에도, 나는.

"……하지만 너무 가깝다 보면 오히려 눈에 들어오지 않는 경우도 있단 말이지."

나는 아주 살짝 눈을 내리깔았다.

"……와카바랑 무슨 일 있었어?"

"아니. 그런 얘기는 아니야. 다만 가족처럼 지내다 보면 오히려 서로가 서로를 깊이 알 기회가 없어지거든. ……나, 실은 와카바가 뭘 좋아하는지도 잘 모르고."

"아~. 하긴, 그럴 수도 있겠네. 나도 중학생 되기 전까지는 우리 아빠 이름도 제대로 잘 몰랐거든."

아니, 그거랑은 좀 경우가 다르지 않을까 싶은데.

하지만 계속 함께 있다 보면 서로 취미나 취향이 다르더라도 서로가 점차 비슷해져 가기 마련이다. 아마도 그건 무의식중에 서로가 싫어하는 부분이나 어긋나는 점을 받아들이고 마음의 형태를 서로 바꿔 나간 결과물일 테지.

그것 자체는 좋다고 본다.

하지만 서로가 서로에게 맞추다 보면 오히려 서로를 알 수 있는 기회를 잃는 경우도 있다. 상대가 좋아하는 것이라든가 평소에 뭘 하는지 등등, 그러한 단순한 정보들 말이다.

침묵이나 따분함조차 포용할 수 있는 관계는 귀중하지만, 그럼에도 좋아하는 상대에 관한 건 뭐든 알고 싶기 마련이다. 모르면 그녀에게 더 미움받기 어려워지지 않을까 싶기도 했고 말이다.

"응, 그래서 너한테 와카바에 관해서 좀 물어볼까 싶었거든."

"나라도 괜찮다면 얼마든지 물어봐! 와카바가 평소에 마시는 차 종류부터 점심시간에 어떻게 지내는지까지 다 가르쳐 줄게!"

"고마워, 든든해."

싱긋 미소 짓자, 카오리의 표정이 확 밝아졌다.

솔직하고 겉과 속이 같다는 점은 와카바의 옛날 모습과 살짝 비슷했다.

"그럼 먼저…… 와카바가 뭘 좋아하는지를 알고 싶은데."

"음~. 어디 보자……."

카오리는 와카바가 좋아하는 것을 몇 가지 가르쳐 주었지만, 그건 나도 다 아는 내용이었다. 나 이외의 다른 사람이 아는 그녀에 관한 정보는 그다지 없는 모양일까.

내가 속으로 그렇게 생각하는 와중에 카오리가 마치 무언가를 떠올린 기색으로 손뼉을 쳤다.

"아, 그러고 보니! 스케줄을 너무 빡빡하게 채운 데이트보다는 여유롭게 즐기면서 하는 데이트를 하고 싶대!"

"……그렇구나."

그런 얘기는 그녀와 데이트를 하기 전에 듣고 싶었다.

함께 즐기기 위해 고려해 준 데이트라면 그게 제일 이상적일지도 모른다, 본인은 그렇게 말했었지만.

나는 와카바가 즐겁지 않으면 즐겁지 않다.

하지만 와카바는 내가 즐겁지 않으면 본인도 즐겁지 않다고 했었다.

그렇기에 와카바를 즐겁게 만드는 데이트는 끝끝내 실현할 수 없었다. 애당초 그녀와의 데이트에서 내가 아무 긴장 없이 순수하게 즐길 수 있을 리 만무하고.

와카바의 행동거지 하나하나가 신경 쓰였고, 와카바가 조금이라도 더 즐거웠으면 싶었다. 하지만 나는 미움받아야 한다. 행동은 뒤죽박죽 모순투성이였기에 착지점을 잃고 말았다.

만약 그 데이트 때 전망대에서 야경을 감상할 수 있었다면 어땠을까 싶었다. 그녀는 그리 단순한 편이 아니기에 그런다고 나를 좋아해 줄 리는 없지만 말이다. 하지만 적잖이 기쁘게 할 수는 있었을 터.

그럼에도.

그녀가 그날 데이트가 즐거웠다고 말해 주어서 기뻤다. 기뻤지만, 그런 인사치레로 한 말보다는 진심에서 우러나온 즐겁다는 말을 듣고 싶었다.

하지만, 그것은.

내 마음은 뒤죽박죽 엉망이었다.

"그리고 걔는 의외로 깜짝 놀랄 만한 걸 좋아하나 보던데?"

"깜짝 놀랄 만한 것?"

"응. 뭐랄까……. 사귄 지 1주년 기념일에 꽃을 선물한다! 뭐, 그런 류의, 요즘 유행에는 좀 뒤처진 것이라고 해야 하나? 대충 그런 거."

"아, 그런 거……."

듣고 보니 와카바에게는 그러한 면모가 있을지도 모른다. 남들이 보면 낯부끄러울 만한 일일지라도 그녀라면 분명 기뻐하겠지.

그런 점이 또 귀엽긴 하지만.

그런데 과연 어떨까. 내가 만약 그녀의 생일에 꽃다발이라도 선물한다면, 그녀는 과연 기뻐할까. ……아니, 왠지 아닐 것 같았다. 그녀가 기뻐한다면 아무리 낯부끄럽더라도 장미 100송이든 108송이든 선물할 텐데.

"근데 그런 걸 받으면 실제로 기쁘긴 하려나? 넌 전 남자 친구한테 그런 선물 받은 적 있어?"

"으~음…… 그런 적은 없었던 것 같아. 선물을 받는 건 싫어하지 않지만."

"뭐, 왠지 멋을 지나치게 부린다는 느낌이 있잖아. 그리고 시들면 조금 가엾기도 하고."

"아하하, 그건 그래."

얘기를 나누는 동안 주문한 것이 나왔다.

나는 주문한 크림소다를 스푼으로 빙글빙글 휘저었다. 마치 독을 탄 것처럼 보이는 그 색은 와카바를 상징하는 색이다.

그래서 싫지 않았다.

"하지만 좋아하는 사람으로부터 받은 선물이라면 그게 무엇이든 간에 기쁘지 않을까 싶어."

"그런가~?"

"어쩌면 또 모르지? 너도 막상 남자친구가 생기고 나면 꽃을 받고 기뻐하게 될지도."

"우와아…… 왠지 상상하고 나니 소름이 쫙 돋는데. 만약 나한테 남자친구가 생겼는데 염장질을 하고 다니면 꼭 좀 지적해 줘. 자제할 테니까."

"괜찮아. 난 남들의 그런 얘기 듣는 걸 꽤나 좋아하거든."

여러모로 참고할 수 있는 부분도 있을 테고 말이다.

나는 그 이후에도 카오리로부터 와카바에 관한 여러 얘기를 듣고 나서 한동안 잡담이나 나누며 시간을 보냈다.

카페에서 나와 둘이서 여러 가게를 둘러본 다음, 나는 역까지 그녀를 바래다주고 집으로 향했다. 의외로 꽤 오랜 시간 동안 그녀와 시간을 보냈는지 벌써 날이 저물기 시작한 참이었다.

9월로 접어들고 난 뒤로 날이 한결 일찍 저무는 듯한 느낌이 들었다.

딱히 그 부분에 쓸쓸함을 느끼지거나 하지는 않지만 말이다.

나는 곧장 집으로 들어가려고 하다가, 문득 우리 집 앞에 누가 서 있다는 사실을 알아차렸다.

멀리서 봐도 그 사람이 와카바인 걸 곧바로 알 수 있었다. 나는 순간적으로 달려가려고 하다가 곧바로 자제심을 발휘했다. 그렇게 일부러 못 본 척하며 걸음을 옮기고 있으니, 그녀가 나를 알아차렸는지 자그맣게 손을 흔들었다.

아주 조금, 망설였다.

같이 손을 흔들어 줘도 괜찮을까.

하지만 이렇게 대놓고 손을 흔드는 상대방에게 아무런 반응도 보이지 않으면 이상하겠지. 아무리 그래도 고작 손을 같이 흔들기만 했을 뿐인데 내가 그녀에게 호감을 가지고 있다는 사실까지는 드러나지 않을 터. 나는 망설이다가 그녀에게 손을 흔들어 주었다.

내 행동에서 무엇을 느꼈는지 그녀는 눈을 휘둥그레 뜨고는 나를 뚫어져라 쳐다보았다.

대체 어떤 감정에서 비롯된 반응일까. 평소와는 다른 그녀의 반응에 살짝 불안감을 느끼면서도 나는 그녀 앞에 섰다. 예나 지금이나 참 작구나 싶었다. 커다란 것은 그녀가 드리운 그림자뿐이었다.

"와카바, 이런 데서 뭐 해? 스토킹?"

"아니야. 자, 여기 좀 봐."

와카바가 우리 집 앞 담벼락을 손가락으로 가리켰다. 그곳에는 낯익은 벌레가 가만히 있었다.

"……장수풍뎅이?"

"그래. 혹시 너네 집에 뭐 칠해 놓은 거라도 있어? 야생의 장수풍뎅이는 정말 오랜만에 봐."

"뭘 칠해 놓기는 무슨. 너 바보야?"

와카바는 멍하니 장수풍뎅이를 바라보았다.

대체 언제부터 여기에 있었는지는 모르겠지만, 내가 집으로 돌아올 때까지 계속 있어 주어서 다행이라는 생각이 들었다. 덕분에 지금처럼 얼굴을 볼 수 있었으니까 말이다.

나는 그 진지한 눈동자에서 살짝 눈을 떼고 나서 그녀의 가방 쪽으로 눈길을 돌렸다. 아쿠아리움에 갔던 날에 내가 달아 주었던 스트랩이 아직도 그대로 달려 있었다.

그렇다는 말은, 아직 알아차리지 못했단 말일까.

그 스트랩 뒷면에 내 이름을 적어 두었다는 사실을 말이다. 만약 그 사실을 알아차렸다면 진즉에 뗐을 텐데. 궁금하기는 했지만, 그렇다고 내가 물으면 이상하게 보이겠지.

하지만 내 이름을 알아차렸음에도 불구하고 계속 스트랩을 달아 주기를, 나도 모르게 자꾸만 바라게 된다.

"……이만 집 안에 들어가고 싶거든? 비켜."

"입구는 안 막고 있잖아. 옆으로 지나가."

"여기 우리 집이거든? 내가 비키라고 했는데 비키지 않으면 안 되지."

"그래, 알았어. 내가 잘못했다고."

와카바는 진절머리가 난다는 듯이 말하고는 자기 집이 있는 방향으로 걸음을 옮기려고 했다.

나는 순간적으로 그녀의 손목을 붙잡았다.

"왜 그래, 우메조노? 네 명령대로 이만 집으로 돌아갈까 싶었는데."

"비키라고는 했지만 집으로 돌아가라고는 하지 않았어."

"그럼 지금 나더러 어쩌라는 건데?"

와카바가 나를 올려다보았다. 그 커다란 눈동자가 석양을 받아 반짝이고 있었다. 나는 그 눈동자에 빨려 들어갈 것만 같은 기분이 들었다.

"……잠깐 들어오지 그래? 차 정도는 내줄게."

"……뭐 잘못 먹기라도 했어?"

"내가 너처럼 길가에 핀 꽃의 꿀물이라도 빨아먹는 줄 알아?"

"어릴 적엔 그랬었잖아."

"네가 억지로 시킨 걸 잘못 말한 것 맞지?"

"그래도 맛있었잖아?"

"딱히. 그냥 달기만 했는데."

나는 와카바의 손을 잡아끌며 집 안으로 들어왔다.

부모님은 아직 돌아오시지 않은 모양이었다. 최근 들어서는 휴일에 두 분이서 외출 나가는 경우도 늘었는데, 나로서는 오히려 잘된 셈이라 할 수 있다.

나는 내 방으로 와카바를 밀어 넣고 부엌에서 물을 끓였다.

카오리가 말하기를, 와카바는 멜론을 제외하면 캐모마일 차를 좋아한다고 한다. 그렇기에 오늘 돌아오는 길에 찻집에 들러 샀는데, 과연 어떨까. 맛있게 우려내는 방법은 집으로 돌아오는 동안 알아봐 두었으니 빈틈은 없을 텐데.

나는 포트에 뜨거운 물을 붓고 그것을 방으로 가지고 왔다.

차에 곁들이는 과자는 멜론 맛이 나는 것도 있지만, 오늘은 평범한 쿠키로 내왔다. 풍미가 서로 충돌할 듯한 조합은 그다지 좋은 선택이라고 보기 힘들었기 때문이다.

게다가 계속해서 멜론 과자를 내오면 다른 의도가 있지 않을까 의심을 사고 말겠지. 나는 멜론 맛을 그다지 좋아하지 않으니 실제로 다른 의도가 가득하지만 말이다.

"차랑 과자를 가지고 왔어. 먹지 그래?"

"……고마워."

나는 컵에 차를 따르고 그녀 쪽으로 내밀었다.

와카바는 아주 조금 기쁜 표정을 지었다.

"이거, 캐모마일 차야?"

"그래. 마침 집에 있더라고."

"호오, 난 이걸 꽤나 좋아하거든."

"흐~음."

다행이다.

딱히 카오리를 의심하지는 않았지만, 와카바가 제대로 기뻐해 주니 살짝 마음이 놓였다.

기쁘게 만들어도 되는지 의문이 들긴 했지만 말이다.

"……음, 맛있어. 취향이 괜찮네? 우메조노."

그녀가 컵을 입에 대고서 그렇게 말했다.

그 말랑해 보이는 입술이 자연스럽게 눈에 들어왔다. 지금껏 여러 차례 키스해 왔음에도 그녀의 입술을 향한 나의 관심은 조금도 줄어들지 않았다. 언제 봐도 신선한 느낌으로 접하고 싶다는 생각이 들곤 하니, 아마 만 번을 접하더라도 질리진 않겠구나 싶었다.
조용한 방에서 단둘만 있는 상황.
캐모마일 냄새가 감도는 이 방 안에서 우리는 딱히 뭘 하지도 않은 채 멍하니 시선을 주고받았다.
와카바와 함께라면 어떤 시간을 보내든 다 좋다고 생각하지만, 나는 이러고 있는 것 또한 좋아했다.
해 질 녘이 되면 주위가 왠지 모르게 소란스러워지지만, 그런 와중에 느긋하게 있으면 특별한 느낌이 들어서 좋다.
할 수만 있다면 이 시간을 영원히 잡아 늘여 와카바를 바라보고 싶은 마음은 굴뚝같지만.
그럴 수도 없는 노릇이기에 나는 천천히 입을 뗐다.
"넌 뭘 했어?"
"오늘? 음~…… 생각?"
"뭐라는 거야."
목소리를 냈음에도 그 조용한 분위기가 깨지지는 않았다.
방으로 비쳐 들어오는 황혼 무렵의 햇살이 이 조용한 분위기를 붙들어 주고 있는지도 모른다. 평소보다 훨씬 조용하게, 나는 그녀를 바라보았다.
"우메조노, 그러는 너는?"
"쇼핑."
"흐~음……. 뭐, 좋은 거라도 있었고?"
"딱히."
대화가 끊어졌다.

접시에 놓인 쿠키에 손을 뻗다가 와카바의 손과 부딪쳤다. 부드럽고 자그마한 손이었다. 나는 자기도 모르게 그 손을 움켜쥐었다.

"우메조노, 이러면 쿠키를 못 먹잖아."

아무도 없는 집에서 단둘만 있는 상황.

꼭 그래서 그런 건, 아니지만.

나는 와카바의 옆으로 이동하여 그녀의 가슴을 살며시 밀었다. 그녀는 마치 스스로의 몸을 지탱할 수 없는 인형처럼 바닥에 살며시 등을 댔다.

정말로 살짝 밀었을 뿐이었다. 힘은 조금도 싣지 않았다. 그럼에도 그녀는 쓰러졌다.

어째서냐고 묻기도 두려웠다. 만약 한마디라도 쓸데없는 말을 입에 담았다가는 이 분위기도, 그녀도 지금 당장 사라질 것만 같았기 때문이다.

그렇기에 나는 그녀와 손가락을 서로 얽었다. 저항할 낌새는 느껴지지 않았다.

"왜 그래, 우메조노."

와카바가 고혹적인 미소를 지었다.

나는 내 심장 박동이 빨라지고 있음을 느꼈다.

"……와카바."

정말로 장수풍뎅이를 보고 있었을 뿐일까?

나를 기다리고 있었다든가, 이렇게 되기를 내심 기대하고 있었다든가, 만약 지금 그렇게 물어보았다간 모든 게 다 끝나고 말 테지.

무언가를 기대하면 할수록 말은 가슴속에서 넘쳐흘렀고, 그것은 끝내 목구멍 밖으로 나오지 못한 채 터지며 사라져 갔다. 터져 사라진 말의 백분의 일이라도 좋으니 입 밖으로 나올 수 있었다면, 나는 와카바로부터 정말로 원하는 답변을 들을 수 있었을까.

나로서는 알 수 없었다. 나는 그대로 반대쪽 손을 그녀의 손에다 포갰다.

이번에는 그녀 쪽에서 손가락을 얽기 시작했다.

"왜 아까 손을 마주 흔들어 줬어?"

생각지도 못한 말에 숨이 막혔다.

"그, 건……."

대체 무엇이 정답인지 모르겠다.

혹여나 말을 잘못 꺼냈다가는 와카바가 내 앞에서 사라질지도 모른다. 있을 리 없는 퇴로에 발을 들였다가는 곧장 나락으로 떨어지리라는 사실은 불 보듯 뻔했다.

그렇기에 나는 아무 말도 할 수 없었다.

"뭐, 딱히 상관은 없지만. 나는——."

와카바가 무언가를 말하려고 했을 때였다. 현관문 잠금 장치가 열리는 소리가 들려왔다. 아무래도 부모님이 돌아오신 모양이다.

자기도 모르게 손에서 힘을 빼자, 와카바는 나에게서 스르르 떨어지더니 그대로 가방을 손에 들었다.

벌써 돌아가려는 걸까.

"이만 가 볼게. 차는 고마웠어. 맛있더라."

"딱, 히."

와카바는 자리에서 일어나 가방 안에서 무언가를 꺼냈다.

확인해 보니 그것은 유성 펜 같았다. 그녀는 익숙한 손길로 뚜껑을 열고는 그대로 내 뺨에다 댔다.

느닷없이 일어난 일에 미처 저항할 새도 없었다. 펜 끝이 뺨에서 미끄러지는 감촉이 느껴졌다. 내 얼굴에다 뭐라고 쓰는지 전혀 알 수 없는 상태에서 나는 그녀를 쳐다보았다.

그녀는, 웃었다.

"이만 가 볼게, 우메조노. 실례했어!"

와카바는 그 말만 하고서 황급히 내 방을 나갔다.

문 너머에서 목소리가 들려왔다. 아무래도 우리 부모님께 인사를 드리는 모양이었다. 나는 천천히 자리에서 일어나 창밖을 바라보았다. 벌써 도로에 와카바의 모습이 있었고, 이쪽을 올려다보는 그녀와 서로 눈이 마주쳤다.

와카바는 다시금 나에게 손을 흔들려고 손을 들어 올렸지만, 이내 그만두기로 한 모양이었다.

한순간 동안 그녀는 몹시 쓸쓸한 표정을 짓고 나서 나를 향해 웃음 지어 보였다.

나는 그런 그녀에게 아무런 반응도 보이지 못한 채, 걸음을 내디디는 그녀의 뒷모습을 눈으로 좇았다. 나는 창가에 우두커니 서서 그 자그마한 뒷모습이 내 눈에서 사라질 때까지 계속 바라보았다.

그러고는 겨우 다시 정신을 차리고 몸을 움직여 전신 거울 앞에 섰다.

"……역시나, 좋아할 수밖에 없다니까."

내 뺨에는 대문짝만하게 '와카바' 라고 적혀 있었다.

그걸 대체 무슨 의도로 썼는지는 알 도리가 없지만 말이다. 하지만 그게 어떤 이유라 한들, 그녀가 내 뺨에 자기 이름을 써 주었다는 사실은 틀림없다.

가능하다면 그것이 자기 소유물임을 표시하는 의미였으면 싶었다.

하지만 그녀가 나를 좋아하게 되거나 독점욕을 품을 리가 없음은 나 또한 잘 알고 있다.

망상이야 할 수 있지만, 현실은 그리 호락호락하지 않다.

나는 뺨에 손을 댔다.

만약 이걸 지우지 않고 내일 학교에 가면 어떻게 될까. 와카바는 화를 낼까, 아니면 기뻐할까. ……그것도 아니라면.

모르겠다. 와카바의 반응은 짐작조차 할 수 없다. 그녀의 감정을 조종하거나, 그녀에게 사랑받는 일은 역시나 지금의 나로서는 하기 어렵다. 차라리 그녀에게 미움받는 쪽이 훨씬 더 간단하지 않을까 싶었다.

정작, 그녀에게 호감을 사고 싶다는 나의 본능이 문제지만 말이다.

"좋아해. 좋아해, 좋아해, 좋아한다고. 나는, 와카바가 좋아."

거울 앞에서 여러 차례 중얼거렸다. 본인 앞에서는 솔직하게 입에 담을 수 없지만, 아주아주, 아주 오래 전부터 가슴속에 품어 왔던 말을 말이다.

이 감정을 어떻게 해야 좋을지는 알지도 못했다.

그녀가 나를 좋아해 주지 않는다고 한들 이 감정은 사라지지 않는다.

그녀에게 사랑받고 싶다, 그녀의 연인이 되고 싶다는 바람은 없어지지 않는다.

그럼에도.

"……그렇지."

지금까지 그래 왔듯이 그녀의 소중한 것을 빼앗아 가도록 하자. 지금의 내가 할 수 있는 일은 분명 그것밖에 없겠지.

좋은 추억이든 나쁜 추억이든 내 모습이 스며들도록, 앞으로 그녀가 누구와 무엇을 하든 간에 나를 떠올릴 수 있도록.

그녀가 쭈그렁 할머니가 된 뒤에도, 마지막 그 순간에 나를 떠올리는 지경에 이를 때까지.

그녀의 첫 경험을 모조리 빼앗도록 하자.

나는 내 뺨을 살며시 어루만졌다. 펜 자국에 그녀의 체온이라고는 조금도 없었지만, 그래도 뜨거울 만큼의 무언가가 느껴졌다.

글자가 지워진 뒤에도 분명 내 마음속에는 그녀가 쓴 글자가 계속 남아 있겠지.

와카바에게도 내가 그런 존재였으면 싶었다.

후기

안녕하세요! 이누카이 안즈입니다!

이렇게 2권을 출간할 수 있어서 정말로 기쁩니다! 본 작품의 1권이 제 데뷔작이었던 만큼, 발매된 이후로 마음이 꽤나 싱숭생숭하더라고요.

1권에서는 호화로운 특전이 딸리거나 PV가 제작되기도 하는 등의 기쁜 일이 잔뜩 있었습니다.

오오니시 아구리 님과 야노 히나키 님께서 연기해 주신 PV는 지금도 심심하면 보고 있습니다. 와카바의 목소리도 코마키의 목소리도 제가 상상한 그대로였기에, 굉장하다는 생각밖에 들지 않더군요. 몇 번을 봐도 굉장했습니다!

그리고 1권을 감상해 주신 여러분, 소감과 메시지를 보내 주신 여러분, 감사합니다. 여러분 덕분에 언제나 큰 힘을 얻고 있습니다!

와카바와 코마키의 이야기도 2권째로 접어들었습니다만, 두 사람은 변함없이 엇갈리고 있습니다. 와카바의 태도가 아주 조금 부드러워지기도 하고, 코마키가 조금씩 자신의 본심을 입에 담기 시작했습니다만, 여전히 서로 고슴도치처럼 가시를 세운 상태로군요.

아무리 거짓말을 한들 자신의 진정한 마음으로부터는 벗어날 수는 없기에 두 사람이 솔직해질 날도 그리 머지않았는지도 모릅니다.

와카바와 코마키가 솔직하게 서로의 마음을 입에 담을 수 있게 되는 그날까지 같이 지켜봐 주시면 감사하겠습니다.

그리고 이 책이 여러분께 전해질 무렵에는 코미컬라이즈도 시작되었으리라 봅니다.

저는 한발 앞서 원고를 읽어 보았습니다만, 무척이나 좋았기에 여러분께서도 얼른 봐 주셨으면 하는 마음으로 가득합니다!

그림체가 귀엽습니다! 두 사람의 표정이 풍부하게 나오는 모습도 귀엽고요! 두 사람의 키 차이가 역전되는 부분도 좋았습니다!

……그런고로, 코미컬라이즈는 2월에 영 에이스UP에서 연재를 시작할 예정이오니 감상해 주시면 감사하겠습니다.

끝으로 감사 인사 말씀 올리겠습니다.

담당 편집자님, 제가 상을 받은 이후로 지금까지 정말 여러모로 많은 신세를 졌습니다. 언제나 감사드립니다.

네이비 선생님, 1권에 이어 멋진 일러스트를 그려 주셔서 감사합니다! 선생님께서 그려 주시는 캐릭터들이 무척 마음에 듭니다.

코나타 엘 선생님, 코미컬라이즈를 담당해 주셔서 감사합니다. 늘 기대하고 있습니다.

오오니시 아구리 님, 야노 히나키 님, 와카바와 코마키에 딱 맞는 목소리를 연기해 주셔서 감사합니다!

끝으로 이 책을 감상해 주신 여러분, 언제나 응원해 주시는 여러분, 그리고 본 작품에 관여해 주신 모든 여러분께 이 자리를 빌려 깊은 감사의 말씀을 드립니다.

언젠가 또 만나 뵙겠습니다! 그럼 이만.

성격 못된 천재 소꿉친구와의 대결에서 지는 바람에 첫 경험을 모조리 빼앗기는 이야기 2

2026년 02월 10일 제1판 인쇄
2026년 03월 05일 제1쇄 발행

지음 이누카이 안즈
일러스트 네이비

옮김 ruleeZ

제작 · 편집 코믹 레인 편집부

발행 미스터블루(주)
등록번호 제 2008-000093호
주소 07551 서울특별시 강서구 양천로 570 NH서울타워 19층
대표전화 02-2013-5665

ISBN 979-11-380-6703-4
ISBN 979-11-380-6234-3 (세트)

SHOWARU TENSAI OSANANAJIMI TONO SHOBU NI MAKETE
HATSUTAIKEN O ZEMBU UBAWARERU HANASHI Vol.2

백합 X SF 명작 단편집 등장!
데뷔와 함께 성운상을 수상한 화제의 작품!

최후이자 최초의 아이돌

"바이바이, 지구── 이곳에서 아이돌 활동을 할 수 있어서 즐거웠어."

SF 콘테스트 역사상 첫 특별상 & 42년 만에 데뷔 작품으로 성운상을 수상한 실존주의적 와이드스크린 백합 바로크 프롤레타리아트 하드 SF인 표제작을 비롯해, 가챠가 특기인 프렌즈들이 우주 창세의 진리를 향해 돌진하는 『에볼루션 걸즈』, 처음 선보이는 성우 스페이스 오페라 『암흑 성우』까지 3편의 작품이 수록된 경천동지의 쿠사노 겐겐 1st 작품집!

쿠사노 겐겐 지음 | **TNSK** 일러스트 | **2025년 12월 출간**

COMIC
RAIN

「눈에 띄네 마네로 따지자면 네가 그런 소리 하면 안 되지.
학교 수영복을 입은 사람은 거의 없으니까.」
우메조노 코마키
뭐든 최고를 놓치지 않는 우등생.
남녀 할 것 없이 인기를 한 몸에 받는
미인으로 붙임성도 좋지만,
와카바 앞에서는 태도가 돌변하는데──?

성격 못된 천재 소꿉친구와의 대결에서 지는 바람에
첫 경험을 모조리 빼앗기는 이야기 2
Goodbye, my first experiences.